KB113789

톱스타
이건우

톱스타 이건우 8

크레도 장편소설

초판 1쇄 찍은 날 § 2018년 3월 27일
초판 1쇄 펴낸 날 § 2018년 4월 3일

지은이 § 크레도
펴낸이 § 서경석

총괄팀장 § 최하나
편집책임 § 이선근
편집 § 김슬기

펴낸곳 § 도서출판 청어람
등록번호 § 제387-1999-000006호
등록일자 § 1999. 5. 31
어람번호 § 제1-2878호

주소 § 경기도 부천시 부일로 483번길 40 서경B/D 3F (우) 14640
전화 § 032-656-4452 팩스 § 032-656-4453
http://www.chungeoram.com
E-mail § chungeorambook@daum.net

ⓒ 크레도, 2017

ISBN 979-11-04-91695-3 04810
ISBN 979-11-04-91462-1 (세트)

크레도 장편소설

FUSION FANTASTIC STORY

톱스타 이건우

8

도서출판 청람

Contents

1. 몰입

건우는 다음 날 석준에게 문의를 해보았다. 그런 장비 쪽은 주변에 있는 누구보다 석준이 더 잘 알 것 같았기 때문이다.

　건우의 판단은 너무나도 정확했다.

　석준은 건우의 말을 듣더니 오히려 엄청 좋아했다.

　"그래? 흐흐흐, 내가 최고의 시설로 꾸며주마! 너는 가만히 있기만 하면 돼! 꿈의 방을 실현해 주지!"

　그 흥분과 기쁨 속에서 알 수 없는 한이 느껴졌다. 석준은 같은 취미를 공유하게 되어 기뻤지만 자신은 이제 할 수 없음에 슬퍼는 것 같기도 했다.

　사옥에 영화관이 있기는 했지만 개인 용도가 아니었고, 집에서는 아이가 점령했다고 한다. 석준이 좋아하는 영화 대신 유아용 영상들이 자리를 대신하고 있었다. 사고 싶었던 것들을 리스트로만 작성해 놓고 시간이 흘렀는데, 건우가 마침 연락해 온 것이다.

바로 대대적인 공사가 시작되었다. 건우는 덕분에 한동안 근처 호텔에 머물러야 했다.

건우가 알고 싶었던 것은 그냥 영화 감상에 쾌적한 장비들이었다. 그냥 제품들을 추천받고 싶었는데, 석준이 알아서 다 해준다고 말해왔다. YS에는 건우팀이 따로 존재했는데, 건우의 각종 편의를 봐주었다. 아무래도 건우가 직접 나서서 하기에는 건우가 너무 유명했기 때문이다.

공사가 끝났다는 연락을 받고 집에 돌아가 보았다. 청소도 깔끔하게 해놓아서 공사한 흔적을 찾을 수 없었다.

건우는 공사가 진행된 방을 바라보았다. 방문은 닫혀 있었다. 평범했던 방문은 어디론가 가고 마치 금고와 같은 느낌이 나는 문으로 바뀌어 있었다.

건우는 문을 열어 안으로 들어갔다.

"오……."

방은 완전히 새롭게 재탄생되어 있었다. 확장 공사를 통해 훨씬 넓어져 있었고, 극장을 보는 것 같은 분위기로 바뀌었다. 벽에 있는 버튼을 누르자 커다란 스크린이 아래로 내려왔다. 벽면을 가득 채운 스크린은 제법 커다랬다. 일반 상영관에 비하면 당연히 작았지만 혼자 감상하기에는 부담스러울 정도의 규모였다.

'값어치를 하네.'

역시 돈을 팍팍 쓴 만큼 굉장했다.

붉은색 계통의 아주 고급스러운 소파가 보였다. 건우가 지금 쓰고 있는 침대보다 훨씬 좋아 보였다. 살짝 앉아보니 너무 푹신해 잠이 올 것 같았다.

가장 놀라운 것은 따로 있었다.

"돈이 좋긴 하구나."

방 한쪽 벽을 가득 채운 진열장에 꽂힌 수많은 영화 타이틀이었다. 옛날 영화부터 최신 영화까지 꽂혀 있었다. 평점이 좋은 것들로만 구성되어 있었는데, 명작들도 많았다. 옛날, 비디오 대여점에 갔을 때의 느낌과 비슷했다. 게다가 영화가 전부는 아니었다.

영화 진열장 옆에는 수많은 만화책과 소설들이 모두 신간으로 진열되어 있었다.

"대단하네."

그리고 컴퓨터인지 다른 것인지 의심스러운 컴퓨터와 여러 대의 게임기, VR 기기, 수많은 게임 타이틀도 보였다. 에어컨은 물론 최신식 공기청정기까지 보였다.

건우가 요구를 하지는 않았지만 석준이 선물해 준 것들이었다. 처음에는 조금 과하게 느껴지기는 했는데 자꾸 보다 보니 괜찮았다.

이래서 돈을 버는구나 싶었다.

'건물을 사서 영화관을 만들어보는 것도 나쁘지 않았을 것 같은데.'

건우의 재력이라면 충분하다 못해 넘치지만 그냥 그 생각은 넣어두기로 했다. 괜히 이런저런 말이 나올 수도 있었기 때문이다.

이번 타이틀곡은 슬픈 노래로 해보고 싶었다. 행복한 감정보다는 절절한 사랑 노래도 써보고 싶었다. 건우가 제일 자신이 없는 분야였다. 나중에 연기를 할 때도 큰 도움이 되어줄 것 같았다.

지금까지 찍은 드라마를 볼 때도 그 부분은 건우가 보기에 약간 어설펐다. 물론, 남들은 신이 내린 연기력이라 부르고 있기는 하지만 건우는 마음에 들지 않았다.

'아직 발전할 여지는 남아 있어.'

건우는 그렇게 생각하면서 미소 지을 수 있었다.

"그럼 어디······."

건우는 진열장으로 다가갔다. 진열장은 장르별로 분류되어 있었는데, 일단 멜로 영화들을 잔뜩 꺼냈다. 한국 영화부터 시작해서, 미국, 유럽, 일본, 중국, 홍콩 영화까지 다양했다.

석준 추천 작품! 이건 꼭 봐라!

너무 슬프다. 추천 추천!

나의 첫사랑과 닮음.

그런 스티커들이 붙어 있었다.

"나보다 더 신났네."

건우는 피식 웃고 석준의 추천 작품들을 먼저 보기로 했다.

건우가 영화를 보기 위한 과정은 남들과는 달랐다. 보통이라면 간식 같은 걸 들고 편하게 누워서 보면 되었지만 건우는 사전 준비를 해야 했다. 마음을 비우고 잡념이 없는 상태에서 내력으로 전신의 감각을 활성화시킨다. 그러고는 감정의 공명을 극대화하여 집중하는 것이다.

어찌 보면 살짝 우습게 느껴질 수 있는 준비 과정이었지만 평소에 배역 연구를 할 때보다 한 차원 더 깊은 몰입에 빠질 수 있었다.

건우는 슬픈 영화를 보았다. 시한부 삶을 앞둔 남자의 이야기였다. 흥행에는 실패한 영화였는데, 석준의 추천작 중 하나였다.

처음에는 잘 몰입이 되지 않았다. 건우 자신은 너무 건강했기에 그런 공감이 되지 않아서였다. 배우가 연기한 감정을 그대로 가져올 수는 있었으나 그건 완전 몰입이 아니었다. 지금 이 상태로 연기해도 찬사를 받을 것이다. 그러나 작곡으로 이어가기에는 한계가 있었다.

'생각보다 어려워.'

건우는 영화를 다시 돌려 보았다. 처음 볼 때보다는 좀 더 많은 것을 발견할 수 있었다. 건우는 배우의 연기보다는 영화 속 인물에 몰입하려 애썼다. 내력을 전부 소모할 때까지 몇 번이고 되돌려 보았다.

효과가 있었다. 아주 미세하지만 조금씩 스며드는 것처럼 몰입이 되어갔다.

그렇게 일주일이 지난 것 같았다. 건우는 모든 시간을 쏟아부었다. 식사나 운기조식 외의 시간 전부를 쏟아부은 것이다. 머릿속에 강박증처럼 놓여 있던 앨범에 대한 것들이 잠시 잊혔다.

오로지 영화에만 집중했다.

체력과 내력 그리고 집중력에 한계가 오는 시점이 오히려 좋았다. 영화에는 나오지 않는 이야기들도 떠올려 보고, 이후의 이야기도 생각해 보았다. 그러면서 점점 그 주인공에 빠져들어 갔다. 자신이 이건우인지, 아니면 영화 속 인물인지, 다른 누구인지 경계선이 모호해졌다.

그렇게 어느 순간을 기점으로 정신마저 희미해졌다.

'힘들다.'

운기조식을 하는 것도 잊어버렸다. 이곳이 어디인지도 분간이 되지 않았다. 극심한 슬픔만이 온몸을 지배하고 있었다. 사랑하는 연인을 앞에 두고 매몰차게 떠나야 하는 심정은 고통 그 자체였다.

건우의 의식 속에서 사랑이라는 것은 달콤하고 달달한 것이었다. 그러나 지금은 아니었다. 건우로서는 처음 느끼는 감정이었다. 아니, 어쩌면 깊숙한 곳에 묻혀 있던 감정일지도 몰랐다.

감정의 홍수가 계속해서 밀려들어 왔다. 건우는 자신이 무엇을 하고 있는지조차 잊어버리며 감당할 수 없는 슬픔에 빠졌다. 건우가 전생의 기억을 찾고 처음으로 힘들다고 느낄 정도였다.

그렇게 한동안 멍하니 있었다. 감정을 억누를 생각조차 하지 못했다. 그동안의 강행군으로 내력이 바닥나고 체력이 방전되어 꽤 위험한 상태였다.

띠리리리.

미세하게 들리는 핸드폰 소리에 건우는 눈을 깜빡였다. 기본음으로 해놓아서 소리만큼은 꽤 컸다. 벨소리를 들으니 머릿속에 있던 안개가 걷히고 간신히 감정을 컨트롤할 수 있었다.

"후우."

건우는 깊게 숨을 내쉬었다. 그리고 얼굴을 쓰다듬었다. 손이 부들부들 떨리고 있었다. 몸에 힘이 하나도 없어 기절할 것만 같았다. 무공을 익히고 처음 느껴보는 무기력함이었다. 간신히 몸을 일으켜 방 밖으로 나왔다. 충전기를 꽂아 놓은 핸드폰을 들어 올렸다.

진희였다.

―야, 뭐 해?

"아, 음… 작업 중이야."

―응? 목소리는 왜 그래?

"크음, 말을 안 하다 보니 잠겼나 봐."

―너 좀 이상하다? 어디 아픈 거 아니지?

목이 쉬어 있었다. 건우는 피식 웃으면서 진희와 이야기를 나눴다. 그러다가 따스하게 느껴지는 기분에 조금 당황했다. 진희는 그런 건우가 이상한지 괜찮냐고 몇 번이고 되물었다. 건우는 왜인지 웃음이 나와 그냥 웃기만 했다.

집으로 오겠다는 진희를 말리면서 건우는 겨우 전화를 끊었다. 평소라면 단답형으로 잘라 버렸겠지만 지금은 꽤 고전하고 있었다.

그런데, 그게 기분이 좋았다. 해야 할 일을 앞에 두고도 전화를 놓고 싶지 않았다.

건우는 어두침침한 집을 바라보다가 창문으로 다가갔다. 커튼을 젖히니 밝은 햇살이 집 안 내부로 들어왔다.

건우는 창밖의 풍경을 바라보았다. 훨씬 생동감 넘치는 색채로 보였다. 특별할 것이 없는 마당이었지만 지금 이 순간만큼은 대단히 아름답게 보였다.

'오만했어.'

감정은 자기 마음대로 컨트롤할 수 있는 것이 아니다. 감정의 공명을 다룬다고 해서 감정을 다 이해한 듯 굴었다. 신선들이 감정을 버린 것은 어쩌면 감당할 수 없고, 조절할 수 없는 감정의 물결이 두려워서가 아닐까?

계속 나오는 웃음을 가만히 놔두었다.

잠시 그렇게 창문 밖을 바라보다가 배가 고파 냉장고에서 재료를 잔뜩 꺼내 볶음밥을 만들어 먹었다. 4인분은 먹은 것 같았다.

문득 거울을 보니 살이 빠져 수척한 모습의 자신이 있었다. 내력은 그를 최상의 상태로 만들려고 노력했지만 이미 바닥나 있어 몸이 조금은 약해진 것 같았다. 그러나 건우는 운기조식을 취하지 않았다.

'내력이 방해가 될 때도 있구나.'

건우는 운기조식을 취하지 않고 바로 작업실에 들어갔다. 몸과 정신은 힘들었으나 영감이 꽉꽉 오고 있었다. 그 극심한 슬픔은 건우에게 많은 것을 깨닫게 해주었다.

지금까지 실패했던 것이 당연했다.

경험해 보지 않고 쓰려니 제대로 된 것이 나올 수가 없었던 것이다.

"좋아, 해보자."

건우는 드디어 작업에 들어갔다.

　　　　　*　　　　　*　　　　　*

　건우는 작업실에 틀어박혀 계속 작업했다. 떠올리는 것만으로도 가슴이 아픈 그 감정을 막힘없이 써 내려갔다. 시간이 지날수록 옅어졌기에 건우는 이 순간을 놓치고 싶지 않았다. 밥도 먹지 않고 잠도 자지 않으며 계속해서 작업에 몰두했다.

　곡이 완성될 때까지 그렇게 시간을 잊어가며 작업을 했다. 곡이 얼추 완성되고 나서야 간신히 운기조식을 취했다. 내력이 돌아오자 온몸에 활력이 넘쳤다.

　건우는 바로 곡을 녹음했다. 사옥보다는 아니지만 녹음을 하는 데는 전혀 문제가 없었다. 제목은 아직 붙이지 못해 그저 '슬픈 이야기'라고 가제를 달아놓았다. 레코딩을 마치고 건우는 감정이 옅어질 때까지 기다렸다가 냉정한 정신으로 녹음한 곡을 틀어보았다.

　노래가 시작하고 끝나는 순간까지 건우는 미동하지 않았다. 가슴이 아팠다. 그리고 조금이지만 눈시울이 붉어졌다. 내력으로 이성을 날카롭게 유지하고 있음에도 절절하게 느꼈던 감정이 다시 치솟아 올랐다.

　'좋다.'

　근데 좋았다. 음색은 더 없이 슬펐고 가사 역시 마찬가지였다. 아름다운 모든 것들과는 상반된 노래였다. 가장 일반적이고 대중적인 발라드의 형식을 따랐지만 건우의 노래는 결코 일반적이지 않았다.

노래가 끝난 후에 슬픈 감정은 상쾌함으로 바뀌었다. 마치 소나기가 내린 후 맑게 개인 날씨처럼 상쾌했다. 그러나 그 여운은 오랫동안 가슴에 남아 있었다. 아름다운 모든 것들보다 훨씬 여운이 길었다.

　'슬픔이 더 길구나.'

　행복은 따스한 이불이라면 슬픔은 마치 흉터와도 같았다. 시간이 지나면 옅어지기는 하지만 결코 지워지지 않았다. 때문에 오래도록 가슴속에 남아 있는 것인지도 모른다. 이 한 곡으로 앨범의 주제는 정해진 것 같았다.

　건우는 사랑에 대한 이야기를 처음부터 끝까지 써볼 생각이었다. 세계의 누구나 경험해 보는 것이 사랑이었으니 말이다. 이 노래는 앨범 구성상 절정에 해당될 것이다.

　조급함은 사라졌다. 시간이 얼마나 걸리던 간에 건우는 만족스러운 곡들을 뽑아낼 때까지 멈추지 않을 것이다.

　건우는 작업실에서 나와 감상실을 바라보았다.

　'좋아.'

　이제 다시 시작이었다.

　그렇게 시간이 흘렀다. 건우는 거의 3달 동안 같은 작업을 반복했다. 전처럼 자신을 잃을 정도의 과도한 몰입을 시도했고, 부작용에 시달렸지만 멈추지 않았다. 육체의 피로와 정신적 피로는 계속 누적되었다. 몸이 서서히 망가져 가는 단계까지 이르렀다. 그러나 건우에게 그런 피로와 고통은 아무런 장애가 되지 않았다. 오히려 창작의 기쁨이 훨씬 컸다.

　풋풋한 첫사랑부터 시작해서 점차 깊어지는 사랑, 그리고 헤어짐, 헤어진 후, 잊기까지의 과정이 모두 9개의 곡으로 나눠져 담겼다. 제목을 정한 것도 있고 정하지 않은 것도 있었지만 순서 만큼은 정해져 있었다.

막 나온 곡이라 어설픈 점이 많았다. 이후부터는 석준에게 들려주고 같이 작업하는 것이 좋을 것 같았다. 어차피 세션을 추가하고 재녹음을 해야 했다. 석준의 실력은 세계 최고 수준이니 건우가 전적으로 믿고 맡길 수 있었다. 거기에 린다도 가세한다면 훌륭하게 탄생될 것이라 믿어 의심치 않았다.

건우는 작업물을 USB에 담았다. 시계를 보니 오후 2시였다. 석준에게 미리 연락을 하려고 핸드폰을 찾았다. 그런데 핸드폰을 집는 순간 핸드폰이 손에서 미끄러져 바닥에 떨어졌다.

비틀―

그동안 누적되었던 피로가 한순간에 밀려들어 왔다. 주변 사물이 조금씩 흐리게 보이기 시작했다. 건우는 힘없이 터벅터벅 걸어 거실의 소파로 향했다. 침대까지 가기에는 힘이 부쳤다.

'자고 나서 몸을 점검해야겠어.'

운기조식을 취할 힘도 없었다. 곡들이 잘 나와서일까? 그냥 아무것도 생각하지 않고 자고 싶은 마음뿐이었다. 건우에게 있어서 그것이 제일 큰 휴식이었다. 소파에 눕자마자 그대로 죽은 듯이 잠에 빠져들었다.*

아주 오랜만에 꿈을 꾸고 있는 것 같았다. 건우는 꿈을 잘 꾸지 않았다. 내공 덕분에 잠깐만 수면을 취해도 오랫동안 생생하게 돌아다닐 수 있었다.

건우는 풍경을 보고 알았다. 단순한 꿈이 아니라, 그의 내면 속 깊은 곳에 잠겨 있던 기억이었다. 어째서 지금 나타난 것일까? 그의 생각은 오래가지 못했다.

"지독하게도 내리는군."

자신의 목소리였다. 지금의 목소리와는 다르게 더 낮고 거칠었다. 마치 늑대의 으르렁거림을 듣는 것 같은 그런 위협적인 목소리였다. 그런 자신의 목소리는 밝았다. 애써 밝은 목소리를 내는 것 같았다.

비가 세차게 내렸다. 낡은 오두막은 비를 전부 막아주지 못했다. 건우의 죽립 끝을 따라 물방울이 계속 떨어졌다. 그러나 춥지도, 불쾌하지도 않았다. 그의 곁에 누군가 있었기 때문이다. 그 누군가의 얼굴은 보이지 않았다. 여인이었고 몸을 떨고 있는 것만 보였다.

"이렇게 될 줄 알았다면… 당신을 만나지 말았어야……."

"그럼 그때의 나를 죽게 놔둘 생각이오?"

"그런 말이 아니잖아요."

"당신은 당신의 술만큼이나 심보가 고약하군."

얼굴이 보이지 않았지만 여인의 인상은 찌푸려진 것 같았다. 얼굴이 새파랗게 질려 있고 표정은 후회로 물들어 있었다.

"지금 농담을 할 때가……!"

"비가 와서 좋소."

"…저도요."

비가 와서 좋았다. 비가 오기에 더 오랫동안 같이 있을 수 있었다. 모든 흔적들을 말끔하게 가져가 줬으면 했다. 그러나 곧

끝날 것임을 알고 있었다.

"저만 돌아가면, 지금 제가 돌아가면……."

"세상을 지키고 싶다고 하지 않았소. 마교의 손에서."

"당신의 고향으로 같이 가요. 동쪽의 나라라면… 거기라면……!"

대답하지 않았다. 건우는 웃었다. 중원을 떠나 고향으로 돌아가서 평범하게 밭을 일구며 살고 싶었다. 그러나 그는 그 길을 선택할 수 없었다.

건우는 호신부를 꺼내 그녀에게 쥐어주었다. 그러고 자신의 검을 그녀에게 주었다. 그의 스승이 준 보검은 몸을 지켜주는 힘을 지니고 있었다. 지금의 그는 철검으로 충분했다.

"동쪽으로 가시오."

"당신……!"

"태양이 떠오를 때까지 버티면 우리의 승리이오. 그럼 우리가 마교도 별거 아니란 것을 증명하게 되겠지. 참 멋진 일이지 않소?"

건우는 오두막에서 나왔다. 여인이 건우의 옷깃을 잡았다. 건우는 간신히 웃으면서 떼어냈다.

"걱정 마시오. 다시 만날 거요."

"…죽을 게 뻔한데, 죽을 건데… 어떻게 다시 만난단 말이에요!"

"그렇다면 죽은 이후에 보면 되지."

"환생을 말하는 건가요? 내 말을 믿어주는 건가요?"

건우는 천천히 고개를 저었다.

"나는 환생은 믿지 않소. 그래도 그게 있다면 좋겠소만."

"끝까지 인정 안 하는군요. 다시 만난다고 해도 기억은 없을 거예요."

"기억은 필요치 않소. 내가 반했고, 반하는 건 당신뿐이오. 그 거면 충분하지 않겠소?"

"놈팽이가… 말만 그럴 듯하게……."

건우는 웃으면서 손을 흔들었다. 웃고 있지만 가슴이 찢어질 듯 아팠다. 어머니가 죽을 때 결코 울지 않기로 다짐했다. 그러나 이번만큼은 힘들 것 같았다. 비가 내려 다행이라 생각했다.

"그럼 가겠소. 부인."

"…다음에 봐요."

"그래, 또 봅시다."

건우는 일부러 웃음을 크게 터뜨리고는 앞으로 나아갔다. 오 두막과 멀어질수록 표정이 굳었다. 거의 하늘을 날다시피 빠르 게 이동하는 건우는 한 마리의 제비 같았다.

얼마나 나아갔을까?

주변에 수많은 기척이 다가오고 있음을 알아차렸다.

누군가 그의 앞에 나타났다. 마치 그림자에서 나타난 것처럼 보였다.

"범의 아가리에 목을 들이밀다니 간이 부었군."

"그게 범일지 고양이일지 직접 봐야 아는 것 아니겠소?"

"배짱만큼은 정말 대단하구나, 대단해."

건우가 검을 뽑았다. 격하게 공명하는 검에서는 검강이 뿜어 져 나왔다. 그 기세가 워낙 격렬해 건우의 눈앞에 있는 남자가 뒤로 주춤 물러났다. 남자뿐만 아니라 그의 수하들도 마찬가지였다.

"마교를 홀로 당해낼 수 있을 거라 생각하나?"

"그럴 순 없겠지. 그러나……."

검을 휘두르자 검강이 뿜어져 나가며 남자의 옆에 있던 수하 여럿을 토막 냈다.

"마교의 역사는 이어지지 못할 거요. 그걸 알기에 당신네 교주도 직접 와 있는 거 아니오? 내 오늘 그 귀하신 얼굴을 직접 봐야겠소."

"건방진……! 쳐라!"

어느새 비가 그쳐 있었다. 싸우기에는 정말 좋은 날씨라고 건우는 생각했다.

건우는 눈을 떴다.

시계를 보니 하루가 지나 있었다. 오후 2시에 잠들었는데 깨어나니 아침이었다. 거의 하루 동안 계속 잔 것이다. 멍한 정신을 가다듬고 자리에서 일어났다.

'꿈?'

아니, 그건 기억이었다. 가슴이 벅차올랐다. 결코 잊어서는 안 되는 기억이 지금에서야 생각난 것이다. 왜 잊고 있었을까? 어째서 얼굴만큼은 떠오르지 않는 걸까?

의문이 꼬리에 꼬리를 물고 이어졌다. 눈을 감고 더 떠올려 보려 애썼지만 소용이 없었다. 그래도 그녀와의 추억을 되찾은 것만으로도 건우는 가슴이 크게 뛰었다.

"대사… 오글거렸는데. 뭐야, 그게. 마지막이라면 좀 더 멋지게 말할 것이지."

꿈속에서 말했던 말들을 떠올려 보니 오글거렸다. 건우는 크게 웃으며 손을 오물거렸다. 너무 슬프지만 후련했다. 가슴을 누르고 있던 벽돌이 사라진 것 같았다.

'내가 홀로 마교를 이겼을까?'

단신으로 마교를 막을 수는 없었을 것이다. 그러나 적어도 건우는 마교 교주의 팔 한쪽은 가져갔을 거라고 믿었다. 화경은 그런 경지였다.

건우는 바로 석준에게 연락했다.

─건우야. 네가 이 시각에 웬일이냐!

"앨범 작업 때문에요."

─오! 많이 진행되었냐?

"네, 꽤 된 것 같아요.

─크흐, 한동안 조용하더니 열심히 했나 보구나.

석준이 바로 오라고 난리였다. 오전에 연습생들을 봐야 하는 스케줄이 있었지만, 바로 취소시켰다. 구두로 합의했지만 이제 재계약을 해야 했고, 그리고 건우의 작업물도 빨리 확인해 보고 싶었기 때문이다. 건우는 몇 달 동안 연락도 안 해서 조금 미안한 마음이 있었다.

건우는 바로 외출 준비를 마쳤다.

석준과 만나는 건 빨라도 오후에나 가능할 것 같았는데, 석준은 아예 오전 스케줄을 모조리 비워 버렸다.

'조금 부담스럽기는 한데……'

석준 입장에서는 당연한 조치였다. 재미있게도 YS하면 떠오르는 대표적인 인물은 석준이 아닌 이건우였다. 그만큼 건우가 가지는 영향력은 막대했다. 이건우만 데리고 있어도 알아서 모든 문제들이 자연스럽게 해결되었다. 돈, 명예, 그리고 이미지에 이르기까지 이건우 효과를 톡톡히 보고 있었다. YS가 쌓아 올린 것의 태반이 이건우 덕분이라는 평가도 많았다. 석준은 그런 말들을 부정하지 않고 오히려 대단히 기뻐했다. 사업적인 것을 떠나 동생이 잘나간다는 사실이 마냥 좋은 석준이었다.

건우는 차를 타고 YS 사옥으로 갔다. 건우가 타고 다니는 차는 화제가 되고 있었다. 건우가 타고 다니는 것만으로도 자연스럽게 브랜드 홍보 효과가 이루어졌다.

정작 건우는 차를 다른 걸로 바꿀 예정이지만 말이다.

'사옥은 진짜 올 때마다 달라지네.'

이제는 놀라기도 힘들었다. 건우는 피식 웃고는 바로 대표실로 향했다. 노크를 하자 석준의 목소리가 들려왔다. 안으로 들어가니 석준이 씨익 웃으면서 건우를 반겼다. 석준은 프라모델을 조립하고 있었다.

오전 스케줄을 모두 비운 덕분에 간만에 생긴 여유 시간이었다. 건우가 선사해 준 꿀맛 같은 휴식이라고 봐도 무방했다.

"왔냐?"

"그거 재미있어요?"

"시간 때우기에는 딱이야."

대표실의 진열장에는 벌써 많은 프라모델과 피규어들이 진열되어 있었다. 한정판들은 가격이 엄청 비싸다고 들었는데, 석준에게는 문제가 되지 않았다.

"비싸지 않아요?"

"네가 그런 말 하니까 웃기네. 사치도 좀 부리고 그래라."

"음, 가게 건물도 샀고, 집도 샀고… 딱히 뭐… 음, 별장이나 사 볼까요?"

"오, 그래. 내가 소개시켜 주마. 대신 나도 좀 재워줘. 그냥 차라리 섬 하나를 사버리는 건 어때?"

"돈 좀 더 벌면요."

건우는 피식 웃었다. 근데 현실적으로 생각해 봐도 충분히 가능한 이야기였다. 아직은 무리지만 섬 하나를 사서 활주로를 만들어 넣고 전용기를 하나 주차해 놓는다면 꽤나 멋있긴 할 것 같았다.

어중간하게 돈을 쓰면 욕을 먹지만 거대한 스케일이 되면 오히려 흠모와 존경을 받는다.

"너 요리 잘한다고 소문 엄청났어. 방송에 나가고 나서부터 라면이나 조미료 CF 엄청 들어와. 혹시 노리고 한 거냐?"

"그럴 리가요. 뭐, 그래도 제 이미지는 좋아졌잖아요."

"그래, 요즘 너 장난 아니지. 흐흐흐. CF 하나 작업하자."

"그래도 일단 지금은 앨범이 우선이죠."

건우 어머니의 가게도 대박이 터졌다고 한다. 전보다 줄이 훨씬 늘어났는데, 연장 영업까지 해서 수익을 바짝 당기고 있었다. 건우네 식당은 물 들어올 때 노를 저을 줄 알았다. 건우가 방송 때 선보인 요리는 가게의 메인 요리가 되어 있었다. 얼마 전에는 미식가들이 뽑은, 가봐야 하는 식당 1위로 꼽히기도 했다.

"그래, 잡담은 여기까지 하고……."

건우를 보는 석준의 눈빛이 반짝였다. 건우는 석준이 무엇을 원하는지 알고 있었다. 건우는 주머니에서 USB를 꺼냈다. 싸구려 USB였지만, 석준의 눈에는 엄청난 가치가 담겨 있는 보물로 보였다.

그래, 천금과도 바꿀 수 없는 보물이었다.

지금까지 건우는 석준을 단 한 번도 실망시킨 적이 없었다. 아니, 기대 그 이상을 보여주었다. 석준은 심장이 빠르게 뛰는 것을 느꼈다. 자신에게 이런 흥분을 주는 가수는 건우가 유일했다.

"자신 있어? 나, 냉정한 거 알지?"

"네. 자신 있어요. 자신 없었으면 안 왔겠죠."

석준은 건우가 자신 있어 하는 모습을 보고 미소 지었다. 기대를 해도 충분할 것 같았다. 석준은 음악에 대해서는 무척이나 까다로웠다. 건우라 하여도 그냥 넘어갈 수 없었다. 건우도 그것을 잘 알고 있었다. 석준은 자신의 노트북을 꺼냈다. 대표실의 고급 스피커와 연결된 노트북이었다.

"이게 타이틀곡이야?"

"네. 일단 그것부터 들어주세요."

"음."

석준은 고개를 끄덕이고 플레이 아이콘을 눌렀다.

건우가 작업한 전주가 흘러나왔다. 석준은 눈이 동그랗게 떠졌다. 전주부터 그의 귀를 확 사로잡았다. 건우의 작곡 실력은 이미 수준급이었다. 첫 곡을 만들 때만 해도 어설펐던 실력이 이제는 자신의 턱밑까지 와 있었다.

건우의 목소리가 흘러나오기 시작했다. 그 순간 석준은 그대로 굳어졌다. 처음 느끼는 감각이었다. 마치 노래에 빨려 들어가는 것 같은 그런 느낌이었다. 아름다운 모든 것들이 늪이었다면 이것은 차라리 블랙홀에 가까웠다.

'아……'

석준은 건우의 목소리에 혼이 나가 버렸다.

가사 하나하나가 머릿속에 박히듯이 들렸다. 마치 누군가가 머릿속에 들어와 뇌에 직접 입력해 주는 것 같았다.

'그랬었지.'

가난했던 시절, 헤어질 수밖에 없었던 첫사랑이 떠올랐다. 그때는 그렇게 슬펐다. 그 시절의 감정이 치솟아 올라와 석준의 온몸을 지배했다. 이제는 사라져 버렸을 거라고 생각했던 감정들이 다시금 생생하게 부활하여 그의 가슴을 옭매었다.

자신의 이야기 같았다. 아니, 분명히 자신의 이야기였다. 가슴을 찌르는 감정이 그렇게 외치고 있었다.

노래가 점점 절정으로 향할수록 슬픈 기억도 헤어지던 순간으로 향하고 있었다.

석준은 노래에 대해서는 냉혈한이었다. 웬만한 감동이 아니고서는 눈도 깜빡이지 않았다.

그러나 버틸 수 없었다.

석준은 눈을 감았다. 그의 눈에는 눈물이 고여 있었다. 마음껏 펑펑 울고 싶어지는 기분이었다. 곡의 완성도가 어쩌고, 목소리가 저쩌고, 노래가 좋고 말고는 이제 아무런 상관이 없었다.

이 노래 자체가 슬픔이었다.

"가지 말라고 말하고 싶어. 지금도."

마지막 소절이 울려 퍼지고 노래가 끝났다. 석준의 눈물이 볼을 따라 떨어졌다. 석준은 노래가 끝나고도 한동안 움직이지 못했다.

노래가 끝나자 슬픈 감정은 새로운 감정이 되었다. 마냥 슬픈 것만은 아니었다. 그때가 있기에 지금 자신이 존재한다는 생각이 들었다. 그리고 그때보다 더욱 열렬하게 사랑하는 이를 만나 결실을 맺었으니 후회가 남지 않았다.

그저 눈물이 나올 뿐이었다.

"크……."

정신을 차리고 보니 노래가 끝나 있었다. 석준은 자신이 울고 있음을 깨닫고 서둘러 눈물을 닦았다. 건우에게 뭐라고 말해야 할지 정리가 되지 않았다.

마법일까? 아니면 기적일까?

석준은 음악의 신이 인간의 모습으로 지상에 내려왔다고 해도 믿을 것 같았다. 건우에 대해서 잘 안다고 생각했지만 자신이 오만했다. 건우는 그의 상식을 아득히 초월한 영역에 있었다.

아름다운 모든 것들은 맛보기였을 뿐이다.

YS 소속 가수라는 것을 떠나 이런 가수가 세계에 나타났다는 것이 고마웠다.

"흑흑……."

"으엉……."

대표실 문 밖에서 우는 소리가 들려왔다. 열린 문 사이로 린다와 하연이 눈물을 질질 흘리고 있었다.

석준이 문 밖에 서 있는 린다와 하연을 발견하고는 입을 열었다.

"크흠, 너희들이, 훌쩍, 거기 왜 있어……?"

"크허헝, 건우 온다고 해서… 크흑, 와봤죠."

"흐으, 흑… 딸꾹! 선배님께 딸꾹, 인사드리려고… 흐엉엉."

석준은 코를 훌쩍거리면서 간신히 울음을 참고 있었는데, 린다와 하연은 아예 대놓고 울었다.

석준이 들어오라고 손짓하자 둘은 대표실 안으로 들어와서 또 울었다. 눈물 폭탄이라도 맞은 것 같은 모습이었다. 건우는 그 모습에 살짝 고개를 끄덕였다.

'너무 심했나?'

그야말로 혼신의 힘을 불어넣어 부른 노래였다. 당연히 이제껏 부른 노래보다 몰입이 심할 것이다. 그러라고 만든 노래니까 말이다. 하지만 최루탄에 맞은 것처럼 눈물을 흘리는 셋을 보니 건우는 노래의 영향력이 너무 심하다고 생각할 수밖에 없었다.

'힘을 좀 빼야겠군.'

이대로 낸다면 공감을 떠나서 사건 사고가 많이 일어날 것 같았다. 운전을 할 때 듣다 교통사고가 날 위험이 있었다. 건우의 노래는 이백 퍼센트 통하는 최면 수준이었다.

무림맹주가 온다고 하더라도 그 힘이 어떤 것인지 알아낼 수는 없겠지만 부정적인 사회현상을 만들 수도 있을 것 같았다.

건우는 노래를 통해 공감과 위로, 그리고 희망을 선물해 주고 싶을 뿐이었다. 해를 입힐 의도가 있을 리 없었다.

'너무 흥을 냈어.'

그런 감이 없지 않아 있었다. 그 극심한 슬픔을 떠올리면서 부른 노래이니 말이다. 게다가 모든 내력을 때려 박았다. 이제는 거의 일 갑자에 이르러 가는 내공을 모두 쏟아 넣은 결과물은 거의 무기 수준이었다. 건우야 내성이 있지만 다른 이들은 아니었다.

"흐어엉, 선배님, 너무 슬퍼요. 목소리가 너무 슬퍼요. 흐엉……."

하연의 눈이 탱탱 부었다. 진정되기까지 꽤 시간이 걸렸다. 진정이 되자 셋은 웃었다. 울다가 웃는 모습은 조금 이상했지만 개운함을 느낀 것 같았다. 슬픈 기억이 추억으로 변하는 순간이었다.

과하긴 하지만 그래도 의도대로 된 것 같아 마음이 놓였다.

"내 여자 친구에게 잘해줘야겠어."

"뭔가 후련하네요. 옛날 생각도 나고……."

린다와 하연이 그렇게 말했다. 석준이 건우를 바라보았다. 건우는 석준에게서 나올 말이 기대되었다.

"어때요?"

"어떤 것 같냐? 내가 울었다고."

석준이 자리에서 일어났다. 그리고 손을 번쩍 들었다.

"이건 대박이야!"

석준이 그렇게 외치자 하연과 린다가 박수를 쳤다. 건우는 그런 반응에 뿌듯했다. 몇 달 동안 죽을 고생을 하며 만든 성과가 있었다.

"음, 근데 이거 뭐랄까, 너무 폭발만 하는 느낌? 그런 게 너무… 아! 물론 지금도 굉장히 좋아."

석준도 자신이 말하면서 무슨 말을 하는 건지 몰랐다. 건우의 목소리가 지닌 미지의 힘을 알 수 없었기 때문이다. 지구상 그 누구도 알 수 없는 비밀이었다.

석준은 그저 가창력, 목소리 톤과 노래가 절묘하게 어울려 감정 이입이 극대화되었다고 생각할 뿐이었다. 그것에서 오는 폭발력이 너무 과하다고 느껴졌다. 듣는 사람이 힘들 정도로 말이다.

"좀 힘을 빼야겠죠?"

"그래! 맞아. 조금 힘을 빼고 테크니컬하게 가보자. 오늘 해볼래? 너만 좋다면 오후 스케줄도 비울게."

"네, 저야 좋죠. 근데 다른 곡은 안 들으시나요?"

석준은 지금 겨우 한 곡을 들었음을 깨달았다. 석준의 얼굴이 흥분으로 물들었다. 린다와 하연도 마찬가지였다.

"야, 너들 나가라. 지금 들은 것도 머릿속에서 지워 버려."

"아니, 대표님, 왜 저를 빼놓으시라고 하십니까?"

"넌 입이 가볍잖아."

린다가 고개를 가로저었다. 절대 말하지 않겠다는 제스처였다.

"대표님. 저도……."

하연이 석준의 말에 격하게 고개를 끄덕였다. 석준이 건우를 바라보자 건우는 고개를 끄덕였다. 어차피 말로 표현하고 싶어도 그럴 수 없을 것이다.

여러 사람의 의견을 듣는 것도 좋은 방법이었다.

"으음… 뭐, 듣는 거야 상관없겠지. 너희에게도 도움이 될 테니까. 근데 새어나간다면 각오하는 게 좋을 거야."

석준의 허락이 떨어졌다.

하연은 싱어 송 라이터를 꿈꾸고 있었다. 요즘 린다의 밑에서 작곡법을 배우고 있었다. 인기 정상의 아이돌이었지만 언제까지나 아이돌로 머무를 수는 없었다.

하연은 존경과 흠모가 담긴 눈동자로 건우를 바라보았다. YS 가수들, 연습생 중에서 건우의 팬이 아닌 이들이 없었다. 특히, 하연은 건우를 제일 존경한다고 방송에서 말하고 다녔다.

석준은 건우를 바라보았다. 그 눈빛에는 망설임이 들어 있었다.

"음, 건우야. 근데, 다른 곡들 모두 이런 분위기야?"

"아니요. 총 10곡인데. 타이틀곡이 절정에 해당돼요. 평범할지도 모르지만… 사랑의 시작부터 끝까지를 한번 그려보고 싶었어요."

"그래? 그럼 헤어짐이 절정이라는 이야기냐?"

"아직 저에게는요. 저에게는… 그러네요."

석준은 고개를 끄덕였다. 건우가 어떤 사랑을 했는지 머릿속에 그려졌다. 그건 대단히 슬프고 아픈 사랑이었을 것이다.

"크흑! 우리 불쌍한 건우… 형이 소개팅시켜 줄까?"

린다가 건우를 끌어안으며 그렇게 말했다.

하연도 물기 어린 눈빛으로 건우를 바라보았다. 뭔가 대단한 착각을 하고 있었지만 건우는 그냥 웃음으로 넘기기로 했다. 어차피 설명한다고 해도 믿지 않을 것이다.

'전생에 무림고수였는데, 환생했어요.'

이렇게 말해봤자 누가 믿을까?

석준은 첫 곡부터 틀었다. 임시로 정한 '설레임'부터 시작해서 마지막 '이별 후'까지 차례대로 10곡을 듣기 시작한 것이다.

첫사랑의 설레임으로부터 시작해서, 다가가는 이야기, 풋풋하게 느껴지는 사랑, 위기와 절망, 그리고 슬픈 헤어짐, 마지막은 이별 후의 곡으로 전개가 되었다.

물론 이어지는 느낌이 아니라 하나하나 독립된 노래였고 몇몇 노래는 전혀 상관없게 느껴지기도 했다. 그러나 처음부터 끝까지 들어보면 건우가 꾸며놓은 감정선을 찾을 수 있었다. 주제에 충실했지만 노래의 깊이를 잃지 않은 구성이었다.

어찌 보면 평범할 수도 있는 주제였다.

그러나 앨범의 구성은 마치 한 편의 영화와 같은 느낌을 주었다. 어떤 가수들의 앨범을 평가할 때 그런 말들이 나오곤 하지만 건우의 노래는 그 궤를 달리했다. 그 자리에 멈춰서 아무것도 못 하고 멍하니 노래를 듣게 만들었다.

첫사랑의 설레임부터 이어진 감정이 절정에 이르니 눈물이 안 나올 수가 없었다.

건우도 노래에 빠져 좋은 추억에 잠겼다. 마지막 곡이 깨끗하게 슬픔을 정리해 주었다. 이제 털어버리고 새롭게 시작할 수 있다는 다짐, 그러나 그 속에 남아 있는 미련, 그런 것들이 깊은 여운을 느끼게 만들었다.

셋은 각자 생각에 빠져 있었다. 건우는 노래가 주는 힘이 얼마나 큰지를 깨달을 수 있었다.

그들의 표정을 보니 감상평을 묻지 않아도 되었지만 건우는 묻고 싶었다.

"어떤가요?"

건우의 말에 모두의 고개가 동시에 돌려졌다.

"이게 나오면 난리 날 거다."

"존경합니다, 선배님."

"내 곡을 넣지 않기를 잘했네. 어휴, 내 곡이 이런 곡들 사이에 껴 있으면 욕을 엄청 먹었을 거야."

반응은 건우가 예상했던 것보다 훨씬 좋았다. 그럴 수밖에 없었다. 이것은 차라리 마법이라고 부르는 편이 더 나을 지경이었다. 모두 건우니까, 건우이기 때문에 가능하다고 생각하고 있었다.

'방향이 더욱 명확히 정해졌네.'

전체적으로 힘을 좀 빼고 그곳에 테크닉적인 요소를 집어넣는 다면 완성도도 더 올라갈 것 같았다. 프로듀싱과 편곡은 석준과 린다가 맡아줄 예정이니 건우는 전혀 걱정하지 않았다.

자신과 함께할 동료가 있어 든든했다.

"전 세계가 눈물바다가 되겠네."

석준의 예언이었다. 린다와 하연은 그 예언이 결코 빗나가지 않을 것임을 누구보다 공감할 수 있었다.

2. 전설이 될 준비

YS의 이건우 프로젝트가 다시 가동되었다. 이 프로젝트에 YS의 모든 역량이 집중되었다. 비밀 엄수가 중요해 석준은 철저히 기밀을 유지했다. 건우가 가진 영향력을 생각해 보았을 때 괜히 피해를 줄 수 있기 때문이었다.

　뮤직비디오도 외주에 맡기지 않고 YS에서 직접 찍기로 했다. YS 사옥에는 스튜디오도 갖춰져 있어 고퀄리티의 뮤직비디오를 만들어낼 수 있었다. 그렇기에 YS에서 최근에 낸 앨범의 뮤직비디오는 모두 자체 제작이기도 했다. 촬영팀 역시 YS 소속이었다. 자체 제작의 이점이 있다면 역시 YS의 의도를 충실하게 반영하고 현장에서 직접 감독할 수 있다는 점이었다. 그러한 부분 때문에 오히려 제작비 절감이 되었다.

　그래도 UAA에는 알려주었다. 재계약을 위해 바로 마이클이 한국으로 날아왔다. 에이전시의 대우도 최상이었다. UAA는 YS의 좋은 파트너로서 한국 연예인들의 미국 진출에 좋은 루트가 되어 줄 것을 약속했다. UAA는 아직 앨범이 나오지도 않았는데 벌써부터 해외 스케줄을 잡아야 한다고 아우성이었다.

건우는 앨범의 모든 부분에 다 관여했다.

자신의 첫 정규 앨범이었다. 내용 구성을 아주 풍족하게 할 예정이었다. 북릿, 포토 카드, 포토 스티커, 미공개 사진, 브로마이드, 메이킹 영상, 라이브 동영상, 손 편지, 콘서트 할인 쿠폰 그리고 전 세계의 팬들을 위해서 영어로 제작된 음반 하나가 더 들어갈 예정이었다. 가격은 다른 가수의 앨범과 다르지 않았다.

녹음은 빠르게 진행되었다. 건우는 힘을 적당히 뺀 채 녹음하였다. 힘을 뺀 후 드러난 부족한 부분은 화려한 기교와 스킬로 채워 넣었는데, 석준의 욕심은 그 끝을 몰랐다.

"음, 조금 더 해보자. 할 수 있지?"

"네."

"기계처럼 정해진 것도 좋지만, 즉흥적인 표현도 중요해."

"알겠습니다."

곡의 녹음은 그냥 넘어가지 않았다. 석준의 편곡으로 인해 곡의 난도는 상당히 높아졌다. 음역대도 음역대였지만 클라이맥스로 갈수록 쉴 구간이 도저히 보이지 않았다. 웬만한 호흡으로는 감당조차 할 수 없었다. 그런 몰아침이 부족한 부분을 채워주는데 큰 도움이 되었다. 건우는 석준의 말대로 즉흥적인 느낌으로 자유롭게 노래를 불렀다.

클라이맥스부터 애드리브까지 건우도 겨우 소화할 만큼 대단히 고난도였다.

건우의 제스처는 격렬했다.

마치 온몸으로 노래를 부르는 것 같은 모습이었다.

"좋아! 그거야!"

노래를 마치자 석준이 박수를 쳤다. 린다는 흥분하며 펄쩍펄쩍 뛰었다. 타이틀곡은 아니었지만 이 곡을 녹음하는 데 반나절이 소모가 되었다. 다른 가수들에게는 평범할 수 있는 일이지만 건우에게는 아니었다. 건우는 오래 녹음한 적이 거의 없었기 때문이다.

건우가 고개를 설레 저으면서 녹음실 밖으로 나왔다.

"이거 잘못하면 라이브로 못 부를 것 같은데요."

"으음, 좀 힘들긴 하지?"

"좀 힘드냐고요? 이걸 도대체 누가 불러요?"

"넌 잘하잖아. 그럼 됐지."

건우는 어이없다는 듯 석준을 바라보았다. 물론 건우가 만들 때부터 꽤 고난도였지만 석준의 편곡은 그야말로 지옥의 레이스였다. 그래도 건우가 감탄한 점이 있다면 급격한 몰입이 아니라 자연스럽게 몰입을 할 수 있도록 만들었다는 점이었다.

건우는 석준이야말로 진짜 천재라고 생각했다. 자신의 곡을 단번에 이해하고 감정의 힘까지 관여하는 모습은 놀랍기 그지없었다.

'세계 최고 수준이 아니라, 그냥 세계 최고야.'

아름다운 모든 것들에서도 그 편린을 보았지만 석준의 진면목을 접하니 감탄할 수밖에 없었다. 그러니 한국 100대 음반에 드는 음반을 만들고 해외 유명 음악 잡지에서 만점에 가까운 점수를 받았겠지.

건우는 석준을 보는 눈빛이 달라졌다. 아직도 그에게 배울 수 있는 것들이 많다는 것에 기뻤다.

대화를 듣고 있던 린다가 혀를 내둘렀다.

"어휴, 이거, 우리 건우 말고 이걸 누가 불러요. 시도하다가 죽어버릴걸요?"

"그래도 좋잖냐."

"아니, 대표님의 욕심을 왜 건우 노래에 부려요?"

"흐흐, 티가 났냐? 요즘 애새끼들 노래 좀 한다고 나대는 게 짜증 나서 말이지. 우리 건우 말고 누가 부르겠냐. 크흐흐. 시도하다가 개망신이나 당하라지!"

린다가 고개를 설레 저었다. 석준과 함께 작업에 매달리느라 며칠 동안 집에 들어가지도 못했다. 사옥에 휴식실뿐만 아니라 사우나 시설까지 있으니 상관은 없었지만 그래도 정신적인 압박은 꽤 있었다.

건우도 그들과 같이 사옥에서 계속 머물렀다. 덕분에 흥분한 것은 연습생들이었다. 이번에 뽑힌 연습생들의 단톡방에서는 난리가 났다.

엘라: 건우님, 피곤하신 모습도 개멋짐. 화보인 줄.

민이: 건우님, 방금 연습실 옆으로 지나갔음. 말 걸었더니 웃어줌. 대박! 황송해서 더 이상 말 못 걸겠어.

준: 같이 사진 찍었다ㅋㅋㅋ.

지아: 가끔 3층 자판기에 오시던데ㅎㅎ. 어제 아침부터 용안을 뵙고 기절하는 줄.

아이: YS에 들어오길 잘했어. ㅠㅠ.

연습생들은 건우를 보려고 아침 일찍부터 일어나 연습실에 나왔다. 다음 있을 YS 연습생 종합 평가에서 1등을 하면 건우가 트레이닝을 해준다는 근거 없는 소문이 돌기 시작하면서 연습생들 모두가 피를 토하는 노력을 하고 있었다.

그런 와중에 드디어 녹음이 완료되었다.

앨범의 윤곽은 확실하게 드러났다. 제목 역시 지어졌다.

1. 너와의 만남

2. 설레임

3. 피어오르는 날

4. 약속

5. 막차가 끊겨서

6. 헤어지려는 연인을 위해

7. 슬픈 이야기(타이틀)

8. 혼자 떠나는 여행

9. 이별 후

10. 나만 아는 추억

임시로 붙인 제목은 거의 그대로 확정되었다.

건우는 뿌듯함에 절로 미소가 나왔다. 곡 하나하나마다 정말 죽을힘을 다해 만들었고 최선을 다해 녹음했다. 후회가 남을 리 없었다.

녹음은 후반부 작업이 남아 있었는데, 후반부 작업은 대단히 중요했다. 다른 누구도 아니고 건우의 앨범이니 후반부 작업에도 상당한 공을 들여야 했다.

그리고 앨범 표지 제작, 앨범에 들어갈 사진 촬영 등 여러 가지 일정들이 남아 있었다. 뮤직비디오도 찍어야 했다. 최대한 빨리 앨범을 발표할 수 있게 작업을 하고 있지만 아직 갈 길이 멀었다.

"건우야, 뮤직비디오 콘티가 나온 게 있는데, 볼래?"

"네."

타이틀 곡 '슬픈 이야기'의 뮤직비디오 콘티였다. 건우는 콘티를 자세히 살펴보았다. 곡의 내용 그대로 매우 슬픈 이별이었다. 난치병에 걸린 남자가 억지로 연인을 떼어놓는 이야기였다.

석준은 건우를 진지한 표정으로 건우를 바라보았다.

"개인적으로 남자 배우는 네가 했으면 좋겠어. 어때? 조금 색다른 연기에 도전하는 것도 좋잖아?"

"음, 저도 해보고 싶네요."

"그리고 여자 배우는 조금 급이 되는 배우를 섭외하고 싶어. 제작비는 신경 쓰지 말고. 어때?"

건우는 고개를 끄덕였다. 건우는 누군가가 떠올랐다. 이미 같이 연기를 맞춰본 경험도 있었고 YS 소속이라 번거로운 절차를 거칠 필요가 없었다.

"진희 누나는 어때요?"

"진희?"

석준이 눈을 깜빡였다. 그러다가 천천히 고개를 끄덕였다. 확실히 진희라면 대한민국 여배우들 중에서 손꼽히는 인지도를 가지고 있었다. 게다가 YS 소속이었다.

석준은 왜 그 생각을 못했는지 속으로 스스로를 자책했다. 누가 생각하더라도 최적의 인물이었다.

"좋은데? 진희라면 괜찮지. 제작비 깎기도 아주 수월할 거야. 흐흐흐."

건우와 같이 뮤직비디오에 출연한다고 하면 오히려 돈을 주고서라도 참여한다고 할 것이 뻔했다.

석준은 아주 잘 알고 있었다. 진희의 속내쯤은 이미 오래전부터 파악하고 있었다. 물론 말은 이렇게 해도 이름값에 맞는 출연료는 챙겨줄 생각이었다. 친할수록 더 잘해줘야 한다는 것이 석준의 지론이었다.

아무튼 이번 노래는 세계 음악 시장을 뒤흔들 것이 분명하니, YS 소속 배우인 진희도 세계적인 지명도를 얻을 수 있을 것이다. 서로서로 좋은 이야기였다.

"건우야, 네가 섭외 전화를 해. 그게 낫겠어."

"알겠어요."

"그럼, 쉬었다가 일정에 대해서 다시 이야기하자. 아! 바쁘다, 바빠."

섭외 전화 정도는 쉬운 일이었다. 그리고 자신이 직접 말하는 것이 예의가 있는 일이었다.

건우는 밖으로 나와 핸드폰을 들었다. 핸드폰을 들고 전화를 걸려니 이상하게 망설여졌다. 자신도 어이가 없어 핸드폰을 뚫 어져라 바라보았다. 그렇게 의미 없는 시간이 지났다.

"응? 뭐 해?"

린다가 커피를 들고 복도에 가만히 서 있는 건우를 바라보았 다.

"연락 안 돼?"

"아뇨. 뭐 좀 확인하느라고요."

"그래? 음, 건우야. 복도에 나와 있지 마라."

"왜요?"

린다가 뒤를 가리켰다. 사옥에 나온 소속 가수들이 몰려 있 는 것이 보였다. 기밀 유출을 우려한 석준은 허가받은 사람 외 에 이 근처로 다가오지 못하게 했다. 그랬기에 감히 다가오지는 못하고 멀리서 아련하게 건우를 바라보고 있는 이들이 보였다.

건우는 고개를 끄덕이고는 개인 휴식실로 들어갔다.

'내가 왜 망설이는 거지? 이해가 안 되네.'

건우는 망설이는 성격이 결코 아니었다. 정해진 일이라면 바로 바로 해결하고 넘어갔다. 자신의 손가락이 움직이지 않는 게 이 해가 되지 않았다.

진희는 승엽이만큼이나 친했다. 건우는 자신도 이해할 수 없 어 고개를 갸웃하고는 그저 웃을 뿐이었다.

핸드폰을 노려보다가 통화 버튼을 눌렀다.

ㅡ거, 건우……?

"응, 뭐 해?"

ㅡ아! 응, 지, 지금 운동 중이야.

"그럼 나중에……."

ㅡ아, 아니, 막 끝났어. 괜찮아. 왜? 무슨 일 있어?

당황하는 진희의 목소리가 들려왔다. 건우가 직접 진희에게 전화하는 경우는 드물었다. 보통 톡으로 대화하거나 진희가 전화를 걸어왔다.

건우는 살짝 웃었다. 지금 운동을 하지 않고 있는 것쯤은 이미 알고 있었다. 아마 축 늘어져 누워 있다가 자신의 전화를 받았으리라. 이미 그녀의 모습이 머릿속으로 그려졌다.

"이번 앨범 뮤직비디오 때문……."

ㅡ할게!

"응?"

ㅡ무조건 할게!

말이 다 나오지 않았음에도 진희는 바로 승낙했다. 건우는 일단 설명을 해주었다. 설명을 할수록 진희의 목소리가 밝아졌다. 반드시 하겠다는 의지가 전해져 와서 말릴 수가 없었다. 말릴 이유도 없고 말이다.

ㅡ지금 사옥이야?

"응."

ㅡ계약하러 갈게. 석준 오빠보고 기다리라고 해줘. 아니, 내가 전화할게! 그럼 좀 이따 봐!

시끄러운 소리가 들렸다. 진희는 전화를 끊는 걸 잊어버리고 준비를 하는 모양이었다.

ㅡ꺄악! 어떡해!

ㅡ뭐야, 언니. 미쳤어?

―나, 건우 뮤직비디오에 들어갈 것 같아! 지금 나가야 해.

―헐, 대박! 뭐 입고 가려고? 에라이, 내가 코디해 줄게.

대단히 요란스러웠다. 건우는 못 들은 척 전화를 끊었다. 다시 녹음실로 가니 석준이 건우를 보고 고개를 갸웃했다.

"건우야, 뭐 좋은 일 있냐?"

"네?"

"왜 그렇게 웃고 다녀. 애들 다 홀린다. 조심해라."

건우는 그제야 자신이 웃고 있다는 걸 깨달았다. 메이킹 영상을 찍는 카메라가 건우의 그런 모습을 담고 있었다.

앨범 작업이 시원시원하게 진행되면서 건우는 바쁜 나날을 보냈다. 앨범에 넣을 화보 촬영도 하였고, 앨범 표지 제작은 건우가 직접 관여했다. 말로만 하는 것이 아니라 디자인부터 하나하나 다 건우의 아이디어가 녹아 있었다.

빠르게 작업한다고는 했지만, 완성도를 좀 더 높이기 위해 신경 쓰다 보니 예정보다 조금 더 늦어졌다.

팬들은 깜깜무소식인 정규 앨범 소식에 애가 탔다. 작업이 백지화가 되어버렸다는 기사만 접했으니 언제 나올지 예상조차 할 수 없어 더욱 그러했다. 적어도 1년은 더 기다려야 할 것 같다는 것이 팬들의 공통적인 생각이었다.

〈YS 크리스마스 앨범은?〉

〈YS 소속 가수 총출동! 이건우는 참여 안 할 듯〉

〈YS의 크리스마스, 팥 없는 찐빵이 될 수도〉

〈팬들의 원성! 일해라 YS!〉

크리스마스 시즌이 다가오자 YS도 바빠졌다.

2년 주기로 발행하는 크리스마스 앨범은 소속 가수들이 모여 부르는 크리스마스 캐롤이었다. 뮤직비디오까지 찍었고, 앨범의 퀄리티도 좋았다. 특히, 어느 가수가 메인이 되느냐로 YS의 2년 농사를 알 수 있었다. 그런데 YS 공식 입장은 아니지만 믿을 만한 소식통으로 건우가 빠진다고 하니 팬들 입장에서는 서운할 수밖에 없었다. 건우가 참여할 것으로 기대해 크리스마스만 기다리고 있던 팬들이 많았기 때문이다.

YS는 그런 분위기를 잘 알고 있었지만 여전히 입을 다물고 있었다. 그 이유는 건우의 정규 앨범 티저가 크리스마스 시즌에 공개될 예정이었기 때문이다.

기자들이 내년도 앨범 발매는 힘들다는 기사를 내보냈는데, YS는 반박하지 않았다. 바로 이러한 깜짝 선물을 위해서였다.

건우는 지금 사옥 안에 있는 촬영 스튜디오에 나와 있었다. 뮤직비디오 촬영을 위해서였다. 촬영 대부분을 스튜디오에서 찍을 예정이었다. 야외 촬영은 진희만 따로 찍고 건우는 스튜디오에서만 찍으면 되었다.

촬영은 철저한 비밀 유지 속에서 이루어질 예정이었다.

'여기도 더 커졌네.'

드라마 세트장 규모까지는 아니었지만 그래도 뮤직비디오를 찍기에는 전혀 무리가 없을 정도였다. 할리우드 스튜디오를 직접 경험하고 와서 감탄은 나올 수 없었지만 그래도 꽤 대단하다고 생각했다.

건우가 촬영 준비를 하고 있을 때 진희가 도착했다.

"안녕하세요!"

밝게 인사하는 진희의 목소리가 들려왔다. 그녀는 YS 컨텐츠팀 스태프들에게 인사한 뒤 건우를 찾아왔다. 분장에 들어간 건우를 보고는 활짝 웃었다.

"건우야, 안녕."

"일찍 왔네?"

"응, 아침부터 계속 있었어."

"역시 앨범은 아무나 내는 게 아니구나."

진희는 건우의 모습을 뚫어져라 바라보았다. 아직 노래를 듣지는 못했지만 뮤직비디오가 어떤 이야기인지는 잘 알고 있었다. 병에 걸린 것처럼 분장을 했는데, 건우의 미모는 전혀 가려지지 않았다. 오히려 퇴폐미가 흘러넘쳐 진희의 얼굴이 붉어졌다. 아무렇게나 헝클어진 머리카락과 그런 건우의 분위기가 환상적으로 어울렸다.

마냥 감상하고 있을 시간이 없었다. 진희도 서둘러 준비에 들어갔다.

건우는 촬영 준비가 끝나자 세트를 둘러보았다. 평범한 집의 실내 내부를 충실하게 구현해 놓았다. 뮤직비디오 감독과 진지하게 이야기를 나누는 석준이 보였다.

진희가 석준을 물끄러미 보다가 건우를 바라보았다.

"조금 부끄러워."

"뭐가?"

"석준 오빠도 볼 거 아냐? 왠지 조금 그러네."

"음, 그럴 수도 있겠네."

건우는 벌써부터 감정을 잡고 있었다.

진희와 꽤 합이 잘 맞아서일까?

그냥 가볍게 동선을 떠올리며 준비하고 있었는데 신기하게도 저절로 몰입이 되었다.

오히려 진희가 조금 어려워했다. 헤어지는 연기를 해야 하는 그녀의 마음은 복잡했다. 그래도 그녀는 대중들에게 호평을 받는 연기자였다. 차분하게 마음을 진정시켰다.

'아…….'

건우를 보니 슬픈 감정이 싹 사라지는 것 같았다. 그녀는 곤란함을 느꼈다. 건우도 그걸 바로 알아보았다.

"집중이 잘 안 돼?"

"으응. 미안, 조금 걸릴 것 같아. 조금 쉬어서 그런가?"

"괜찮아. 아직 시간이 많이 남아 있어."

진희는 눈을 깜빡이며 건우를 바라보았다. 요즘 들어 건우의 분위기가 많이 달라진 것 같은 느낌이 들어서였다. 전에는 철벽이라고 생각할 정도로 무심했는데, 요즘에는 다정했고, 세심하게 챙겨주었다.

눈빛 역시 따스했다. 이제는 아예 매력을 철철 흘리고 다녔다. 진희가 불안해질 정도로 말이다.

"그럼 노래 들어볼래?"

"괜찮아?"

"응. 여자 주인공인데 들어봐야지."

건우의 말에 진희가 고개를 끄덕였다. 뮤직비디오를 촬영하기는 하지만 노래를 틀 예정은 없었다. 저번 사태도 있고 해서 석준이 극도로 보안에 신경을 쓰고 있었기 때문이다. 콘텐츠팀에서도 주요 스태프 이외에는 들어보지 못했다. 진희는 노래가 아주 슬픈 것만 알고 있었다. 리온이 무슨 내용인지만이라도 제발 말해달라고 했지만 진희 역시 뮤직비디오에 대해서 한마디도 하지 않았다.

건우는 핸드폰에 이어폰을 꽂은 뒤에, 이어폰을 진희의 귀에 넣어주었다. 노래를 들어보는 이들의 반응은 모두 똑같았다. 석준과 린다는 적응이 되어서 이제는 눈시울을 붉히는 선에 그쳤지만 다른 이들은 다를 것이다.

'왠지 임상 실험 느낌이 나는데.'

과도하게 들어갔던 힘을 뺐으니 저번과 같은 사태가 일어나지는 않을 것이다. 진희의 반응이 궁금했다. 녹음하면서 조절을 잘 했으니 괜찮을 것 같았다.

노래가 시작되자마자 진희의 눈시울이 급격히 붉어졌다. 노래가 끝나자 진희가 물기 어린 눈으로 건우를 바라보았다.

"와… 좋다."

눈물을 흘리면서 웃는 모습에 건우는 피식 웃었다.

"또 들어도 돼? 너무 좋아."

"그래?"

"중독될 것 같아. 계속 듣고 싶어져."

결국, 진희는 촬영이 시작되기 전까지 건우의 노래를 계속 들었다. 그녀의 감상평에는 평소와 같은 요란함은 없었지만 건우는 그게 더 마음에 들었다.

촬영이 시작되었다. 노래의 효과가 컸는지, 진희는 건우를 보는 것만으로도 눈물을 뚝뚝 흘릴 것 같은 표정이 되었다. 촬영장 분위기도 배우들의 집중을 생각하고 있어 엄숙했다.

건우가 절망에 겨워 얼굴을 감싸 쥐는 것으로부터 촬영이 시작되었다. 극도로 집중하고 있는 건우의 연기는 가히 일품이었다. 괜히 오스카상 후보로 거론되고 있는 것이 아니었다. 감독도, 멀리서 지켜보고 있던 석준도 그리고 스태프들도 모두 건우의 연기에 빠져들었다.

시한부 선고를 받은 후, 핸드폰에서 진희의 사진을 바라보았다. 눈물이 핸드폰에 떨어지는 연출은 즉흥적으로 나온 것이었다. 건우는 집 안에 붙어 있는 각종 쪽지들을 둘러보며 오열했다.

'내가 눈물을 이렇게 흘린 적이 있던가?'

이 정도로 슬퍼하는 연기는 익숙하지 못했다. 그러나 떠오른 감정과 기억들이 건우의 연기를 보다 생생하게 만들어주었다. 감정의 공명은 주변 모든 이들을 그와 같은 슬픔을 느끼게 만들었다. 건우는 자신의 연기가 한 단계 더 진화한 것 같아 기분이 좋아지긴 했지만, 슬픔에 가려져 금세 사라졌다.

건우가 천천히 모든 쪽지들을 손으로 뗐다. 그리고 마지막으로 환하게 웃고 있는 진희의 사진마저 뗐다. 눈물을 닦으며 굳은 표정으로 손에 끼고 있는 약혼반지를 뺐다.

거울을 보며 웃는 표정을 연습하는 모습은 처절하기 그지없어 보였다.

"컷! 좋아요! 건우 씨. 어휴, 소름이 다 끼치네요."

감독이 오케이 사인을 보냈다.

아직 촬영이 끝난 것도 아닌데, 감독과 스태프들이 박수를 쳤다. 진희가 건우의 모습을 보고 쪼르르 다가왔다.

"괜찮아?"

"뭐가?"

"그… 너무 진짜 같아서."

"그냥 연기잖아."

"그, 그렇지?"

진희는 그렇게 말하며 웃었다. 진희 덕분에 몰입에서 빠르게 깰 수 있었다. 아직도 손이 떨리는 것을 보면 자신이 얼마나 몰입했는지 알 수 있었다.

기분이 좋았다. 연기의 폭이 풍부하게 늘어났고 앞으로 어떤 연기든지 해낼 수 있을 것 같았기 때문이다. 그 과정은 고통스러울 테지만 고통 없는 성취는 애초에 존재하지 않았다.

잠시 쉬고 진희가 촬영을 이어갔다. 연락이 안 되는 초조함, 반지를 매만지면서 웃는 얼굴, 그리고 건우의 사진을 보면서 행복해하는 모습이 이어졌다. 그러나 그 행복 속에서도 슬픔이 보였다. 마치 다가오는 파멸을 예감이라도 한 것 같은 분위기가 흘렀다.

'대단한데?'

지켜보는 건우는 진희의 연기에 꽤 놀랐다. 그녀와 함께했던 드라마인 '달빛 호수'를 찍을 때보다 훨씬 늘어난 연기력은 그를 놀라게 하기에 충분했다. 이제는 연기파 배우라 불려도 전혀 손색이 없을 정도였다. 그녀가 얼마나 노력했는지 알 수 있었다.

'그러고 보니 꽤 시청률이 좋았다고 했지.'

최근 진희가 주인공으로 참여한 드라마는 꽤 잘나갔다고 한다. 상대적으로 남자 주인공의 연기력이 약해서 진희의 연기력이 부각되었다고 들었다.

건우는 잘 실감하지 못했지만 진희도 인기가 많았다. 미녀로 손꼽히는 여배우인데, 연기력까지 출중하니 인기가 없을 수가 없었다. 그러나 건우에게 진희는 진희일 뿐이었다.

건우와 진희의 촬영이 이어졌다. 진희가 건우를 붙잡으려 했지만 건우가 매몰차게 거절하는 장면이었다.

잘 꾸며진 신혼집에서 건우가 짐을 들고 나오는데, 진희가 건우를 붙잡았다. 진희의 얼굴은 눈물범벅이었다. 건우는 무표정으로 그녀의 손을 뿌리쳤다. 손을 뿌리친 후 뒤로 돈 건우의 표정은 잔뜩 일그러져 있었다. 거울을 보면서 웃는 연습을 했던 것처럼 간신히 울지 않으려 노력했다.

떨리는 손으로 짐을 들고 밖으로 나왔다. 진희는 그대로 무너지듯 주저앉아 눈물을 흘렸고, 건우는 현관문에 기대어 소리 없이 오열했다.

촬영한 장면 중에서 가장 잘 나온 장면이었다. 건우는 촬영 영상을 확인하며 고개를 끄덕였다. 진희는 아직도 감정에서 헤어 나오지 못해 눈물을 흘리고 있었는데, 건우가 그 모습을 보고 웃자, 진희도 눈이 퉁퉁 부은 채로 웃었다.

"건우야, 대박 날 것 같아."

"그래?"

"응, 느낌이 팍팍 와. 더 열심히 해야겠어. 나, 이러다 미국 가는 거 아냐?"

"그럴지도 모르겠네."

진희가 대박의 냄새를 맡은 것 같았다. 진희는 남은 촬영에 더욱 의욕적으로 임했다.

건우도 대박이 날 것 같다는 그녀의 말을 부정하지 않았다. 아름다운 모든 것들을 발표했을 때보다 훨씬 설레었다. 아름다운 모든 것들을 뛰어넘을 수는 없다 하더라도 최소한 그에 준하는 성과는 낼 것 같았다.

'어떻게 될까?'

자신의 그런 생각은 중요하지 않았다. 대중이 어떻게 평가할지 너무나 궁금해졌다.

3. 눈물 폭탄

정규 앨범 작업을 하느라 정신없이 시간이 흘러갔다. 오로지 앨범 작업에만 정신을 썼기에 건우는 외부에서 들려오는 이야기에는 전혀 신경을 쓸 수 없었다.

그러다가 큼직한 사건이 터졌다.

<제드먼 전격 내한!>
<크리스마스 시즌! 내한 확정!>
<제드먼 '한국에서 보내는 크리스마스, 기대하고 있어'>

제드먼이 싱글 앨범 '마이 달링'을 발표하고 첫 해외 일정을 한국으로 잡았다. 마이 달링은 제드먼의 재능과 노력이 들어가 있는 싱글이었다. 제드먼이 난생처음으로 죽을힘을 다해 만든 노

래였다. 그 성과를 알아준 것인지 빌보드 차트에 단번에 진입했고 세계 각 차트의 10위권에 안착했다.

이래저래 말이 많은 제드먼이었지만 그의 음악적 재능만큼은 진짜배기였다. 사람은 싫지만 노래는 좋다라는 것이 제드먼에 대한 일반적인 대중들의 평가였다.

특히 이번 노래는 그중 최고였다. 제드먼이 세계 각 차트 정상을 차지하는 것이 목표라고 말하고 다닐 정도였다.

제드먼은 미국에서 한 인터뷰에서 한국 팬들에게 최고의 공연을 보여줄 것이고 누가 최고인지 알게 해주겠다고 포부를 밝혔다.

제드먼

가수는 노래로 말한다. 노래가 안 좋다고 핑계를 대는 건 가수로서의 수치다. 평생 그 틀에 갇혀 있겠지.

기억해라. 안 좋은 노래도 좋게 만드는 것이 바로 뮤지션이다.

SNS로 누군가를 향해 그런 말을 남겼는데, 그것이 건우를 뜻하는 것임을 모르는 사람은 없었다. 진희와 건우의 사이가 무척이나 좋다는 것을 알게 된 이후에, 제드먼은 조금 더 공격적인 멘트를 자주 했다.

그러는 와중에 크리스마스 시즌이 다가왔다. 제드먼의 입국 소식은 각 포털 사이트를 점령했다. 실시간 검색어도 1위에 올라서 화제성을 인정받았다. 물론, 안티가 많아 공항으로 마중 나가는 이들은 많지 않았다.

제드먼은 바로 기자회견을 했다.

─처음으로 입국한 배경이 있다면?

"왕좌를 되찾으러 왔다. 내가 어떤 뮤지션인지 확실하게 각인시켜 줄 것이다. 앞으로도 이변이 없음을 각인시켜 주고 싶다."

─이건우는 제드먼을 라이벌이라고 생각하지 않는다는 입장이다. 그에 대한 생각은?

"…노코멘트."

─미국 현지에서도 이건우의 스토커 같다는 말이 많던데, 어떤 입장인가? 곡의 전체적인 스타일, 창법도 이건우와 비슷하다는 평이 많다. 이에 대한 입장은?

"헛된 망상일 뿐이다. 나는 나일뿐. 오히려 내 앨범들을 살펴보면 그의 노래가 유사성이 있다는 것을 알 수 있을 것이다. 그는 겨우 한 장의 싱글 앨범을 냈을 뿐이다.

─장르가 완전히 다른데, 과연 그런가?

"노코멘트."

─콘서트 티켓값이 비싸다는 논란이 있다. 다른 가수들보다 2배 이상 비싼 티켓값에 대한 입장은?

"그 정도는 당연하다. 내 노래는 싸구려가 아니다. 음, YS 가수들은 특별히 초청하고 싶다. 본인의 콘서트 경험이 없는 그도 나에게 많이 배울 수 있을 것이라 생각한다."

─콘서트 외에 한국에서의 일정은?

"느긋하게 쉬면서 여기저기 둘러볼 생각이다."

기자들은 호의적이지 않았다. 제드먼의 태도도 상당히 거만해 반감을 불러일으켰다. 그러나 어쨌든 내한한 손님이니 선을 넘지는 않았다.

제드먼의 내한은 워낙 큰 소식이라 각종 포털 사이트마다 제드먼의 기사로 도배가 될 수밖에 없었다. 좋든 안 좋든 그가 화제의 중심이 되어 있었다.

디스저널 연예부 기자가 제드먼의 기사를 작성하며 한 숨을 내쉬었다. 이 싸가지 없는 놈에 대한 것을 쓰는 것이 곤욕이었다. 사적인 감정을 빼려고 해도 정말 밉상이라고 생각했다.

"이건우 측 반응은 없어? 김진희는?"

"네, 부장님. YS가 너무 조용한데요."

"흐음, 이 시기에 조용하다라……."

취재부장인 이광호는 고개를 끄덕였다.

이광호는 YS와 좋은 인연이 있었다. 석준의 부탁으로 한동안 리온과 미나의 열애설을 보도하지 않았고, 입단속을 철저히 해 다른 잡음이 나오지 않게 했다. 덕분에 좋은 형태로 열애 소식이 보도될 수 있었다.

좋은 관계를 이어가는 것이 특종보다 더 중요하다는 이해에서 떨어진 계산이었다. 디스저널의 국장도 그런 그의 능력을 높게 사고 있었다.

'일단 제드먼 위주로 기사를 낼 수밖에 없는 건가?'

광호는 그렇게 생각하며 고개를 끄덕였다.

요즘 연예계는 너무 조용했다. 예전에는 하루가 멀다 하고 사건이 터져 바빴었다. 류웨이, 이진국 마약 사건 때가 피크였다.

그 이후로 각종 사건 사고들이 발생하는 빈도가 줄어들더니 요즘은 열애설 외에는 아주 조용했다.

연예부 기자들이 '이건우 효과' 중 하나라고 부르고 있었다. 연예계 마약과 성매매가 부각되고 일망타진된 것에 이건우가 큰 역할을 했기 때문이다.

'그… 류웨이던가? 중국으로 송환되더니 아무런 소식이 없네.'

어떤 처벌을 받았을지는 대충 짐작이 갔다. 아무튼 지금 특종은 제드먼의 내한이었다. YS의 크리스마스 앨범이 단숨에 묻혀버릴 정도의 소식이었다.

그때, 핸드폰으로 전화가 왔다. 광호는 누가 전화를 건지 확인하고는 놀랐다. YS의 석준이었다. 광호는 바로 전화를 받았다.

"아이고! 안녕하세요! 대표님!"

─잘 지내고 계셨습니까? 부장님.

"하하핫! 덕분에 아주 잘 지내고 있습니다!"

광호는 뭔가 촉이 왔다. 호의를 베풀면 돌고 돌아 언젠가는 자신에게 돌아오는 법이다.

─저번에는 참 고마웠습니다. 기자들 단속도 잘해주시고 보도도 예쁘게 해주시지 않았습니까?

"아닙니다. 제가 무슨 힘이 있겠습니까? 다 대표님의 복이지요."

─하하! 그래서 말인데…….

"자, 잠시만요!"

광호는 빠르게 데스크에서 벗어나 아무도 없는 흡연실에 들어갔다.

"네! 말씀하시지요, 대표님!"

—조만간 티저 하나가 나갈 예정입니다.

"아, 네. 크리스마스 앨범인가요? 벌써 그럴 때가 되었죠. 저도 개인적으로 구매할 생각입니다! 하하!"

광호는 살짝 실망했지만 티는 내지 않았다. YS 크리스마스 앨범에 대해 자세히 이야기를 듣고 기사를 낸다면 꽤 괜찮을 것 같기도 했다.

석준의 웃음소리가 들려왔다.

—크리스마스 앨범도 중요하기는 한데, 올해는 크게 생각 안 하고 있습니다.

"그럼……?"

—이건우 정규 앨범 티저입니다.

"허억!"

광호는 너무 깜짝 놀라 핸드폰을 떨어뜨릴 뻔했다. 광호는 간신히 핸드폰을 잡고는 심호흡을 했다. 흡연실로 들어오려는 기자들이 보이자 빨리 나가라는 듯 손짓하고는 핸드폰을 귀에 가져다 대었다.

"정말입니까?"

—그렇습니다.

"어떻게 이렇게 빨리……."

—우리 건우가 누구입니까? 그래미상을 휩쓴 천재 아닙니까? 하하핫! 앨범에 들어갈 곡 모두를 혼자 다 만들어서 오더군요.

광호의 머릿속에는 대박이라는 글자가 떠올랐다.

제드먼으로만 도배된 연예 기사에 엄청난 핵폭탄을 떨어뜨릴 수 있었다. 디스저널은 사람들에게 그리 좋은 이미지가 아니었다. 연예인들의 스토커로 보는 사람들도 많았다.

이미지 전환까지 노려볼 수 있는 좋은 기회였다.

"지, 지금 찾아뵈어도 괜찮겠습니까? 자, 자세한 스토리를 듣고 싶습니다. 인터뷰 가능하신가요?"

―하하! 그러려고 전화했습니다. 네, 어디에서 뵐까요?

"제가 지금 당장 그쪽으로 가겠습니다. 아! 일단 지금 바로 내보내도 되겠습니까?"

―물론입니다. 그럼 조금 이따가 뵙겠습니다.

통화가 끝나자 광호는 주먹을 불끈 쥐었다. 석준과 친목을 다졌던 과거의 자신에게 달려가 뽀뽀라도 해주고 싶었다.

"으아아! 대박이다!"

겨우 정규 앨범 소식 하나 가지고 호들갑을 떨어댄다고 생각하는 이들도 있을 수 있었다. 하지만 이건우의 정규 앨범은 달랐다.

이건우가 누구인가!

요정왕, 빌보드 신기록자, 그래미 어워드, 그리고 각종 뮤직 어워드 수상자.

세계에서 가장 잘생긴 남자.

세계에서 가장 팬이 많은 남자.

미국 대통령도 좋아하는 남자.

그야말로 세계가 사랑하는 월드스타가 아닌가! 그 영향력을 생각하면 엄청난 특종이었다. 흡연실 밖으로 나오는 광호의 모습은 자신감이 넘쳤다.

그날 바로 나온 디스저널 단독 보도는 그의 예상대로 핵폭탄이 되어버렸다.

*   *   *

건우의 티저 영상이 나올 거라는 디스저널의 보도는 핵폭탄과 다를 바 없었다. 제드먼으로 도배된 기사를 싹 쓸어버리고 단번에 조회 수 1위를 기록했다. 제드먼에게 쏠려 있던 모든 관심이 건우에게 집중되었다.

디스저널의 기사는 빠르게 해외로 번역되어 나갔고, 엄청난 화제를 불러왔다. 루머였다면 디스저널은 엄청난 비난의 폭격을 맞았겠지만, 기사는 사실이었다.

디스저널이 보도한 대로 이건우 정규 1집 앨범의 티저가 미튜브와 다이버 in TV에 올라왔다. 단지 티저 영상일 뿐인데 조회 수가 폭발적으로 늘어나기 시작했다. 다른 가수들이 허무함을 느낄 정도로 압도적인 기세였다.

티저 영상은 30초 남짓의 아주 짧은 영상이었다. 아름다운 모든 것들의 분위기를 생각하고 본 사람들은 깜짝 놀랄 수밖에 없었다.

왜냐하면 건우의 신곡 티저 영상은 아름다운 모든 것들과는 전혀 다른 분위기였기 때문이다. 지금까지 건우가 불렀던 어느 곡들과도 달랐다.

비가 내리는 소리가 들려왔다. 슬픈 음악이 흐르고 건우의 모습이 천천히 등장했다. 두 손으로 얼굴을 감싸고 있는 건우의 모습은 보는 것만으로도 굉장히 슬퍼 보였다. 반지가 식탁을 따라 떨어지면서 바닥을 굴렀다. 반지의 위에 물방울 몇 개가 떨어져 내렸다.

그렇게 티저 영상이 끝났다. 반응은 폭발적이었다. 잠깐 드러난 건우의 모습은 보는 것만으로도 눈시울을 자극하는 무언가를 지니고 있었다.

'대박이다!', '왜인지 모르게 눈물이 나온다', '빨리 듣고 싶다', '역시 이건우!' 등의 좋은 반응이 이어졌다. 정규 앨범에 대한 기대감은 날로 커져만 갔고 그로 인해 괜히 한국에 와서 역풍을 맞은 이가 있었다. 바로 제드먼이다.

하필 공연 날에 공개가 되어버려 제드먼 콘서트 내용이 그대로 묻혀 버렸다.

<제드먼의 굴욕>
<환불 행진>
<한국 관객은 호구가 아니다!>

콘서트 좌석이 엄청나게 남아, 제드먼의 인터뷰 내용과는 다르게 싼값에 뿌려지고 있었는데, 그것조차 사는 이들이 드물었다. 제드먼의 티켓을 사서 커뮤니티 사이트에 인증하면 용자 취급을 받는 것이 현실이었다.

물론 건우의 티저 영상이 제드먼 콘서트에 직접적인 타격을 준 것은 아니었다. 여러 가지 이유가 겹친 탓이었다. 비싼 티켓 가격, 호의적이지 않은 여론, 그리고 한국의 자랑이라고 불리는 이건우를 늘 걸고넘어지는 태도, 인터뷰 태도 논란 등이 불거져 티켓을 산 이들도 환불을 해버릴 정도였다.

제드먼은 도발의 의미로 YS에 콘서트 티켓을 보냈지만 아무도 신경 쓰지 않았다. 그 이후, 직접 사업 확장을 위해 YS와 협력하고 싶다는 의사를 남겼는데, 바로 거절당했다.

제드먼에게 있어서는 상처만 남은 내한이었다. 팬미팅 현장도 무척 썰렁해서 주최 측에서 관객들을 동원할 수밖에 없었다. 당연히 팬이 아니다 보니 반응은 시원치 않았다. 해외에서도 제드먼의 굴욕이라는 기사가 빠르게 퍼져 나가고 있었다. 텅텅 빈 콘서트장의 모습이 유난히 쓸쓸해 보였다.

쓸쓸하게 미국으로 돌아가는 제드먼의 뒷모습은 짤로 남아 세상을 떠돌았다. 게다가 미국 차트 5위권 내로 들어가 다음 달 내로 1위가 가능하다는 평가가 나왔었는데, 건우의 앨범 소식으로 불투명해지고 있었다.

그렇게 제드먼의 야심 찬 한국 원정은 막을 내렸다. 제드먼에게 이건우는 재앙 그 자체였다.

반면, 건우는 전 세계의 관심을 한 몸에 받고 있었다. 미국과 영국 등에서는 건우의 앨범 소식을 보도하기 바빴다. 특히 미국에서는 뉴스로까지 내보낼 정도였다. 음악 전문지에서는 이건우의 이번 앨범이 역대급 명반이 될 거라고 떠들어대고 있었다.

어쩌면 그 예언이 맞을지도 몰랐다.

유난히 추운 겨울, 드디어 건우의 정규 1집 앨범이 발매되었다.

*　　　　　*　　　　　*

추웠다. 날씨는 매우 추웠다.

기록적인 폭설과 함께 찾아온 사상 최대의 한파였다. 가급적이면 외출을 삼가라는 말들이 나올 정도로 추웠다. 수도관이 동파되는 것은 다반사였고, 한강 물이 꽁꽁 얼어붙어 버렸다.

이런 추위에는 집에 있는 것이 제일 좋았다. 하지만 그녀는 결코 그럴 수 없었다.

"핫 팩, 먹을거리도 챙겼고……."

김민혜는 올해 수능을 마친 예비 대학생이다. 건우신께 간절히 빌어서인지 수능은 그녀의 평소 성적보다 훨씬 높게 나왔다. 김민혜는 수능 대박을 기원하며 문에 붙어 있는 건우의 브로마이드를 보고는 절까지 한 적이 있었다.

그것은 커뮤니티 사이트에 도는 미신과도 같은 것이었다. 건우신께 간절히 빌면 소원이 이루어진다는 이야기였다. 공무원 합격부터 취업까지 다양한 후기들이 올라왔다. 재미로 시작된 것이 분명했지만 일종의 유행처럼 되어가고 있었다.

그녀의 어머니가 그 모습을 한심하게 바라보았었지만 어머니도 이건우의 팬이다 보니 어느 정도는 이해해 주고 있었다. 어쨌든 결과가 좋으니 이제는 아무런 말도 할 수 없었다.

"오늘 추운데 잘 챙겨 입고 가거라."

"응, 완전무장했어. 걱정 마, 엄마."

"그냥 앨범 나오고 사면 되지 않니?"

"안 돼. 초판이란 말이야."

김민혜의 어머니는 한숨을 쉬면서도 말리지 않았다. 말썽만 피웠던 딸이 갑자기 이건우에게 빠지더니 성실해졌다. 공부와는

연이 없을 것 같았는데, 건우에게 어울리는 팬이 되어야 한다면서 밤낮으로 공부했다.

그 열정을 말릴 수 없다는 것을 아주 잘 알고 있었다.

"게다가 이번에만 사은품도 나눠 준대."

"음, 돈은 충분하니?"

"대기하려면 조금 더 있어야 할 것 같기는 한데……."

어머니는 오히려 용돈까지 넉넉하게 쥐어주었다. 민혜는 새벽부터 출발했다.

발매일은 내일이었다. 날짜를 착각한 것이 아니었다. 하루 종일 대기할 생각이었다. 그녀는 자신이 이날을 위해 살아왔을지도 모른다는 생각을 했다. 그만큼 의욕에 불타오르고 있었다.

'누가 와도 날 막을 수 없어!'

민혜의 눈빛이 반짝반짝 빛났다.

굳은 결심을 하고 집 밖으로 나왔다. 아직 해가 뜨지 않는 새벽이라 날씨가 상당히 추웠다. 바람도 세차게 불어 살점이 떨어져 나갈 것만 같았다.

'으음… 날씨가…….'

게다가 함박눈이 펑펑 내리고 있었다. 앞이 안 보일 정도였는데, 그래도 그게 괴롭게 느껴지지 않았다. 오히려 즐거웠다.

민혜는 두 팔을 벌려 눈을 맞이했다. 경비 아저씨가 그녀를 이상하게 쳐다봤지만 민혜는 신경 쓰지 않았다.

'하늘마저 건우님을 축복해 주는구나! 이번 앨범은 분명 대박이야!'

이건우의 색깔은 하얀색이었다. 세상이 하얗게 물드는 것이 그녀의 마음에 꼭 들었다. 단톡방을 보니 다른 이들도 눈이 와서 좋다고 말을 하고 있었다. 역시 건우의 팬들은 서로 잘 통했다.

민혜: 출발했음ㅋㅋ. 세상이 건우님을 응원하는 중인가 봄ㅋㅋㅋ. 눈 엄청 옴.

톡에 그렇게 남기고는 부지런히 걷기 시작했다.

한국 최대의 음반 판매점 뮤스타 본점까지 가야 했다. 민혜는 다행히 수도권에 사는지라 그리 많은 시간이 걸리지는 않았다.

지하철역에서 내려 뮤스타를 찾아가기 시작했다. 처음이었지만 금방 찾아갈 수 있었다. 길치라도 쉽게 찾을 수 있을 것이다. 멀리 떨어져 있어도 눈에 확 띄었기 때문이다.

'엄청나네.'

뮤스타는 한국 최대라고는 하지만 민혜에게 그 크기가 크게 와닿지는 않았다. 평소에 대형 백화점이나 서점 등으로 익숙해져 있기 때문이었다.

민혜가 놀란 이유는 따로 있었다. 뮤스타에서 이어지는 줄이 도로를 가득 덮고 길게 쭉 늘어서 있었다.

설마 전날 새벽부터 이렇게 많은 이들이 기다리고 있을 거라고는 생각지도 못한 민혜였다. 그녀는 급하게 반성할 수밖에 없었다.

'내가 건우님을 얕봤구나!'

한심했다.

자신이 정말 어리석게 느껴졌다. 이건우 효과를 얕본 자신이 한탄스럽기까지 했다.

뮤스타 근처에 있는 주차장에는 텐트까지 세워져 있었다. 뮤스타 측은 몰려온 인파에 깜짝 놀라면서 조금 편하게 대기할 수 있도록 주차장을 비워줬다고 한다. 경찰들까지 오가면서 사건 사고가 안 나는지 지켜보고 있었다.

주차장은 먼저 온 이들의 차지였다.

민혜는 줄을 섰다. 바닥에 후드를 깊게 눌러쓰고 앉아 있는 사람들이 보였다. 우산을 걸치고 있어 눈이 쌓이지는 않았지만 굉장히 추워 보였다.

'긴 여정이 될 것 같네.'

민혜의 표정이 근엄해졌다. 내일 오전 9시에 뮤스타에서 오프라인 첫 발매가 예정되어 있으니 그때까지 긴 여정을 버텨야 했다. 몸은 고통스러웠지만 마음은 설레었고 즐거웠다. 기다림이 이렇게 즐거운 일인지 처음 깨달은 민혜였다. 민혜가 쭈그려 앉자 옆에 있는 사람들이 민혜를 바라보았다.

민혜와 눈이 마주쳤다.

'외국인?'

외국인이었다. 백인과 흑인, 그리고 여러 인종으로 이루어진 그룹이었다. 한국에서 외국인을 보는 건 어려운 일이 아니었지만 저렇게 대기하고 있는 모습을 보는 건 꽤 생소했다.

두꺼운 옷을 입고 추위를 이겨내는 모습을 보니 전우애가 샘솟았다. 민혜는 핫 팩을 꺼내 그들에게 건넸다.

"감사합니다."

"웨얼 아유 프롬?"

"미쿡 사람이에요."

약간은 어설픈 발음이었는데, 한국어를 꽤 잘했다. 충분히 알아들을 수 있었다.

"오, 한국말 잘하시네요."

"미튜브 보고 배웠어요."

민혜는 웃으면서 이야기를 나눴다. 외국 친구들은 어젯밤에 입국하자마자 바로 달려와 줄을 섰다고 한다. 건우의 앨범을 가장 빨리 구입하기 위해 미국에서 날아온 이들이었다. 대기 줄에는 한국인들이 가장 많았지만 외국인들도 결코 적은 숫자가 아니었다. 월드스타의 위엄을 느낄 수 있는 대목이었다.

'멋지다, 건우님······.'

건우의 영향력에 감동하고, 먼 곳에서 달려온 팬들의 정성에 다시 한번 감동했다.

민혜는 가방에서 보온병을 꺼냈다. 그리고 종이컵에 따듯한 차를 따라서 나눠 주었다.

"차 드세요. 몸이 좀 녹을 거예요."

"오우, 땡큐."

"우리는 한 팀이잖아요."

분위기는 화목했다. 민혜는 그들과 이야기를 나눴다. 그녀가 생각했던 것보다 이건우는 훨씬 유명했다. 미국에서는 이건우를 미국 시민으로 받아들이자는 운동이 벌어질 정도였고, 이건우 정규 1집 사전 예약 수는 미국 최대 쇼핑 사이트인 플러스존에서 1위에 올랐다고 한다.

워낙 주문 수가 많아 개인당 하나씩 판다는 공지가 올라올 정도였다. 아쉽게도 미국 출시는 한국의 발매일보다 조금 늦었다. 음원은 동시에 발매가 되었지만 오프라인에서는 물량의 문제가 있었기 때문이다.

휘이이잉!

칼바람이 불었다. 민혜는 그들과 서로 바짝 붙어서 추위를 버텨냈다. 서로의 온기가 느껴지니 버틸 만했다.

"파이팅!"

"굿!"

서로를 다독였다.

싸 가지고 온 것들을 나눠 먹으면서 추위를 버텼다. 시간이 좀 지나자 방송국에서 나온 취재진들이 모습을 드러냈다.

카메라가 대기 줄을 찍자 모두 활짝 웃으면서 손을 흔들었다. 눈이 한참 내리고 있음에도 모두의 얼굴은 해맑았다. 민혜에게도 인터뷰 제안이 왔다.

민혜는 긴장하며 카메라 앞에 섰다. 그러나 건우의 팬들을 대표해서 인터뷰를 하는 만큼 잘해내야겠다는 사명감이 더 앞섰다.

"눈이 엄청 오는데요. 언제부터 기다리고 계셨나요?"

"새벽 5시에 나와서 6시 반쯤에 도착했어요. 저는 별거 아니에요. 저 앞줄의 분들은 어제부터 기다렸다던데요. 주차장에 계신 분들은 이틀 전부터 기다렸대요."

리포터가 놀란 표정이 되었다.

"이렇게 아침부터 기다리는 이유가 뭔가요?"

"세계에서 제일 먼저 앨범을 구매하고 싶어서요. 온라인 예약

구매는 수량이 부족하다는 말도 나오고 있고요."

"정말 대단한 열기인데요. 그 인기 요인이 뭐라고 생각하세요?"

"건우님을 위하는 팬들의 마음 아닐까요?"

민혜의 말에 줄을 서고 있던 팬들이 박수를 치며 환호성을 질렀다.

"맞아요!"

"와아아!"

카메라가 그 모습을 화면에 잡았다. 순식간에 분위기가 뜨거워졌다.

"마지막으로 이건우 씨가 방송을 보고 있을지도 모르니 한마디 해주시겠어요?"

"건우님! 사랑해요! 앨범 대박 나세요! 아니, 대박 나게 만들어드릴게요! 황금 길만 걸어요!"

민혜가 그렇게 외치자 주변에서도 사랑한다는 외침이 터져 나왔다.

"건우신! 건우신!"

"와아아!"

엄청난 환호성에 리포터가 깜짝 놀라며 주위를 바라보았다. 춥지만 굉장한 열기였다.

민혜는 그 모습에 대단히 뿌듯했다.

"줄에서 벗어나지 마세요!"

"아침이니까 조용히 해주세요!"

"성숙한 팬 문화를 만듭시다!"

건우의 팬클럽 스태프들이 나와서 주변 정리를 하고 최대한 주변에 민폐를 끼치지 않도록 도와주고 있었다. 스태프들 덕분에 다시 조용해졌다.

리포터는 웃으면서 민혜와 인사를 하고는 인터뷰를 마쳤다. 인터뷰가 끝나자 주변의 팬들이 민혜를 보고 잘했다고 말해주었다.

"도시락 받으세요! 커피도 있어요."

스태프들은 지쳐 있는 팬들을 위해서 도시락과 음료, 핫 팩 등을 제공했다. 음료는 커피였는데, 건우가 광고를 하는 브랜드였다.

'와, 도시락⋯⋯.'

그리고 도시락은 그 구성이 대단히 알찼다. 편의점 도시락은 절대 아니었다. 민혜는 깜짝 놀랐다.

줄만 보더라도 그 수가 짐작이 되지 않을 만큼 사람이 많아 보였는데, 모두에게 나눠 주고 있었기 때문이다.

"이거 비용이 만만치 않았을 것 같은데⋯⋯."

"네, 건우님 가게에서 직접 후원해 주셔서요."

"와! 정말요?"

"네, YS 직원들이 직접 들고 온 거예요."

"대박⋯⋯."

알고 보니 건우네 식당에서 만든 도시락이었다. 민혜는 감동의 눈물을 흘렸다. 다른 이들도 마찬가지였다. 도시락을 먹으면서 펑펑 우는 팬들도 있었다.

민혜는 바닥에 주저앉아 도시락을 깠다.

'어머님의 손맛⋯⋯!'

감동의 물결이었다. 도시락은 비주얼만으로도 눈이 부셨는데 심지어 그 맛도 장난이 아니었다. 요즘 줄을 길게 서야만 먹을 수 있다는 건우네 식당의 퀄리티 그대로였다. 팬들을 위하는 건우의 마음이 느껴져서 더욱 감동이었다.

어느 스타가 큰돈을 들여 이렇게 팬들을 위해줄 수 있을까? 이미지를 위한 일이라고 욕할 사람은 없을 것이다. 건우의 이미지는 이미 최고였으니 말이다.

민혜는 바로 도시락 사진을 찍어 SNS에 올렸다.

김민혜
줄 서서 기다리는데 건우님 가게에서 도시락 나눠줌. 감동 ㅠㅠ.
#건우님의은혜#이건우정규1집대박#건우신

민혜가 SNS에 올리자마자 뜨거운 반응을 얻었다. 좋아요가 마구 눌리고 바로 기사화가 되어 퍼져 나갔다. 커뮤니티 사이트에서 건우의 가게가 이틀 동안 쉰다는 소식이 올라왔는데, 건우의 팬들을 위해서라는 소식이 올라오자 더욱 큰 감동을 주었다.

그렇게 아침을 벗어나 오후가 되고 해가 질 때가 되었다. 건우네 식당에서 도시락과 간식들을 계속 제공해 주었다.

저녁에도 축제 분위기였다. 건우의 앨범이 나오는 전날 밤이라 그런지 흥겨운 분위기가 이어졌다. 건우의 노래를 부르면서 축하를 했다. 계속해서 내리는 눈도 더 이상 방해가 아니었다. 캠핑장이 되어버린 주차장에서 이글루를 만든 이들도 있었다.

마치 눈꽃 축제를 보는 것 같은 색다른 광경이었다.

사람도 더 몰려와 줄도 더욱 길어졌다. 해외 방송국에서도 이 모습을 뉴스로 내보냈다. 공중파 방송국에서도 다큐멘터리를 만든다고 하는데, 그래서 그런지 밤을 새는 내내 카메라가 돌아갔다.

'으… 이제 조금만 있으면……!'

하루를 꼬박 있었다. 그러나 고통스럽게 느껴지지 않았다. 오히려 계속되는 설레임에 즐거웠다. 좋은 친구들도 사귈 수 있어 기뻤다. 특히 앞에 있는 외국 친구들과 연락처를 교환할 정도로 친해졌다. 나중에 미국에 놀러 오라고 하는데, 정말로 찾아갈 생각도 있었다.

해가 뜨자 직원들이 순번 표를 나눠 주었다. 민혜는 순번 표를 소중한 보물 다루듯 구겨지지 않게 지갑에 잘 넣었다. 순번 표를 코팅해서 영원히 보관할 생각이었다.

"와! 드디어!"

매장에 불이 켜졌다. 멀리서도 그 모습이 보였다. 팬들이 술렁이기 시작했다. 모두의 얼굴에는 설렘과 기대가 서려 있었다. 민혜도 심장이 터질 듯 두근두근거렸다. 건우의 팬이 아니고서는 이해하지 못할 그런 감정일 것이다.

8시 59분이 되자 모두 흥분했다.

"5! 4! 3! 2!"

모두가 카운트다운을 외치기 시작했다. 하얀 입김이 세차게 뿜어져 나왔는데 그게 그렇게 아름답지 않을 수가 없었다. 민혜는 사람들과 다 같이 신이 난 표정으로 목청이 터져라 외쳤다.

"1!"

"와아아아!"

엄청난 환호성이 거리를 떠들썩하게 만들었다. 사람이 많은 만큼 한꺼번에 매장에 밀려들어 사고가 날 위험이 있었지만 건우의 팬들은 질서를 지켰다. 뮤스타의 직원들과 팬클럽 스태프들이 현장을 통제하며 질서를 지킬 수 있도록 도와주었다.

드디어 줄이 앞으로 이동되기 시작했다. 민혜는 차분하게 기다렸다. 앨범의 물량이 걱정되기는 하지만, 자신의 차례까지는 괜찮을 것 같았다. 뒤를 슬쩍 바라보니 뒤의 줄도 너무 길어 그 끝이 보이지가 않았다.

잠시 최초 앨범 구매자에 대한 인터뷰가 있었고 그 이후부터 줄이 빠르게 줄어들었다.

"오! 대박!"

"엄청 두꺼워!"

팬들이 매장에서 나오고 있었다. 민혜는 일부러 그들의 손에 들린 앨범을 보지 않았다. 자신의 눈으로 직접 보며 만지고 싶었기 때문이다.

드디어 매장 안으로 들어갈 수 있었다.

"대기표 여기에 주시고요. 저쪽 가서 결제하시고 받아 가세요!"

매장 직원의 안내에 따라 이동했다. 전 매장이 사람으로 가득 찼다. 그러나 매장은 조용했다. 보통 노래를 틀어놓았지만 그렇게 하지 않았다. 마치 성당에라도 온 것 같은 분위기였다.

"구매하신 분들은 조용히 나가주세요!"

"감사합니다!"

민혜는 두근거리는 심장을 가라앉히려 심호흡을 했다. 자신의 차례가 오자 부들거리는 손으로 대기표를 건넸다. 바로 결제를 하고 앨범을 실물로 볼 수 있었다. 창문에 기대어 있는 건우의 옆모습이 앨범 표지였다.

'와!'

덜덜 떨리는 손에 앨범이 들려졌다. 앨범은 다른 앨범들과는 다르게 엄청 두꺼웠다. 그리고 굉장히 묵직했다. 무슨 사전이라도 드는 것 같은 기분이었다. 민혜의 눈에는 자신의 손에 들린 앨범이 황금보다 더 값지게 보였다. 아니, 그것과도 비교할 수 없을 것이다.

"손님, 사은품도 받아 가세요."

"네, 네!"

사은품은 건우의 사인이 새겨진 대형 브로마이드였다. 한정 수량이었는데, 이번에만 제공되어 그 값어치가 엄청났다. 벌써 해외 사이트에서는 막대한 돈을 주고서라도 구입하고 싶다는 이들이 줄을 서고 있었다.

민혜는 머릿속이 새하얗게 되었다. 정신을 차리고 보니 앨범과 브로마이드를 든 채 밖에 나와 있는 자신을 발견할 수 있었다.

힘든 여정을 이겨냈다는 성취감, 그리고 기쁨이 한데 엉켜 가슴을 벅차오르게 만들었다.

"헤이, 민혜."

외국인 친구들이 민혜를 불렀다. 민혜가 멍한 표정으로 그들을 바라보았다. 그 순간 무슨 마음이 통했는지 서로를 부둥켜안으면서 펑펑 울었다. 누가 보면 나라를 잃기라도 한 것처럼 보일 정도였다. 하루였지만 추운 날씨에 고생이 이만저만이 아니었다.

외국인 친구들과 헤어지고 민혜는 집으로 돌아왔다. 전철을 타는 내내 소중하게 앨범을 꼭 안고 있었다. 잃어버리기라도 하면 살아갈 희망 역시 잃어버릴 것 같아서였다.

"다, 다녀왔습니다."

집으로 돌아오니 그녀의 아버지가 그녀를 한심하다는 듯 바라보았다.

"쯧쯧, 전날 새벽에 나가서 지금 들어와? 그게 뭐라고."

"아빠는 이해 못 해."

"뭘 이해 못 해? 그냥 며칠 기다리면 될걸. 에휴……."

그녀의 아버지는 새벽부터 하루 종일 추위에 벌벌 떨고 있는 딸을 생각하니 안쓰럽고 한심했다.

그깟 연예인이 뭐라고 저렇게 매달리는가? 그래도 뭐라 할 수 없는 것이 수능을 너무나 잘 봐서였다. 직장 동료들에게 자랑하고 다닐 정도였는데, 웃긴 건 민혜가 그 덕을 연예인에게 돌린다는 것이었다.

저렇게 정성을 다한다고 해도 만나주지도 않는 연예인을 왜 그토록 좋아하는지 이해를 할 수가 없었다.

'빈말이라도 아빠 고마워라고 해주면 얼마나 좋아?'

많이 서운했다. 민혜의 어머니는 그런 남편을 보고는 피식 웃을 뿐이었다. 어머니는 민혜의 손에 들린 것을 물끄러미 바라보았다.

"그거 브로마이드니?"

"응. 사은품이야."

"줘봐."

"아, 엄마! 내가 할 건데."

어머니는 대형 브로마이드를 조심스럽게 펼쳤다. 슬픈 눈빛으로 정면을 바라보고 있는 이건우의 모습이 나오자 어머니의 눈이 반짝 빛났다. 그 밑에는 사인까지 되어 있었다.

"이런 사윗감 어디 없니?"

"유일신은 건느님뿐이야."

"아쉽구나."

브로마이드를 바닥에 펼쳐놓은 어머니와 민혜는 한동안 멍하니 그것을 바라보았다. 건우의 슬픈 눈빛에서 도저히 눈을 뗄 수 없었다.

"크, 크흠. 밥 안 먹니?"

그것을 보고 있던 아버지가 헛기침을 하며 말했다. 어머니와 민혜의 얼굴이 동시에 돌아갔다. 그 압박감에 다시 기침을 할 뿐이었다.

"아, 음… 뭐 라, 라면이라도 먹지. 하하!"

민혜는 바로 브로마이드를 집 벽에 걸어놓았다. 아버지도 이건우의 모습을 보고는 꽤 감탄했다.

'고놈 참 잘생겼네. 그 이건우라는 놈인가?'

연예인에 대해 관심이 없는 그도 언론에서 하도 떠들어대서 알고 있었다. 딸과 아내가 저리 좋아하니 방해하고 싶지는 않았다. 작게 한숨을 내쉬며 고개를 젓다가 부엌으로 향했다.

민혜는 앨범을 정성스럽게 풀어보았다.

"와……."

앨범의 구성은 정말 알찼다. 특히 북릿이 마음에 들었다. 가사와 함께 찍혀 있는 건우의 사진은 하나하나가 유니크 아이템이었다. 구성 하나하나 너무 예뻐서 손대기 두려울 정도였다.

'일했구나! YS!'

YS 대표 석준에게 절이라도 하고 싶은 심정이었다.

민혜는 떨리는 손으로 CD를 꺼냈다. 다른 것보다 건우의 목소리를 빨리 들어보고 싶은 마음뿐이었다. 일단 타이틀곡부터 들어보기 위해 재빨리 선택한 다음 재생했다.

슬픈 전주가 흘러나오기 시작했다. 민혜의 귀를 단숨에 사로잡았다. 어머니도 조용히 소파에 앉아 눈을 감았다. 라면을 끓이고 있던 아버지도 귀를 쫑긋했다.

건우의 목소리가 흘러나오는 순간이었다.

"아……."

목소리가 너무 슬펐다. 너무 슬퍼서 절로 눈시울이 붉어졌다. 얼마 전에 헤어진 남자 친구가 바로 떠올라, 더욱 그러했다. 슬픈 목소리와 가사에 푹 빠져 민혜는 자신이 눈물을 흘리고 있는지도 몰랐다.

눈물이 뺨을 타고 흘러내리고 있다는 것을 깨달은 것은 노래가 끝나고 나서였다.

"훌쩍."

민혜가 훌쩍거렸다. 옆을 바라보니 그녀의 어머니도 눈물을 닦고 있었다.

"크흠, 크, 크음."

민혜는 고개를 돌려 부엌에 있는 아버지의 모습을 바라보았다. 뒷모습이 보였는데, 팔로 눈가를 닦고 있었다.

"아빠, 훌쩍, 울어요?"

"아, 큼. 라, 라면 스프 때문에 맵네."

아버지의 목소리는 잠겨 있었다. 무언가 회상하듯 창밖 너머의 먼 산을 바라보았다.

민혜는 눈물을 닦고는 웃었다. 아버지는 민망한지 가스레인지의 불을 껐다. 노래에 빠져 있느라 라면 스프를 넣는 걸 잊어버려 면만 불어 있는 상태였다.

'좋다.'

이 감정을 어떻게 표현할 수 있을까? 슬픈데 그게 너무 좋았다. 계속해서 듣고 싶은 마약과도 같은 노래였다. 아버지가 민혜의 옆에 다가와 있었다.

"음… 그 친구, 노래를 정말 잘하는구나."

"그렇죠?"

"옛 생각도 나고… 다른 곡도 들어보자."

"네!"

부녀가 나란히 앉아서 노래를 듣기 시작했다. 민혜는 아버지와의 거리가 급격히 가까워진 것 같은 생각이 들었다. 그렇지만 다른 생각에 더 기뻤다.

'이번 앨범… 초대박이야!'

다른 노래를 이제 막 듣기 시작했지만 이번 이건우 정규 1집 앨범이 초대박을 칠 거라고 확신했다. 이보다 좋은 노래를 들어본 적이 없었다. 들으면 들을수록 계속 듣고 싶어지는 마약과도 같은 노래였다.

그런 마약이 다양한 맛으로 10종류나 있다.

행복 그 자체였다.

'건느님! 황금 길만 걷자.'

이건우.

역시 그는 신이라 불려도 부족함이 없는 남자였다.

*　　　　*　　　　*

보통 가수가 앨범을 제작하고 내는 데 적게 잡아도 1억 이상이 든다. 많이 들어가면 3억 이상을 소모하는 것이 음반 시장의 현실이었다. 앨범 제작비도 제작비이지만 마케팅 비용이 엄청났다.

YS에서도 대대적으로 마케팅을 하기는 했지만 솔직히 하지 않아도 무방했다. 가만히 있어도 언론과 방송에서 떠들어댔고, 길거리와 라디오에서는 건우의 노래만 흘러나오니 말이다. 그걸 홍보 비용으로 환산한다면 YS가 마케팅으로 쓴 비용은 돈도 아니었다.

이건우 열풍!

대한민국은 이건우가 쏜 눈물 폭탄을 맞았다!

정규 앨범 타이틀곡 슬픈 이야기는 대한민국을 눈물바다로 만들어 버렸다. 반응이 폭발적인 것은 말할 필요도 없는 사실이었다. 이보다 더 뜨거울 수 없을 지경이었다.

건우의 앨범이 발매되자마자 주요 음악 스트리밍 사이트의 순위를 건우의 곡이 모조리 점령해 버렸다. 당연히 1위는 건우의 곡이었고 15위 안에 10곡이 모두 들어가는 기염을 토해냈다. 타이틀곡뿐만 아니라 다른 곡들도 그에 못지않은 뜨거운 반응을 얻고 있다는 증거였다.

더욱 놀라운 사실은 제드먼을 제치고 단번에 빌보드 차트에 진입해, 최단기간 만에 1위에 등극했다는 점이다. 제드먼의 곡은 건우의 타이틀곡이 아닌 다른 곡에게도 밀려 20위권 밖으로 떨어졌다.

이번 앨범은 영문판도 따로 나와 있어 아름다운 모든 것들보다 훨씬 빠른 속도로 전 세계의 차트란 차트를 점령해 갔다. 낯선 나라의 음악 차트에서 이건우라는 이름을 찾아보는 것이 이제는 전혀 이상하지 않은 광경이 되었다.

＜황제의 귀환＞
＜빌보드 신기록, 다시 갱신할까?＞
＜미국이 반한 노래＞
＜영국 가수 뮤진 '이건우의 음악은 이 세상의 것이 아니다. 하늘이 내린 악마의 재능'＞

세계 각지에서 극찬을 담은 기사가 쏟아져 나왔다.

짧은 시간에 이룩한 찬란한 성적으로 볼 때, 당연한 것이었다.

미튜브와 다이브 in TV를 통해 공개된 뮤직비디오도 연일 최고 기록을 갱신해 나가는 중이었다. 현재 미튜브 역대 최고 동영상은 건우의 아름다운 모든 것들 뮤직비디오였는데, 그 영상이 세운 기록을 빠르게 쫓아가고 있었다.

음반, 음원 판매량이 대한민국 역사상 전대미문일 정도로 엄청난 것은 증명할 필요도 없는 사실이었다. 건우의 앨범이 어디까지 갈 수 있는지 모두가 궁금해했다.

정규 앨범 1집이 발매된 지 일주일가량 흘렀다. 각종 섭외가 물밀듯이 들어왔지만 건우는 본격적으로 콘서트 계획을 짜느라 홍보 활동이나 예능은 출연하지 않았다.

너무 잘나가니 바쁘게 홍보 활동을 할 필요가 없었다. 그래도 YS에서는 건우가 한국에서 홍보 활동을 조금이라도 소화해 주길 바라고 있었다. 한국으로 돌아오고 나서 TV 노출을 한 번도 하지 않았기 때문이다.

누군지는 모르지만 청와대 홈페이지에 국민 청원까지 넣고 있어, 건우도 진지하고 고려하고 있었다.

진희: 축하해! 완전 대박이야!

크리스틴 잭슨: 건우! 네 노래에 중독되어 버렸어! 좋은 노래 만들어줘서 고마워! 영어 버전을 만들어주다니! 매일매일 우는 중이야!

에란: 1위 축하해. 마땅히 그럴 자격이 있어! 타이틀곡도 좋은데, 설레임이 더 좋더라! 미국은 언제 와? 오면 꼭 연락해 줘.

제시카: 한국에 가면 만날 수 있나요? 슬픈 이야기를 들으니 더 보고 싶네요.

축하 문자와 톡들이 쏟아져 내렸다. 건우는 예전과는 달리 단답형으로 대답하지 않고 일일이 성의 있게 답장을 해주었다. 한국에서 온 축하 문자에는 직접 전화까지 하며 고맙다고 답례했다.

이번 앨범을 만들면서 건우는 자신이 확실히 변했음을 깨달았다.

'기분이 좋네.'

아름다운 모든 것들이 히트를 치고, 그리고 영화가 대박이 났을 때보다 더 기뻤다. 자신의 진짜 능력을 증명한 것 같아 더욱 그러했다.

'한국, 일본, 미국, 유럽, 남미까지 세계 투어라…….'

드디어 건우의 첫 단독 콘서트 계획이 윤곽이 드러났다.

단독 콘서트라는 것을 떠올려 보면 영화를 촬영할 때보다 훨씬 설레었다. 콘서트를 하는 건 어렸을 적부터의 꿈이기도 했다.

먼저 영국에 방문하고 독일, 미국, 캐나다, 일본, 마지막으로 한국에서 콘서트를 열 예정이었다. 워낙 전 세계적인 인지도를 가지고 있어 콘서트를 진행하는 데는 무리가 없었다. 오히려 자신의 나라에 먼저 와달라고 아우성이었다.

일반적인 공연과 비교했을 때 단독 콘서트는 아예 다른 나라의 이야기였다. 콘서트장, 무대 세팅, 음향 장비부터 시작해서 모든 것을 다 꾸며야 했다.

이쪽 방면은 YS가 꽉 잡고 있었다. YS라는 든든한 파트너가 있어 다행이라는 생각이 들었다.

'예능을 하나 나가긴 해야겠는데…….'

너무 많이 나가는 건 역효과였고 하나 정도 나가서 화제가 되는 것이 가장 좋은 홍보였다. 기왕이면 인기 많은 예능 프로그램보다는 진솔하게 참여할 수 있는 쪽이 더 좋을 것 같았다. 인기 있는 예능에 나가도 입 발린 소리를 듣느라 음악 이야기는 전혀 하지 못할 것 같았다.

건우는 잠시 고민하다가 팬사이트를 들어갔다. 예능 출연을 결정하기 전에 팬사이트에서 분위기를 파악하고 싶었기 때문이다.

'앨범 사진이네'

가장 잘 나온 사진이 메인에 올라와 있었다. 건우가 봐도 감탄이 나오는 사진이었다. 실물이 더 나은 스타 1위로 꼽히고 있는 것이 건우였지만 저 사진만큼은 건우도 마음에 들었다.

'사진으로도 감정이 움직이는군.'

노래나 영상 같은 걸로 감정을 움직일 수 있었는데, 사진조차 그 영향을 미치고 있었다. 사진은 영향을 받지 않는다고 생각해서 내력을 꽉꽉 쓰면서 찍은 사진이었다. 노래와 영상보다는 덜하지만 확실히 건우의 힘이 발휘되고 있었다.

'연기한 건 연인을 바라보는 눈빛이었는데……'

눈에서 꿀이 뚝뚝 떨어지는 것 같았다. 그냥 사진임에도 무척이나 생생하게 느껴졌다. 건우는 점점 강해지고 있는 자신의 힘을 보고는 자제의 필요성을 느꼈다. 지금도 이 정도인데 화경에 이른다면 어떻게 될까?

종교를 창시할 수도 있을 것 같았다. 개인이 감당하기에는 너무나 큰 힘이었다.

건우는 그냥 웃음 짓고는 그런 생각을 털어버렸다. 연기와 노래에 몰두하는 것 외에는 생각하고 싶지 않았다.

팬사이트의 전체적인 분위기는 들떠 있었다. 각 세계의 커뮤니티에서 반응을 퍼와 번역을 했고, 자신과 관련된 기사들도 무척이나 많았다.

<이건우 세계정복 시동!>
<한국을 찾는 유럽 팬들!>
<미튜브, 이건우 챌린지 대유행!>
<제드먼, 슬픈 이야기 커버 개망신>

건우는 고개를 끄덕이며 뿌듯한 미소를 지었다. 자신의 팬사이트이다 보니 긍정적인 기사가 대부분이었지만 그것을 감안하더라도 기분이 좋았다.

이건우 챌린지는 처음 들어보는 것이었다. 관련 글을 찾아보니 의미를 알 수 있었다.

'노래방 1위라…….'

노래방 인기 차트 1위부터 쭉 자신의 곡이 점령했다고 한다. 다른 곡들도 그랬지만 특히 슬픈 이야기와 이별 그 후는 극악한 난이도를 자랑하는데, 그걸 도전하는 모습을 촬영해서 SNS나 미튜브에 올리는 것이 유행이 되고 있었다. 웬만큼 노래를 잘 부른다고 소문난 아마추어들이 도전했고, 심지어 프로들도 녹음실에서 부르는 모습을 촬영해 올리고 있었다.

영상들이 정리되어 올라와 있었다. 아직 앨범이 나온 지 얼마 되지도 않았는데, 영상들은 상당히 많았다. 그런 영상의 조회 수도 대단했다. 그 덕분에 수많은 미튜버들이 동참하고 있는 걸로 보였다.

'노래방이라······.'

고등학교 시절에는 거의 노래방에서 살다시피 했고, 데뷔 초만 하더라도 진희와 어울려 자주 갔었다. 하지만 요즘에는 노래방에 간 적이 거의 없었다.

건우는 동영상을 재생해 보았다.

노래방에서 남자가 목을 풀더니 건우의 이별 그 후를 부르기 시작했다. 건우는 호기심이 가득한 눈으로 영상을 바라보았다.

'음······.'

나름 노래를 하는 미튜버였는데, 결론부터 말하자면 그다지 좋게 들리지는 않았다. 일단 힘들어하는 것이 보였고, 계속해서 이어지는 호흡과 음역대를 간신히 소화했다. 그러니 테크닉적인 부분은 물론 감정까지 놓치고 있었다.

아마추어치고 이 정도만으로도 대단했지만 그것뿐이었다. 이별 그 후는 건우조차 라이브에 약간 부담이 있는 노래였다. 음공이 없었다면 아마 무척 힘들게 소화했을 것이다.

댓글을 보니, 의외로 칭찬하는 글들이 많았다.

jamsto: 미친 난도의 노래인데, 나름 괜찮네요. 좋아요 누르고 갑니다.

anme: 솔직히 가수들도 이 정도로 소화는 못할 듯.

라잇롸우: 건우님 라이브하는 거 보면 소원이 없겠다.

홍대밴드: 요즘 홍대 버스킹에서 이것만 부름ㅋㅋ. 근데 소음 공해 수준임. 발라드인데 완전··· 예전에 음치가 옛날 외국 밴드 심장 도둑의

그녀가 갔다 부르는 수준임ㅋㅋ.

　—RE: 성대다한증: ㅇㅈ. 요즘 거의 소음 수준임. 건우신 빼고 안 불렀으면 좋겠음. 개나 소나 부르면 단 줄 알아ㅋㅋ.

　명곡판별기: 음, 커버 영상 올라온 거 다 봤는데, 제대로 소화하는 사람이 없네. 이거 진짜 라이브 완창 가능?

　—RE: 차우밴드: 인간계의 노래가 아님ㅋㅋ. 이건우가 자기만 부르려고 만듦ㅋㅋ. 진짜 이기적인 가수임.

　건우가 부를 때는 워낙 감정의 몰입이 되는 바람에 편안하게 들렸다. 그러나 직접 불러보면 욕이 나올 정도로 높은 난도였다. 완창은 고사하고 1절조차 제대로 부르는 사람이 없을 정도였다. 그러니 이건우 챌린지라고 불리는 것이었다.

　이제 가수를 논할 때 건우는 신성불가침의 영역이었다.

　누구도 건우가 대한민국 1위 가수라는 것에 시비를 걸 수 없었다. 순위 정하기를 좋아하는 네티즌들도 이건우만큼은 혼자 신계에 있다고 하며 논외로 쳤다. 대한민국 최초의 그래미상 수상자이니 당연한 이야기였다.

　건우는 다른 영상을 찾아보았다.

　'리액션 영상?'

　리액션 영상이었는데, 전 세계에 있는 건우의 팬들이 건우의 뮤직비디오를 보고 리액션을 찍은 동영상이었다. 가장 인기 있는 영상 하나를 클릭해 보았다. 유럽의 팬들이 단체로 모여 찍은 영상이었다. 30명 가까이 되어 보였는데, 모두 하트 안에 한글로 건우의 이름이 써져 있는 티셔츠를 입고 있었다.

[안녕하세요! 이건우 영국 지부 팬클럽입니다!]

[와아!!]

[드디어 1집 앨범이 발매되었습니다! 너무 감격스럽습니다. 우리 건우님이 겪었을 힘든 시간들을 생각하니… 눈물이 나올 것만 같네요.]

환호와 박수 소리가 엄청났다.

[하지만 우리 건우의 신도들은 건우님을 믿고 기다렸습니다!]

대부분 여성이었는데, 남성 팬들도 꽤 보였다. 기대감으로 흥분을 주체하지 못하는 모습을 보니 건우의 입가에 미소가 서렸다. 자신의 노래를 이토록 갈망하고 있는 팬들이 있다는 게 기뻤다.

조금 과하게 느껴질 정도로 자신에게 많이 빠져 있는 것 같았지만, 건우는 기분 좋게 생각했다.

'그러고 보니 유럽 쪽은 소홀히 했는데……'

지금까지 미국과 한국, 뉴질랜드 그리고 중국만 갔다 왔을 뿐이었다. 유럽 팬들에게 괜히 미안해졌다. 미국에 갔다 왔기 때문인지 유럽이 유난히 멀게 느껴졌다.

[진짜 어젯밤부터 잠을 자지 못했어요. 지금 이 기분을 뭐라고 말해야 할지… 그럼 시작해 볼까요?]

[꺄악!]

[쉿! 조용!]

팬들이 집중하면서 뮤직비디오를 보기 시작했다. YS 로고가 나오자 소리를 질렀지만 다시 조용해졌다. 하나라도 놓치지 않겠다는 듯 눈을 크게 뜨고 뮤직비디오를 바라보기 시작했다.

'귀엽네.'

뮤직비디오의 힘은 강력했다. 보통이라면 건우의 모습이 나오면 비명을 지르거나 흥분하는 모습이 될 테지만 노래에 푹 빠져 눈물을 글썽거렸다. 뮤직비디오가 절정으로 향할 때는 입을 막고는 닭똥 같은 눈물을 펑펑 흘렸다. 마치 최루탄이라도 맞은 것 같은 모습이었다. 뮤직비디오가 끝나고 한동안 우는 소리만 들려왔다.

힘을 뺐다고는 하나 뮤직비디오의 연기를 보고 노래를 들으니 중첩 효과가 생긴 모양이었다.

[흑흑, 너무 슬퍼요.]

[흐윽. 건우님 어떡해. 너무 불쌍해. 흐어엉!]

[흑흑, 죽지 마요!]

감성이 풍부한 소녀들이라 그런지 눈물이 그치지 않았다. 그래도 뮤직비디오가 끝나자 눈물을 닦고 환하게 웃으니 크게 걱정하지 않아도 될 것 같았다. 건우의 눈에 그들의 감동을 받은 표정이 보였다. 노래의 성공 여부를 떠나서 건우는 그것만으로도 충분하다고 생각했다.

[건우님의 유럽 콘서트를 기다릴게요!]

[꼭 이탈리아에 와주세요!]

[프랑스도요!]

[영국…….]

영상 속 팬들의 말에 건우는 미소 지었다.

'당분간 1집을 뛰어넘는 음악은… 힘들겠지.'

뛰어넘을 수 있는 가능성이 없다면 2집을 만들 생각은 없었다.

건우는 시간 가는 줄 모르고 여러 영상들을 살펴보았다.

자신이 사랑받고 있다는 걸 확인하는 과정은 행복하고 즐거웠다. 정말 유익하고 큰 힘이 되는 좋은 시간이었다. 건우는 이런 관심이 연예인으로서 살아가게 만드는 힘이라는 것을 다시 한번 깨달을 수 있었다.

'그래, 예능에 나가야겠지.'

건우는 YS에서 보내준 프로그램 리스트를 바라보았다. 유진식이 진행하는 토크쇼도 있었고 다른 공중파의 굵직한 프로그램에서 출연 제의가 와 있었다. 나오기만 한다면 이건우 특집으로 알차게 구성해 주겠다는 이야기도 적혀 있었다. 하지만 흥미가 생기지는 않았다.

"음? 이건……."

몰래 온 스타.

최근에 ONL 종합 편성 채널에서 진행하는 예능 프로그램이었다. 몰래 온 스타를 검색해 알아보니 꽤 시청률도 잘 나오고 내용도 괜찮았다. 무엇보다 건우의 취향이었다.

꿈을 위해 열심히 하고 있는 팬들에게 몰래 방문한다는 내용이었는데, 노래방이나 길거리 공연을 하고 있을 때 몰래 합류하는 내용이었다. 몰래카메라 느낌도 나서 재미있을 것 같았다. 팬을 위한 선물이기도 했다.

출연료가 다른 프로그램에 비해 적은 게 흠이었지만, 지금의 건우에게 돈은 그저 숫자에 불과한 것들이었다. 앞으로 들어올 수익을 생각하면 더더욱 그러했다.

'가끔은 사치를 부려보는 것도 괜찮겠지.'

YS를 통해 자산 관리도 운용하고 있어 더욱 불어나면 불어났지 줄어들 일은 전혀 없었다. 미국에 집을 사고, 별장이나 요트 같은 것들도 구입할 생각이었다.

건우는 바로 YS에 연락을 했다. 석준도 넌지시 홍보 방송 하나만 나가달라고 했으니, 몰래 온 스타에 나가는 게 좋을 것 같았다.

연락하기가 무섭게 기다리고 있었다는 듯 바로 스케줄이 잡혔다.

4. 몰래 온 스타

몰래 온 스타는 본래 한 화에 여러 가수가 나오는 프로그램이
었다. 흔히 말하는 A급 가수는 딱 한 번 나왔을 뿐이었고 보통
최고라고 부르기는 힘들지만 팬층이 꽤 있는 가수들이 나왔다.
좋은 연출과 나름의 감동 코드 덕분에 시청률이 꽤 잘나와 시즌
2까지 만들어진 예능 프로그램이었다.

　건우의 출연은 극도의 비밀이라 제작진도 상당히 조심스러워
했다. 제작진과의 미팅을 여러 번 갖고 시간을 조율했다. 그 사
이에도 건우의 노래들은 더욱더 큰 화제가 되고 있었다.

　이제 빌보드에서는 이건우의 이름이 빠지면 이상하게 보는 사
람들이 있을 정도였다. 미국 음악 평론가들도 최고의 가수를 꼽
을 때, 이건우의 이름을 입에 담길 주저하지 않았다.

―신이 내린 가창력.

―역사상 최고의 뮤지션.

―미국 가수들은 이건우의 뒤꽁무니라도 쫓아가야 한다.

―게으른 뮤지션들에게 내린 철퇴. 이건우 주의보.

그런 평론가들의 극찬이 한국 언론에 소개되어 건우는 거의 국민 영웅 수준의 이미지가 되었다. 어쨌든 한국을 빛내고 있는 인물 중에 단연 1위였으니 말이다. 해외에서 한국인이라고 말하면 이건우라는 말이 먼저 나온다고 한다.

아무튼 그런 건우가 예능에 출연한다고 하니 방송국에서는 비상이 걸릴 수밖에 없었다. ONL에서 굵직한 프로그램을 키워 낸 스타 PD 김운학도 마찬가지였다.

건우가 오고 있다는 소식을 들은 김 PD는 바로 일어나 방송국 앞까지 달려 나갔다. 김 PD는 스타들에게 아부하거나 하는 스타일은 절대 아니었지만 이번만큼은 달랐다.

이건우에 대한 개인적인 존경심도 있었고, 예능국장의 특별 지시도 포함되어 있었다. 저번 미팅 때는 예능국장이 직접 와서 회의를 주도했다. 자신을 바라보며 실수하면 각오하라는 예능국장의 눈빛을 본 순간부터 잠을 못 이룰 정도였다.

'진짜 실물… 장난이 아니었지. 인간 맞아? 그 정도의 남자를 누가 채갈지…….'

CG가 아니냐는 말을 들었던 사진과 영상은 실물의 50%도 못 담아낸 것 같았다. 어째서 이건우가 실물이 나은 스타 1위로 뽑혔는지 잘 알 수 있었다.

남자임에도 불구하고 긴장되어서 어버버거린 걸 생각하면 부끄러워졌다. 자신도 나름 스타 PD인데 말이다.

초조하게 기다리고 있을 때 차량이 들어왔다. 방송국 입구가 아니라 직원 외에는 알지 못하는 다른 입구여서 오가는 사람은 없었다.

건우가 차량에서 내려 웃으면서 김 PD에게 다가갔다.

"안녕하세요?"

"이건우 씨! 잘 지내셨나요?"

"네, 덕분에요."

"오늘 촬영 조금 일정이 빠듯할 겁니다."

"괜찮습니다. 마음껏 굴려주세요."

건우는 김 PD와 반갑게 악수를 나눴다. 김 PD는 가장 모시기 어렵다는 월드스타가 자신의 프로그램에 출연한다고 생각하니 다시 심장이 두근거렸다. 건우는 그런 김 PD를 보고 수줍음이 많은 PD구나 하고 생각할 뿐이었다.

지금 시각은 아침 9시였다.

바로 촬영이 시작되었다. 건우가 방송국에 들어온 순간부터 카메라가 쉬지 않고 건우를 찍었다. 건우의 모습을 한 컷이라도 더 따내기 위함이었다.

'저녁 늦게까지 있겠다고 했나?'

아무래도 이건우 특집을 하기 위해서는 하루를 통째로 촬영에 쏟아부어야 했는데, 건우는 흔쾌히 수락했다. 깐깐하게 따질 것 같았던 건우가 시원하게 모든 걸 수락해 버리니 오히려 김 PD의 두 어깨가 무거워졌다.

김 PD가 굳은 표정을 애써 활기찬 표정으로 바꾸고 건우를 바라보았다.

"자! 이건우 씨! 몰래 온 스타 비밀 본부에 오신 것을 환영합니다."

"그냥 사무실 아닙니까?"

"하하……."

사무실에 들어가니 고정되어 있는 여러 카메라가 보였다. 김 PD는 여러 사연이 적혀 있는 파일을 건우에게 건네주었다. 몰래 온 스타에 참여하고 싶은 이들이 보낸 사연이었다. 제작진에서 좋은 사연들로만 추려서 건우에게 가져온 것이다.

모든 사연이 사전에 협의를 받은 상태였다. 건우의 선택만 앞두고 있었다.

"모두 음악을 하시는 분이에요?"

"네, 그렇습니다."

"오… 제가 선택하면 되는 거죠?"

"물론입니다. 저희는 모든 준비가 되었, 크흠, 있습니다!"

새벽이라 그런지 김 PD의 목소리에서 삑사리가 났다. 건우는 살짝 웃고는 여러 사연을 빠르게 훑어보았다. 그중 가장 끌리는 사연을 손에 들었다.

'이게 좋겠어.'

망설임 없이 바로 정할 수 있었다.

"사연을 선택하셨으면 읽어주세요."

건우는 고개를 끄덕이고 사연을 읽기 시작했다.

"안녕하세요? 서울에 사는 주부입니다! 성격 좋은 남편과 함께 가난하지만 행복하게 살고 있습니다. 남편과, 그리고 우리 동료 아이들에게 힘을 주고 싶어 사연을 보내봅니다."

건우가 부드럽게 읽어나갔다. 마치 라디오를 듣는 것처럼 느껴졌다. 김 PD도 빠져들고 있었다.

"남편은 작은 가게를 하고 있습니다. 작은 가게에서 직접 노래를 부르기도 하고, 정기적으로 인디 밴드들에게 무대에 설 자리를 주기도 합니다. 그 친구들은 남편을 아빠라고 부릅니다. 저도 우리 애들이라고 생각하고 있어요. 그런데, 공연을 하던 친구들이 요즘 많이 힘들어합니다. 현실적인 이유와 하고 싶은 음악 사이에서 방황하고 고민하는 것이 많이 보입니다. 음악이 그렇듯 현실적인 이유로 최근에는 음악을 포기하는 아이들이 많습니다. 분명 재능이 있는데 말이죠. 고민하는 아이들이 힘을 낼 수 있게 도와주세요!"

남편이 가장 좋아하는 가수는 이건우라고 한다. 이 사연에 건우의 마음이 끌렸다. 요즘 인디 밴드들이 방송을 타면서 이따금씩 성공하는 밴드들이 나오기는 했다. 그러나 대다수의 상황은 여전히 똑같았다.

인지도를 어느 정도 쌓은 가수가 아니고서야 생계와 음악은 양립할 수 없었다.

아마추어 가수의 사연이나 학생들의 사연도 있었지만 이 사연이 가장 눈에 띄었다.

'현실적인 이유라……'

음악을 가장 많이 포기하는 이유 중 하나일 것이다. 자신도 그러했고, 많은 이들이 그러했다.

재능이 없어서, 돈이 없어서, 운이 안 좋아서…….

많은 이유가 있었다.

건우도 잠깐이기는 하지만 인디 생활을 했었기에 반짝이는 재능을 지닌 이들이 그 빛을 발하지 못하고 묻힌다는 사실을 잘 알고 있었다.

'그들과는 달리 나는 그냥 겉멋만 든 놈이었지.'

얼마나 절박한지 지금은 이해할 수 있었다. 모든 직업이 다 그렇겠지만 특히 음악을 한다는 것은 결코 쉬운 길이 아니었다. 시작은 쉬울지 몰라도 계속 이어나가는 건 어려운 일이었다.

아무튼 이제 MC와 합류를 해야 했다.

이 프로그램을 이끄는 MC가 있었는데, 건우도 알고 있는 음악가였다. 바로 뮤직노트라는 음악 프로그램을 진행하는 작곡가 유진렬이었다.

유진렬은 건우가 섭외되었는지 모르고 있다고 한다. 감초 역할을 위해 본래 개그맨들도 게스트로 나오고 있지만 이번만큼은 건우에게 집중하기 위해 모두 배제했다.

사전 미팅 때 이미 유진렬의 소속사에 찾아가서 깜짝 놀래주기로 계획이 정해져 있었다.

"그럼 선배님을 깜짝 놀라게 하는 일만 남았네요. 기대가 됩니다."

김 PD가 활짝 웃으며 고개를 끄덕였다. 건우가 적극적으로 나오니 좋은 그림이 나올 것 같아서였다.

YS에 비할 수 없지만 그래도 작은 소속사를 운영하고 있는 유진렬이었다. 꽤 좋은 가수들이 소속되어 있어 작지만 튼실한 소속사로 평가받고 있었다.

그냥 놀라게 하면 재미가 없어서 살짝 연출을 섞었다. 청소 업체의 직원으로 속여 잠입해야 했다.

김 PD는 미리 소속사 직원들을 섭외해 놓아 일주일 전부터 입을 맞춰놓았다고 한다. 몰래 온 스타의 촬영 시각은 11시로 알고 있어 아마 예상도 하지 못하고 있을 것이다.

건우는 청소 업체 유니폼을 입은 채 봉고차를 끌고 유진렬의 소속사로 향했다. 방진 마스크와 스키장에서나 쓸 법한 고글을 쓰고 있어 조금 이상한 모습이었다.

시그널 뮤직이라는 간판이 보였다. 건물은 그리 크지 않았는 데, 그래도 기획사로서의 형태는 충실하게 갖추고 있었다. 석준과 꽤 친한 사이라 가끔 YS 사옥으로 와서 연습 공간을 빌리기도 했다.

'몇몇 직원만 안다고 했나?'

소속 가수들도 건우의 방문을 전혀 몰랐다. 건우는 커다란 청소기를 들고 안으로 들어갔다. 3층으로 되어 있는 건물 중 유진렬이 있는 3층으로 향했다.

지금 소속 가수와 함께 콘서트 연습 중이라고 한다.

'방해를 좀 해도 된다고 했지?'

직원들이 기왕이면 재미있게 해달라고 했다. 건우의 전문 분야는 아니었지만 자신은 있었다.

건우가 아이디 카드를 찍자 문이 열렸다. 사방에는 미리 숨겨 놓은 카메라가 있었다.

건우는 청소기를 끌고 복도를 휘적휘적 걸어 다녔다. 청소기에는 작은 카메라가 위장되어 달려 있었다.

연습을 하고 있는 가수들이 보였다. 건우의 모습을 보았지만 별 신경을 쓰지 않았다.

대표실은 연습실 바로 앞에 있었다. 그만큼 격의가 없다는 것을 나타내 주고 있는 것 같았다. 건우의 눈에 연습실에 있는 유진렬과 가수들이 보였다.

유진렬이 피아노 앞에 앉아 있었고 가수들이 주변에 서서 목을 풀고 있었다.

유진렬은 가수들의 노래를 봐주고 있었다. 확실히 YS와는 다른 풍경이기는 했다. YS에서는 전문 보컬 트레이너가 있어 석준이 직접 레슨을 하지 않았다.

'들어가 볼까?'

건우는 씨익 웃으면서 안으로 들어갔다. 연습실에 있는 가수는 건우가 얼굴을 모르는 가수가 대부분이었다. 그래도 아는 가수가 있다면 국민 여동생이라 불리는 이유리였다. 시그널 뮤직의 간판 스타였다.

"엄마야!"

이유리는 건우가 갑자기 난입하자 깜짝 놀라며 그렇게 외쳤다. 이유리는 하연의 강력한 라이벌로 꼽히고 있었다. 비주얼은 하연 쪽이 우위에 있지만 노래 실력은 이유리가 한 수 위였다.

'저번에 봤었지.'

아름다운 모든 것들이 발매되기 전에 한번 본 적이 있었다. 그때보다 성숙해진 모습이었다. 피아노 연주를 멈춘 유진렬이 건우를 바라보았다.

당황한 티가 확 났다.

"저기 외부인은……."

"청소입니다."

"네? 이틀 전에 오셨잖아요."

"소독을 하러 왔습니다."

"네?"

유진렬이 눈을 깜빡였다. 고개를 갸웃하며 생각에 빠졌다. 직원들이 청소 업체 직원이 올 거라고 했던 것이 기억이 나는 듯했다.

건우가 들고 온 청소기는 무척이나 거대했다. 무거워 보였지만 사실은 소품이라 안이 텅텅 비어 있었다. 유진렬은 일단 납득하고는 고개를 끄덕였다.

"음, 그럼 오늘은 여기까지만 하자."

"네!"

이유리가 활기차게 대답했다. 건우가 주변을 둘러보며 두리번거리자 이유리가 건우를 물끄러미 보다가 입을 뗐다.

"저기, 콘센트는 저쪽에……."

이유리가 그렇게 말하며 콘센트를 손가락으로 가리켰다. 건우는 시크하게 손을 흔들었다.

"수력발전이라 필요 없습니다."

"네?"

이유리가 눈을 깜빡이며 생각에 빠졌다.

아무리 생각해도 말도 안 되는 소리였다. 이유리는 고개를 갸웃했다. 유진렬도 마찬가지였다. 건우가 걸레를 꺼내 피아노로 다가갔다. 유진렬이 이상하다는 눈으로 건우를 바라보면서도 자리를 비켜주었다. 건우는 앞에 놓인 악보를 바라보았다.

'아! 이 노래구나.'

제목은 '늦은 봄날'이었다.

유진렬이 옛날에 발표한 곡이었다. 유진렬이 좋은 보컬은 아니었지만 그래도 감성이 살아 있어 명곡으로 평가받고 있었다. 이유리와 소속 가수들이 콘서트 때 부르기 위해 연습하고 있는 것 같았다.

딱 봄날에 어울리는 노래였다. 건우가 아무렇지도 않게 피아노 의자에 앉자 유진렬과 이유리, 그리고 주변에 있는 다른 가수들이 눈을 깜빡이며 바라보았다.

띵! 띠띵!

건우가 어설프게 건반을 누르자 가수들이 헛웃음을 지었다. 유진렬도 말려야 하는지 아니면 사람을 불러야 하는지 고민하고 있었다.

유진렬 입장에서는 황당할 것이다. 방독면과 고글을 쓴 청소 업체 직원이 갑자기 예의 없이 난입하더니 피아노 앞에 앉아 있으니 말이다.

"저기요. 어디 업체죠? 확인 좀 해봐야……."

유진렬이 그렇게 말하는 순간 건우가 건반에 손을 올렸다. 건우의 피아노 실력은 기타 정도는 아니지만 수준급이었다. 건우의 반사 신경은 부족한 경험을 아주 잘 커버해 주었다. 유진렬은 의외의 실력에 깜짝 놀라 말을 잇지 못했다. 건우가 방진 마스크를 내리면서 입을 뗐다.

"그대의 향기에 잠에서 깨어."

건우의 아름다운 음색이 나오는 순간 유진렬은 깜짝 놀라면서 건우를 바라보았다. 그러다가 건우에가 다가가 마스크를 손으로 완전히 내리고는 웃음을 터뜨렸다.

"야, 너……!"

"안녕하세요?"

건우가 노래를 멈추려 하자 유진렬이 빨리 계속하라는 제스처를 취했다. 건우는 피식 웃으면서 변장한 걸 다 벗고는 다시 피아노 연주를 하며 노래를 부르기 시작했다.

상황을 지켜보던 카메라들이 빠르게 안으로 들어왔다.

건우는 진지하게 노래를 부르기 시작했다. 늦은 봄날은 건우가 고등학생 때 노래방에서 자주 부르던 노래였다. 가사는 다 외우고 있었고, 악보를 보지 않아도 연주할 수 있었다.

건우가 힘을 빼고 노래를 불렀지만 듣는 이들은 감탄할 수밖에 없었다. 특히 유진렬은 아예 넋이 나가 입을 벌리며 들었다.

'왜 이건우, 이건우 하는지 제대로 알겠네.'

그도 이건우의 앨범을 샀고, 들으면서 큰 충격을 받은 뮤지션 중 하나였다. 작곡 실력은 말할 것도 없었지만 보컬에 아주 큰 충격을 받았다.

건우의 라이브는 들으면 들을수록 이 세상의 것이 아닌 것 같았다. 슬쩍 옆을 보니 '이유리도 입을 벌리며 멍하니 건우의 노래를 듣고 있었다. 다른 가수들도 마찬가지였다.

눈빛에는 기쁨이 보였지만 절망 역시 자리 잡고 있었다.

'좀 아플 거다. 세상에 천재가 얼마나 많은데.'

건우는 그 천재들 중에서도 가장 꼭대기에 있는 진짜 천재였다. 소속 가수들은 은근히 자신의 실력에 자부심을 가지고 있었는데, 그게 처참하게 박살 난 것처럼 보였다. 유진렬은 저들에게 건우가 좋은 약이 될 거라고 생각했다.

마지막 소절을 마치고 연주를 끝냈다. 유진렬이 박수를 치자 다른 이들도 따라서 박수를 쳤다. 여전히 멍한 표정이었다.

"와, 이거 그냥 네 노래 해라. 내 노래 같지가 않네."

"아니에요. 노래가 워낙 좋아서 그렇죠."

"건우야, 나랑 리메이크 앨범 만들래? 내가 YS에 말해놓을게."

"하하… 아직 1집이 나온 지 얼마 되지 않아서……."

"그럼 올 여름에 하자."

"음, 진지하게 생각해 볼게요."

건우는 자리에서 일어나 유진렬과 인사했다. 유진렬은 반갑게 건우를 맞이해 주었다. 유진렬의 뮤직노트에 출연 경험이 있어서 그가 어렵게 느껴지지는 않았다.

"이번 몰래 온 스타의 게스트가 너였구나. 와, 김 PD, 진짜 너무하네. 미리 좀 알려주면 나도 멋지게 입고 오는 건데."

"하하, 지금도 멋지신데요?"

유진렬은 연습실 벽에 걸린 거울을 통해 건우와 자신의 모습을 바라보았다. 자신이 옷은 더 잘 입은 것 같은데 그런 건 아무런 소용이 없었다.

"아무튼 이번 편 진짜 재미있겠는데?"

유진렬은 기대감이 가득 담긴 얼굴로 건우를 바라보았다. 그의 눈에 건우에게 시선이 고정되어 있는 소속 가수들이 보였다.

"애들아, 정신 차려라. 침 흘리지 말고."

유진렬이 소속 가수들을 향해 고개를 설레 저으며 그렇게 말했다.

"꺄악!"

"거, 건느님!?"

그제야 눈앞에 이건우가 있다는 사실이 현실로 다가와 비명을 지르는 시그널 뮤직 소속의 가수들이었다.

*　　　　*　　　　*

건우와 유진렬은 방송국에서 제공해 준 차량을 타고 홍대 쪽으로 향했다. 차량에는 카메라가 설치되어 있었고 건우가 직접 운전을 했다.

"오, 야, 멋진데. 운전하는 모습도 멋있네."

"뭐, 저야 늘 그렇죠."

"이열, 자신감! 좋네, 좋아."

유진렬이 적당히 분위기를 띄워줘 건우도 편하게 마치 놀러 가듯이 잡담을 나누면서 운전을 할 수 있었다. 유진렬은 프로그램의 MC답게 주제를 이끌었다.

"너 이번 노래, UK와 빌보드 차트 1위잖아. 그뿐만 아니라 앨범 곡이 모두 40위 안에 들었는데 기분이 어때? 나는 음악 방송 1위 했을 때 막 두근두근거려서 잠도 안 왔는데."

"음, 기쁘죠. 꿈인가 싶기도 하고… 근데 한편으로는 무덤덤하네요."

"역시 그래미상 수상자는 다른가?"

"아마 너무 큰 사랑을 받아서 실감이 잘 안 나는 것 같아요. 조금 시간이 지나봐야 알 것 같네요."

건우의 말에 유진렬은 진지한 표정으로 고개를 끄덕였다. 건우는 한국의 음악 방송 모두 1위에 올랐다. 방송에 참가하지는 않아 직접 수상을 받지는 않았지만, 그 상은 YS에 꾸준히 쌓이고 있었다.

"타이틀곡인 슬픈 이야기를 들어봤는데 진짜 눈물이 나더라. 노래의 완성도도 굉장히 뛰어난데, 너무 어려워. 그 감정을 유지하면서 어떻게 그렇게 부르는지 이해가 안 돼. 평소에 노래 연습은 어떻게 하니?"

"연습은……."

"말해줘. 우리 애들 좀 가르쳐 주게."

대답하기 조금 곤란했다.

건우의 수련은 무공 연습이었다. 거의 잠을 안 자고 매일 수련에 매진하고 있었다. 음공도 거기에 포함되니 연습이라고 볼 수 있기는 했다.

조금 둘러말하기로 했다.

"그냥 시간을 생각하지 않고 계속하는 편이에요."

"오, 연습이 아예 일상이 되었다는 말이구나. 아! 개인적으로 묻고 싶은 게 있는데. 괜찮을까?"

"네. 얼마든지요."

유진렬은 잠시 뜸을 들이다가 건우의 눈치를 보더니 입을 떼었다.

"슬픈 이야기, 가사가 너무 슬픈데… 이건 도저히 경험하지 않고서는 나올 수 없는 감성인 것 같아."

"그래요?"

건우는 피식 웃었다.

현생에서는 그런 경험이 없었다.

"사실 전 모태 솔로나 마찬가지예요. 고등학교 때 사귄 건… 여자 친구라고 하기도 그렇고 그냥 썸만 탄 수준이었죠. 그 이후로 쭉 혼자네요."

"정말? 이상형 1위로 뽑힌 남자가 모태 솔로라니… 만나는 사람 없어?"

"네."

"방송 나가면 난리 나겠네."

유진렬은 믿기지 않는다는 듯 건우를 바라보았다. 그 이건우가 제대로 여자를 사귀어본 경험이 없다고 하니 말이다. 방송에 나가면 기사가 엄청 나갈 것 같았다. 그러고 보니 할리우드 여배우들에게 둘러싸여 있었으면서도 그 흔한 스캔들이 한 번도 나지 않은 건우였다.

가게 근처에 도착해서 사연을 보낸 부인과 만났다. 건우가 등장하니 부인은 한동안 말을 잊지 못하고 눈시울을 붉혔다.

"진수 씨와 우리 애들이 너무 좋아할 것 같아요. 흐윽."

남편의 이름이 진수였다.

진정되기까지 조금 시간이 걸렸는데, 건우는 차분하게 기다려 주었다.

부인을 통해 남편 친구를 섭외했다. 점심을 먹고 근처 노래방에 갈 수 있도록 유도했다. 건우와 유진렬은 차량 안에서 모니터를 바라보면서 상황을 지켜봤다.

유진렬과 이야기를 나누면서 보니 지루하지 않았다.

"드디어 가네요."

"근데, 이상하지 않아? 점심 먹고 바로 노래방 가자고 하니⋯ 친구분 연기가 좀 그러네."

"그래도 들키지는 않은 것 같아요."

"들켜도 돼. 설마 이건우가 왔다고 생각이나 하겠어?"

진수는 친구가 갑자기 꺼낸 노래방에 뭐 잘못 먹었냐는 듯 그 친구를 바라보았다. 친구는 음치라 노래방에 먼저 가자고 이야기를 꺼낸 적이 없었기 때문이다. 게다가 시간도 애매했다. 계속 졸라대길래 뭔가 있구나 싶은 눈치였지만 피식 웃고는 그 친구를 따라갔다.

노래방 알바가 카메라가 설치된 방으로 안내해 줬다. 건우는 이어폰을 끼며 모니터를 바라보았다.

유진렬이 모니터를 집중해서 바라보았다. 그의 눈빛은 오디션 프로그램의 심사 위원답게 날카롭게 빛나고 있었다.

"그럼 우리 진수 씨, 노래 실력이 얼마나 좋은지 볼까요? 노래로 지금 아내분과 결혼했다고 했으니⋯⋯."

진수가 먼저 예약했다. 아름다운 모든 것들의 번호를 외우고 있는지 바로 예약했다. 익숙한 전주가 노래방 기계를 통해 들리자 건우는 기분이 묘해졌다.

'내 노래가 노래방에 있는 건 당연한데⋯⋯.'

당연한 건데 조금 이상했다. 건우는 피식 웃고는 노래에 집중했다. 진수는 노래를 꽤 잘했다. 노래방 금지곡으로 꼽히는 아름다운 모든 것들을 나름 잘 소화했다.

"좋네. 음색도 좋고."

유진렬의 가벼운 평이었다. 특별할 것이 없는 실력이었지만 그래도 괜찮게 들렸다. 예약이 밀리기 시작했다. 남자끼리 가는 노래방이 늘 그렇듯, 점차 감당하기 힘든 곡을 향해 달려 나갔다.

진수의 친구가 리모컨을 들더니 인기 차트 1위곡을 예약했다. 진수가 예약된 곡을 보더니 인상을 찌그렸다.

─야, 니가 이걸 어떻게 불러.

─나 이거 잘 부름. 내가 노래 좀 하잖아. 내가 부르니까 옆방에서 이건우인 줄 알고 찾아왔다니까.

─또 지랄한다. 이번 건느님 노래는 건드리는 게 아니야.

─같이 부르자.

친구의 말에 진수가 피식 웃었다.

"건우 씨, 대기해 주세요!"

"네."

김 PD가 건우를 향해 외쳤다.

"그럼 갔다 올게요."

"그래! 잘해라!"

유진렬의 배웅을 받으며 몰래 노래방으로 잠입했다. 노래방은 이제 점심임에도 불구하고 사람들이 꽤 있었다. 귀를 기울여 보니 여기저기서 자신의 노래가 흘러나왔다. 가만히 눈을 감고 들어보았다. 모두 음정이 안 맞고 목소리가 심하게 갈라져 듣기 좋지는 않지만 그래도 건우의 귀에는 좋게 들렸다.

그래미상을 탔을 때만큼이나 가슴이 벅차올랐다.

슬픈 이야기의 전주가 나오자 진수의 친구가 전화를 받는 척하고는 밖으로 나왔다. 진수가 마이크를 잡고는 슬픈 이야기를 부르기 시작했다.

"지금 들어가요?"

"네! 지금 바로 들어가 주세요!"

건우는 노래방 문 앞으로 이동했다. 진수는 노래에 집중하느라 건우가 보고 있는지는 꿈에도 몰랐다. 건우는 슬쩍 문을 열고 들어가 의자에 마이크가 놓여 있는 마이크를 잡았다. 진수는 건우 쪽을 바라보지 않고 그냥 친구가 들어온 줄 알고 있을 뿐이었다. 고음 부분에서 진수가 힘들어하자, 건우가 슬쩍 마이크를 들었다.

마치 음반을 틀어놓은 것 같은 음색이 나오자 진수는 깜짝 놀라며 건우 쪽을 바라보았다.

"억! 뭐, 뭐야!?"

건우를 보자마자 뒤로 넘어질 뻔했다. 건우는 살짝 웃으면서 진수를 바라보며 손짓했다. 같이 부르자는 제스처였다. 진수가 얼떨떨한 표정을 짓더니 같이 노래를 불렀다. 건우는 제법 신이 났다. 오랜만에 오는 노래방이라 그런지 꽤 재미있었다.

"우후~"

진수의 노래에 맞춰주며 애드리브를 넣어 불렀다. 스피커를 뚫어버릴 것 같은 성량에 진수의 목소리가 묻혀 버렸다. 노래가 끝나자 진수가 건우를 멍하니 바라보았다.

"이건우… 씨?"

"안녕하세요?"

"어, 어떻게……."

도저히 이 상황이 이해가 되지 않는다는 표정이었다.

눈을 비비고 봐도 건우는 진짜였다. 자신이 건우와 함께 듀엣으로 노래를 부른 게 도저히 믿기지 않았다. 비록 지금은 가게를 운영하고 있지만 그의 꿈은 가수였었다. 마치 꿈을 꾸고 있는 것 같았다.

'뭔가 아쉬운데.'

본래 예정에는 없었지만 건우는 이대로 나가기 뭔가 아쉬웠다.

"시간 많이 남았네요. 저도 같이 놀아도 될까요?"

"네? 네! 네?"

진수는 여전히 어떻게 상황이 돌아가는지 몰라 어쩔 줄 몰라 했다. 건우는 리모컨을 잡고는 노래를 예약했다. 건우가 평소에 노래방에 가면 부르는 것들이 있었다.

밖에 있던 유진렬도 안으로 들어왔다. 진수가 유진렬을 보더니 또 놀랐다.

"유진렬 씨?"

"안녕하세요? 노래 굉장히 잘하시던데요."

"가, 감사합니다."

"건우야, 내 노래 좀 불러라."

건우는 피식 웃으면서 고개를 끄덕였다.

"그럼 달려봅시다."

그 후부터 시간이 추가될 때까지 달렸다. 처음에 어색해하던 진수도 어느덧 건우와 어울려 같이 노래를 부르기 시작했다. 김 PD가 말리지 않았다면 계속 있었을지도 몰랐다. 김 PD는 난감해 하면서도 눈은 웃고 있었다.

"저기 건우님."

"그냥 건우라고 불러주세요. 나이도 제가 어린데."

"하하, 그… 이별 그 후도 불러주시면 안 될까요?"

"맞아! 나도 그거 라이브로 듣고 싶었어."

진수의 말에 유진렬도 그렇게 말했다.

조금 부담스럽지만 못 할 것도 없었다. 건우는 고개를 끄덕였다. 건우는 예약을 하고 바로 노래를 부르기 시작했다. 엄청난 성량과 호흡, 그것에서 나오는 폭발적인 가창력이 터져 나왔다.

절제하는 절규, 정리된 절망이라는 감정이 무엇인지 확실하게 보여주었다. 압도 그 자체였다.

다른 방에 있던 손님들은 물론 노래방 직원까지 문 앞으로 몰려올 정도였다. 노래가 끝나고 건우가 마이크를 내려놓았다. 진수는 멍하니 건우를 바라보다가 격렬한 박수를 쳤다. 유진렬도 입을 벌리면서 감탄했다.

건우는 화면을 바라보았다. 무공을 얻고 가장 열심히 부른 것 같았다. 열창을 한 만큼 점수가 기대가 되었다. 마음속으로는 100점을 생각하고 있었다. 모든 것이 완벽했으니 말이다.

그러나 결과가 처참했다.

[0점! 음치시군요? 아주 많이 노력하세요.]

건우의 표정이 멍해졌다.

"와, 말도 안 돼."

"이열, 건우, 노래 잘하는데? 빵점도 받고."

유진렬이 부른 마지막 곡 점수는 31점이었다. 건우는 황당함에 고개를 절레 저었다.

노래방에서 그렇게 한참 논 후에 진수와 차로 돌아와 가볍게 대화를 나눴다. 아내가 사연을 보냈다고 말해주니 진수는 눈시울을 붉혔다.

이제야 조금 건우에게 적응되었는지 긴장하는 모습이 많이 사라졌다. 건우보다 나이는 많았지만 건우를 대단히 좋아하고 존경하고 있다는 것이 티가 났다.

유진렬이 웃으면서 진수를 바라보았다.

"꽤 힘드시겠네요. 인디 밴드도 챙겨주고 장사도 같이하시려면요."

"힘들기는 하지만… 그래도 뿌듯합니다. 나중에 갚으라고 하면 되죠. 그때가 오면 좋겠네요."

작은 무대였지만 무대가 절실한 이들에게는 무엇보다 큰 무대였다. 진수는 상황이 안 좋은 밴드들에게 무대를 제공해 주고 출연료 역시 잘 챙겨주고 있었다.

사정상 많은 돈을 줄 수는 없었지만 아주 많은 인디 밴드들이 출연료를 받지 않고 공연하는 것에 비한다면 꽤 대단한 것이었다.

"챙겨주다 보니 친해지고, 상황도 알게 되고… 세상이 그들을 알아주기보다는, 그냥 무대에 서고 싶을 때 서게 해주고 싶었어요. 제가 음악을 할 때 가장 원했던 것이거든요."

"그렇군요."

"명절 때면 늘 찾아와서 가족이 늘어난 것 같아 좋습니다. 하하!"

밝은 분위기에서 대화를 했다. 건우에게도 여러모로 많은 생각을 하게끔 만든 대화였다. 인디 밴드가 제대로 된 무대에 설수 있는 기회는 생각보다 많지 않았다.

'극장을 하나 구입해 보는 건 어떨까?'

출연료를 챙겨주고 할 수는 없더라도 무대에 설 수 있는 정기적인 기회만 주는 것만으로도 많은 힘이 될 것 같았다. 물론, 겉멋만 든 아이들은 제외시키고, 간절한 이들만을 선별해야 하겠지만 말이다. 수익적인 측면을 생각하지 않는다면 괜찮은 생각인 것 같았다.

'돈은 이제 문제될 게 없지.'

건우의 돈은 무척이나 많았다. 지금까지 번 돈도 평범하게는 평생 못 쓸 정도였고 들어올 돈, 앞으로 벌 돈을 생각해 보면 어마어마했다.

건우는 조용히 결심을 굳혔다.

진수의 가게에 도착했다. 구석에 있는 작은 술집이었다. 알바도 있었지만 임금을 맞춰주기 어려워 지금은 아내와 단둘이 운영하고 있다고 한다. 작은 술집이었지만 무대는 꽤 그럴듯했다.

다행히 건물주도 상당히 좋은 사람이라 임대료를 올리거나 하지는 않고 사정을 많이 봐주고 있다고 한다. 세상에 악덕 건물주만 있는 것은 아니었다.

'세상에 꼭 나쁜 놈만 있는 것이 아니니까.'

만약 그랬다면 이미 세상은 망해 버렸을 것이다.

건우는 가게의 오픈 준비를 도와주었다. 어머니의 식당에서 일한 경험이 있어 마치 숙련된 알바생처럼 보였다. 진수의 아내가 그런 건우의 모습을 보고 안절부절못했다.

"거, 건우님. 그, 그냥 계세요."

"같이하면 빨리 하잖아요. 그리고……"

건우는 진수와 그의 아내를 바라보았다.

"오늘 엄청나게 많이 팔 거니까 준비를 철저히 해야죠. 주방에 좀 들어가 봐도 될까요?"

"네? 네! 무, 물론이죠."

진수의 아내가 건우를 안내해 주었다. 건우는 주방을 둘러보면서 고개를 끄덕였다. 다행히 위생 상태는 좋았다. 그러나 음식 재료를 살펴보니 부족해 보였다. 그리고 만들 수 있는 메뉴도 시원치 않았다. 가게의 전체적인 컨셉도 명확하지 않고 어정쩡했다.

"음, 심각한데. 이렇게 두시면 위험해요. 그리고 이런 건 미리미리 치워두셔야 해요. 그래도 위생 상태가 좋아 다행이네요."

"네."

"메뉴 숫자가 너무 부족한데요. 너무 복잡한 것들 투성이에요. 일단 빨리 나가는 거 위주로 몇 개 만들어보죠."

"아… 네."

"서비스는 어떻게 주고 있나요?"

건우의 잔소리가 쏟아졌다.

좋은 목소리로 부드럽게 다독이듯 말해 진수와 그의 아내는 기분이 전혀 나쁘지 않았다. 오히려 냉장고를 손수 정리하고 테이블 배치를 다시 바꾸는 모습에 황송해했다.

건우는 온갖 굳은 일을 아주 빠르게 척척 해내고 있었다.

"건우야, 본격적인데?"

"선배님, 좀 도와주세요."

"하하! 알았어. 뭐부터 할까? 나도 요리하는 섹시한 남자가 되는 건가?"

"그냥 요리하는 남자로 만족하시는 게……."

"좀 봐줘라."

건우가 살짝 웃고는 겉옷을 벗고 소매를 걷어붙였다.

아내는 가게에 건우가 그러고 있는 것이 믿기지 않는 다는 듯 건우를 바라보았다. 카메라가 다가와 그 모습을 담았다.

"김 PD님."

"네, 건우 씨."

"제 출연료에서 까도 되니까 요리 재료 좀 부탁드릴 수 있을까요?"

"물론이죠."

안주를 만든 풍부한 경험이 있는 건우였다.

김 PD는 이번 편이 무척이나 풍부해질 것임을 확신했다. 기본적으로 기존 가수들은 그저 팬미팅을 보는 것 같이 짧게 만나고 가는 것이 대부분이었다. 이런 준비 과정을 보여주는 것도 재미와 분량을 동시에 챙길 수 있는 부분이었다.

유진렬이 행복한 표정을 짓고 있는 김 PD를 흐뭇한 미소로 바라보았다.

"건우 잘하죠?"

"네, 정말 좋네요."

"저랑 친하답니다."

"하하, 그렇습니까?"

준비가 끝나고 제작진이 카메라를 곳곳에 설치했다.

건우는 진수, 유진렬, 그리고 김 PD와 함께 이번 몰래 온 스타의 메인인 깜짝 이벤트에 대한 이야기를 나누었다. 김 PD가 여러 가지 안을 짜오기는 했지만 회의를 통해 많이 보충되었다.

오늘은 '굳센 김나홍'이라는 밴드가 공연을 하는 날이었다.

건우는 굳센 김나홍과 같이 공연을 하기로 했다. 굳센 김나홍밴드의 리더 김나라는 건우의 열렬한 팬이라고 한다.

본래 오늘 공연 중 진수와 한 곡 정도 듀엣을 하기로 되어 있었는데, 건우가 대신하기로 한 것이었다.

진수가 굳센 김나홍 밴드의 음반을 건우에게 건네주었다. 표지도 대단히 어설픈, 아주 저렴하게 제작된 음반이었다. 진수의가게에서 현장 판매만 진행하고 있었다.

"진짜 같이 듀엣하신 곡이네요?"

"부끄럽지만… 하하, 도와달라 하길래……."

"음, 최선을 다해볼게요."

가게에 노래를 틀었다. 건우는 유진렬과 의자에 앉아 노래를 감상했다.

제목은 '썸타는 사이'로 남녀 사이의 연애 내용을 재미있게 풀어낸 노래였다. 자신의 1집 앨범의 곡들과는 완전히 다른 감성이었다. 노래의 완성도는 조금 떨어졌지만 보컬 자체는 훌륭했다.

유진렬도 그렇게 생각하는지 건우를 바라보면서 입을 떼었다.

"여자 보컬이 훌륭하네. 곡과는 다르게 보컬의 톤이 슬프게 느껴져서 좀 묘해. 희소성 있는 톤이야. 요즘 이런 느낌의 여성 보컬은 흔하지 않지."

"좋네요."

"나도 인디 음악을 많이 듣거든. 그런데, 이렇게 괜찮은 건 오랜만이야."

"약간 시그널 뮤직 스타일이 아닌가요?"

"하하, 비슷해. 탐이 나는걸?"

꽤 실력이 있는 진수가 묻힐 정도로 굳센 김나홍 밴드의 보컬은 수준급이었다. 노래 자체는 대중적인 구성이 아니었지만 건우의 귀에는 괜찮게 들렸다.

'재미있겠네.'

건우는 흥미가 생겼다.

노래를 주의 깊게 들었다. 한 번만 들어도 어떻게 불러야 할지 머릿속에 떠올랐고 노래를 완벽하게 외울 수 있었다. 건우가 한번 듣고 흥얼거리듯 불러봤는데, 유진렬이 눈을 크게 뜨고 놀랐다.

무반주로 힘을 빼고 흥얼거리듯 부른 게 너무 좋았다. 건우가 YS만 아니었다면 지금 당장 계약하자고 매일매일 쫓아다녔을 것이다.

'보면 볼수록 대단해.'

유진렬은 그렇게 생각하며 고개를 끄덕였다.

건우는 세계 최고라고 평가받는 가수 중 하나였다. 이번 앨범이 최단기간 만에 각종 차트 1위에 오르면서, 이제 외국에서도 건우에게 음악의 황제라는 별명을 붙이고 있었다. 유진렬은 건우에게 황제, 또는 신이라는 별명이 잘 어울린다고 생각했다.

"한 번 듣고 다 외웠어? 대단해."

건우는 멋쩍게 웃을 뿐이었다.

건우는 진수에게 기타를 빌려 살짝 연습해 봤다. 그냥 연습 겸 노래를 불렀을 뿐인데도, 진수와 그의 아내, 유진렬 그리고 김 PD와 스태프들이 감탄하며 들었다.

"좋다."

"좋네요."

유진렬과 김 PD가 그렇게 말했다. 건우가 슬쩍 옆을 보니 진수와 그의 아내가 손을 잡으면서 다정한 분위기를 내고 있었다. 핑크빛 색채가 너무나도 뚜렷하게 느껴졌다. 그게 보기 좋으면서도 한편으로는 조금은 마음이 텅 빈 것 같은 느낌을 받았다.

'옆구리가 시리군.'

건우는 기억을 찾고 처음으로 그런 생각이 들었다. 그건 그냥 본능에서 나오는 갈망은 아닌 것 같았다.

아무튼, 준비를 다 끝내고 오픈 시간이 되었다. 건우와 유진렬은 건물의 사무실 하나를 빌려서 모니터를 통해 가게의 상황을 지켜보았다. 그래도 그럭저럭 단골이 있는 술집이다 보니 막 오픈했음에도 손님이 조금은 있었다.

"너도 이런 곳에서 공연한 적 있지?"

"아니요. 저는 그럴 위치도 아니었어요. 홍대 구석에서 살짝 했죠. 아무도 관심을 주지 않았지만요."

"에이, 네가?"

"제가 원래 엄청 노래를 못했었거든요."

유진렬은 도저히 믿기 어렵다는 표정이 되었다. 사실이었지만 설명하기도 힘들었다. 건우는 그저 웃으면서 식당의 상황에 집중했다.

*   *   *

김나라는 김나홍 밴드의 리더이다. 음악을 시작하면서 음악으로 돈을 벌겠다고 생각한 적은 없었지만, 현실은 더욱 처참했다. 그래도 진수의 가게에서 공연을 하면서부터는 진수가 신경써서 챙겨주니 빠듯하지만 살아갈 수는 있었다.

정기적으로 설 수 있는 무대가 있다는 게 너무나 행복했다.

"저희 왔어요!"

"오, 그래."

"오늘 손님이 많네요?"

김나라는 고개를 갸웃했다. 평소보다 사람이 많은 게 보였다. 진수는 마치 로보트처럼 삐걱거리듯이 고개를 끄덕였다. 김나라는 진수가 왜인지 유난히 굳어 있다고 생각했지만 아무튼 손님이 많은 건 기쁜 일이었다.

'공연 끝나고 도와드려야겠다.'

진수에게 고마운 마음은 늘 지니고 있었다.

김나라는 기타를 메고 무대 위에 올라갔다.

빠르게 공연 준비를 했다. 본래라면 제법 한산했을 자리가 꽉 차 있었다. 왠지 기분이 좋은 날이라고 생각했다. 음향 체크를 하자 손님들이 호기심이 가득한 눈으로 바라보았다. 무대와 손님 테이블의 간격이 좁아 표정 하나하나가 정확하게 보였다.

"여기 괜찮네."

"처음 알았어."

가게를 칭찬하는 손님들의 목소리가 들리자 김나라는 미소 지었다.

"안녕하세요! 굳센 김나홍입니다. 금요일 밤! 화끈하게 책임지겠습니다."

"오오!"

"팬이에요!"

아주 적은 숫자이기는 하지만 팬도 찾아왔다.

"첫 곡은 여러분들이 모두 아시는 곡으로 해볼까 합니다. 제가 제일 좋아하고 존경하는 가수의 노래입니다. 오늘같이 좋은 날에 잘 어울릴 것 같네요. 그럼 시작하겠습니다."

김나라가 멘트를 마치자 연주가 시작되었다.

"오오!"

"와아!"

전 국민이 다 안다고 해도 무방한 곡이었다.

작년 한 해를 휩쓴 곡이었고 '두유노우이건우?'라는 말을 탄생시킨 곡이기도 했다. 바로 아름다운 모든 것들이었다. 미튜브에 무수한 커버 동영상이 있었고 지금도 탄생하고 있는 불후의 명곡이었다.

김나홍 밴드는 그들만의 스타일로 아름다운 모든 것들을 소화했다. 원곡에 비하면 손색이 있었지만 그건 당연한 것이었다.

워낙 건우의 실력이 넘사벽이었으니 말이다.

첫 곡은 이렇게 유명한 노래를 불러서 관심을 끌었다.

김나라는 다음 곡을 이어갔다. 생소한 곡이다 보니 반응이 별로 없었지만 그래도 기분이 좋았다.

"다음 곡은 우리 가게 사장님과 부를 곡입니다! 아무도 모르지만 무려 앨범까지 나와 있습니다. 혹시 관심이 있으신 분들은 말해주세요. 싸게 드립니다."

김나라가 그렇게 말하니 박수가 나왔다.

김나라가 진수 쪽을 바라보자 진수가 고개를 끄덕였다. 진수는 무대 쪽 옆에 있는 비상구로 나갔다. 그 모습에 김나라가 고개를 갸웃했지만 대수롭지 않게 생각했다.

'잠시 화장실에라도 간 거겠지.'

김나라는 마이크를 잠시 내리며 기다렸다.

"어? 어어?"

"허억!"

"꺄아악!"

맨 앞줄에 있던 사람들이 깜짝 놀라며 비명을 질렀다. 그러더니 주변의 모든 이들도 못 볼 거라도 본 것처럼 벌떡 일어나더니 눈이 동그랗게 변했다. 우르르 앞으로 몰려나왔다.

모두 핸드폰을 꺼내 찍기 바빴다. 환호와 비명 소리에 귀가 먹먹할 정도였다.

"뭐, 뭐야……."

그녀는 당황해서 주춤거렸다.

"어억!"

"헐!"

그녀를 제외한 김나홍 밴드의 모두가 놀라 넘어질 뻔했다. 옆에서 느껴지는 인기척에 그녀의 고개가 서서히 옆으로 돌아갔다. 그녀의 표정이 멍해졌다. 동공이 크게 확장되고 입이 자연스럽게 벌어졌다.

"안녕하세요?"

"어, 어……?"

김나라는 도저히 믿을 수 없는 광경에 그대로 굳어버렸다. 눈앞에 꿈에서나 나올 법한 남자가 자신의 옆에 서 있었다. 미소는 왜 그렇게 환상적인지 그녀의 혼을 쏙 빼놓았다.

김나라는 이 남자가 누구인지 알고 있었다. 모를 수가 없었다. 그녀의 핸드폰 배경 화면으로 저장되어 있는 남자였기 때문이다.

"이, 이건우?"

"네, 김나라 씨. 반갑습니다."

"꺄아악!"

김나라는 건우를 바라보면서 비명을 질렀다. 꿈인지 현실인지 도저히 분간이 가지 않았다. 그저 넋을 잃고 바라볼 수밖에 없었다. 간신히 정신을 차리니 주변에 방송국 카메라가 있었다.

김나라는 침을 꿀꺽 삼키며 안절부절못했다. 무슨 상황인지 생각나지도 않고 이해도 되지 않았다. 밴드의 다른 이들도 마찬가지였다.

"이번 노래, 제가 사장님 대신 같이 불러도 될까요?"

"네?"

김나라는 무슨 말인지 이해하지 못했다. 건우가 미소 지으며 다시 입을 열었다.

"썸타는 사이, 같이 불러도 되죠?"

"그, 그, 그 노래 아세요?"

"네. 오늘 연습했어요."

"마, 말도 안 돼!"

김나라의 표정이 다시 멍해졌다. 그 이건우가 자신의 노래를 안다니 도저히 믿겨지지가 않았다. 갑자기 눈물이 왈칵하고 쏟아졌다.

"울지 마!"

"울지 마!"

손님들이 그렇게 외쳤다. 건우가 왔다는 소문이 퍼졌는지 가게는 발 디딜 틈 없이 꽉 찼다. 스태프들이 안전사고가 없게 각별히 신경 쓰고 있었다.

김나라가 눈물을 닦았다.

"이제 괜찮아요?"

"네."

"그럼 시작하죠."

건우의 말에 김나라가 눈물을 닦고 고개를 끄덕였다. 김나라가 심호흡을 하고 간신히 진정했다. 건우가 웃으면서 관객들에게 호응해 달라고 손짓하자 관객들이 환호성을 질렀다.

연주가 시작되었다. 김나라가 약간은 떨리는 목소리로 노래를 하기 시작했다.

"아무렇지도 않은 거니?"

건우가 옆에 있는 것만으로도 순식간에 노래에 몰입이 되었다. 관객들을 바라보다가 건우와 눈을 맞추며 노래를 부르기 시작했다.

건우의 파트가 되었다. 건우는 튀지 않도록 노력하면서 김나라에게 보조를 맞춰주었다. 건우의 목소리는 달달했다. 김나라는 자신이 만든 노래를, 자신보다 훨씬 잘 부르는 건우의 모습에 감동했다. 그리고 즐거웠다. 노래를 통해 목소리가 하나 되는 기분. 겪어보지 않는 이들은 절대 모를 쾌감이 존재했다.

물론 그녀와 건우는 실력적인 면에서 수준 차이가 났지만 그래도 건우가 잘 맞춰줘 확 튀지는 않았다.

김나라는 건우의 감정에 점점 동화되었다. 노래 실력이 확 살아나 듣는 이들도 모두 미소를 지으면서 바라보았다. 건우가 함께한 것만으로도 노래가 전혀 다른 분위기로 바뀌었다.

김나라는 황홀한 기분에 휩싸여 정신을 잃을 지경이었다. 하얗게 물들었던 정신이 돌아오니 어느새 마지막 소절만을 남겨두고 있었다.

그게 너무나 아쉬웠다. 이 시간이 영원토록 끝나지 않았으면 했다.

마지막이 온 순간, 김나라의 목소리가 다시금 떨렸다.

"너는 나에게."

"나에게."

"무슨 의미인 거니."

건우가 애드리브를 넣어서 마무리를 해주었다. 김나라도 따라 했는데 꽤 좋은 하모니로 들렸다. 노래가 끝나자 환호와 박수가 터져 나왔다.

"멋지다!"

"잘생겼어요!"

"와아!"

노래가 끝나자 김나라는 다시금 눈시울이 붉어졌다. 건우와 듀엣을 한 것이 믿겨지지가 않았다. 더군다나 자신이 작사, 작곡한 노래였다.

유진렬이 무대 위로 올라왔다. 건우가 마이크를 건네주자 유진렬이 능숙하게 마이크를 잡았다.

"안녕하세요! 여러분."

"유진렬? 어?"

"이거… 몰래 온 스타, 그거 아냐?"

유진렬이 등장하니 무슨 프로그램인지 눈치채는 이들이 많아졌다.

"몰래 온 스타의 유진렬입니다. 반갑습니다."

"와아아!"

유진렬은 김나라를 바라보았다.

"나라 씨, 사장님의 아내분께서 사연을 신청해 주셨는데요. 음악을 하시는 분들을 응원해 주고 싶다고 하셔서 이렇게 왔어요. 정말 좋은 무대였습니다."

"네, 저, 정말 꿈 같아요."

"아니, 지금 저랑 이야기하면서 어딜 보세요?"

김나라는 건우에게 시선이 박혀 유진렬을 바라보고 있지 않았다. 그제야 유진렬을 바라보고 무척이나 미안한 표정이 되었다.

"죄, 죄송해요."

"하하, 아니에요. 바라보는 대상이 건우 씨라면 이해합니다. 노래가 참 좋더군요. 썸타는 사이는 어떻게 만드시게 된 건가요?"

유진렬과 김나라가 대화를 나눴다. 노래에 대한 이야기에 건우도 고개를 끄덕이면서 들었다. 건우보다 어린 나이임에도 생각이 깊었고 뚜렷한 연애관을 가지고 있었다.

"그럼 마지막으로 건우 씨의 팬이라고 들었는데요. 건우 씨에게 바라는 것이 있나요?"

"바, 바라는 거요?"

"네, 가급적이면 들어주실 거죠? 건우 씨."

유진렬이 건우를 바라보았다. 건우는 고개를 끄덕였다. 김나라는 깊은 고민에 빠졌다. 뭔가 하나를 정하기 어려웠다. 건우는 그 모습에 웃으면서 입을 떼었다.

"여러 가지라도 괜찮아요."

"아, 그럼 하, 한 번만 안아주시면……"

그 정도야 간단했다. 건우가 두 팔을 벌리자 김나라가 쏙 하고 안겼다. 건우는 김나라를 안아주면서 그녀의 몸에 있는 나쁜 기운들을 흡수했다. 그리고 따스한 기운을 건네주었다. 건강에 좋은 영향을 줄 것이고 위로받는 기분을 느낄 수 있을 것이다.

김나라가 따스한 기분이 들었는지 긴장으로 인해 굳어 있던 얼굴이 풀어졌다.

"또 있나요?"

"노, 노래 불러주시면 안 될까요?"

"노래요?"

본래 촬영 계획은 여기까지였다.

"노래해! 노래해!"

"이건우! 이건우!"

"와아아!"

건우가 그냥 무대를 내려갔다가는 무슨 일이라도 날 분위기였다. 김 PD가 오케이 사인을 보냈다. 건우는 고개를 끄덕이고는 김나라를 바라보았다.

"그럼 무슨 노래를 부를까요?"

"이별 그 후, 해주세요!"

"그 곡이요?"

타이틀곡을 불러달라고 할 줄 알았지만 김나라는 이별 그 후를 불러달라고 요청했다. 눈물에 젖은 눈은 존경을 담고 있었고 기대에 반짝이고 있었다.

"연주는……."

"할 줄 알아요!"

"키보드는 내가 칠게. 사실 좀 쳐봤거든."

건우가 연주에 대해 묻자 김나홍과 유진렬이 그렇게 말했다. 김나홍 밴드에 키보드가 있기는 했지만 오늘은 생계 때문에 함께하지 못했다. 유진렬까지 합류하니 김나홍 밴드는 흥분에 휩싸였다.

"그럼 이별 그 후, 들려 드리겠습니다."

건우의 말에 뜨거운 환호성이 들려왔다.

건우의 라이브는 소문이 엄청 무성했다. 들으면 바로 혼절한다는 이야기나, 천국을 경험했다는 이야기는 대단히 유명했다.

정규 앨범을 내고 처음으로 공식 무대에서 부르는 노래였다. 공식이라고 하기에는 무대가 굉장히 작기는 하지만 관객이 있었고 세션이 있었다. 게다가 방송도 되니 공식 무대라고 해도 무방했다.

건우가 호흡을 내뱉으며 눈을 감았다가 떴다. 건우의 눈빛은 완전히 달라져 있었다. 내력이 꿈틀거리는 것이 느껴졌다. 이 노래는 건우도 최선을 다해 불러야 하는 노래였다.

발표한 지 얼마 되지 않은 노래였지만 노래가 연주되자 손님들은 환호성을 질렀다. 그러다가 노래에 집중하기 위해 순식간에 조용해졌다.

"사진도, 추억도, 정리를 해야 했어."

건우의 목소리가 단숨에 모든 이들의 귀를 사로잡았다. 손님들이 허억 하고 숨을 들이쉬며 눈이 크게 떠졌다. 건조하게 느껴지는 목소리는 슬픔이 식어가는 느낌을 받게 만들었다. 덤덤해진 슬픔이 가슴을 아프게 만드는 것 같았다. 손님들은 모두 옛 기억을 떠올리며 노래를 들었다.

점점 절정으로 향해가자 모두가 숨을 쉬는 것조차 잊어버릴 정도로 압도당했다. 계속 몰아치는 거센 공격은 일반인들이 받아들이기에는 조금 벅찬 감이 있었다. 그 벅참이 전신에 소름을 돋게 하고, 심장을 뒤흔드는 감동으로 다가왔다.

'미쳤다! 미친 가창력……'

'대박!'

'마, 말이 안 나오네.'

'황홀해 죽을 것 같아.'

손님들이 내뿜는 그런 감정의 색채가 보일 만도 했지만 건우는 노래에 집중하느라 보지 못했다. 그 정도로 몰입을 하지 않으면 이 노래를 완벽하게 소화해 낼 수 없었기 때문이다.

노래가 마지막으로 이르면서 반복되는 후렴이 터져 나왔다.

"이 순간만큼은 잘 가라고 말할게. 추억과 기억은 가슴 속에 묻힐 테니까."

보통 노래라면 관객들이 후렴을 따라하거나 하는데 이별 그 후는 그럴 생각조차 못했다. 그저 멍하니 듣고 있을 수밖에 없었다. 그렇게 태풍처럼 몰아치던 노래가 끝이 났다. 연주가 끝나고 나자 잠시 정적이 이어졌다.

"와아아!"

손님들이 잔뜩 흥분하면서 박수를 격하게 쳤다. 의자에 앉아 있는 손님은 단 한 명도 없었고 가게 밖에까지 사람이 꽉 차 있었다.

밖의 사람들도 들을 수 있게 가게의 문을 활짝 열어놓고 있었기 때문이다.

"앵콜! 앵콜!"

"흐어어엉! 미쳐 버리겠다!"

"한 곡 더! 한 곡 더!"

"제발 한 곡 더 해주세요!"

건우의 라이브를 접한 손님들은 모두 건우의 열혈 팬이 되어 있었다.

열화와 같은 반응에 건우는 기뻤지만 조금은 난감했다. 유진 럴이 오히려 흥분하면서 엄지를 치켜들었다.

결국 건우는 두 곡을 더 부르고 나서야 무대 밑으로 내려올 수 있었다.

촬영이 끝나고 김나홍 밴드와 따로 시간을 가졌다.

건우는 김나홍 밴드와 함께 사진을 찍고, 서로의 앨범을 교환했다. 건우는 사인을 해주었는데, 김나홍 밴드의 모두가 대단히 기뻐했다.

김나홍 밴드의 이름에 대해서 물어봤다. 별건 없었고 그냥 멤버들의 성을 따서 지은 거라고 한다.

"김나홍 밴드가 유명해지면 저 잊지 마세요."

"어, 어떻게 건느님을 잊어요!"

"개인적으로 저는 김나홍 밴드가 음악을 계속했으면 좋겠어요. 좋은 노래 감사합니다."

"아, 저, 저희가 감사하죠."

건우는 물론 유진렬도 김나홍 밴드와 조금 더 이야기를 나누고 싶어 했다.

건우는 김나홍 밴드를 바라보았다.

"혹시 시간 괜찮으신가요?"

"네?"

"술 한잔하죠."

"여, 여, 영광입니다!"

김나라가 바로 대답했다. 유진렬도 흐뭇하게 바라보며 같이 가기로 했다. 진수와 그의 아내도 함께했다.

촬영이 끝났어도 응원을 하러 온 것이니 확실하게 챙겨주고 싶었다. 그게 자신이 할 도리라고 생각했다.

'사람 사는 게 이런 거지.'

건우는 그렇게 생각하며 웃을 수 있었다.

그렇게 건우의 앨범 발매 후 첫 예능 프로그램 촬영이 끝났
다.

5. 콘서트 준비

건우의 1집 앨범은 대한민국 역사상 유례없는 대박 행진을 이어가고 있었다. 시간이 지날수록 새로운 기록을 써 내려가니 이건우에 대한 소식 하나하나에 전 국민이 열광했다.

　〈한국이 낳은 기적!〉
　〈이건우, 그는 어떻게 음악의 신이 되었나?〉
　〈사람들이 말하는 이건우! 4부작 편성!〉

　빌보드, UK 차트는 물론 전 세계 대부분의 차트에서 1위를 유지하는 중이었다. 아름다운 모든 것들의 종전 기록을 가볍게 깰 것이라는 관측이 나오고 있었다.
　이건우는 이제 단순한 가수, 배우가 아니라 국민 영웅으로 취급받고 있었다. 이건우가 존재한다는 사실만으로도 한국 음악계의 품격이 올라갔다는 말까지 나올 정도였다. 세계인들에게 이제는 한국하면 제일 먼저 떠오르는 것이 이건우였다.

대중은 그런 이건우에게 목말라 있었다. 공중파 3사 음악 방송은 물론, 뮤직넷을 포함한 여러 음악 프로그램에서도 1위를 했지만, 무대에 서지는 않았다. 앨범 홍보는 물론, 예능 프로그램도 나오지 않고 있었다.

그냥 1집 앨범을 딱 내놓고 이렇다 할 활동을 안 하고 있으니 팬들의 입장에서는 애간장이 탔다. 가장 얼굴 보기 힘든 스타 1위가 바로 이건우였다.

그러던 중 건우의 소식이 인터넷에 올라오기 시작했다.

첫 소식은 기사가 아닌 SNS를 통해 처음으로 등장했다. 그 소식은 금방 퍼져 나가 대형 인터넷 커뮤니티, 포털 사이트들, SNS를 점령했다.

이가영

와, 지금 홍대 음악맛집에 이건우 떴! 대박! 실물 미쳤어. 건느님 용안 뵙고 무릎 꿇을 뻔ㅋㅋ. 현실 같지 않음ㅋㅋ. 그냥 CG임.

[사진 첨부]

#건느님#실물깡패

스마트폰으로 찍은 영상과 사진이었는데, 촬영 협조 부탁으로 인해 노래를 부르는 건 영상으로 담지 못했다. 그러나 건우가 무대 위에 서 있는 모습은 제대로 찍혔다.

사진에는 사람들이 가게 앞 거리를 꽉 메울 정도로 몰려 있었는데, 모두 건우의 모습에 환호성을 지르고 있었다. 몰래 온 스타 촬영 중이라는 것이 알려지자 바로 포털 사이트 검색어 1위에 올랐고, 기사들이 빠르게 주르륵 떴다.

<이건우, 몰래 온 스타 전격 출연?>
<몰스 측, 이건우 특집, 기대해도 좋을 것!>
<광란에 싸인 현장! 그야말로 미쳤다!>
<6명 실신, 전설의 기습 공연!>
<기절할 정도로 황홀? 어느 정도이길래?>

거의 건우의 기사로 도배가 되다시피 했고 몰래 온 스타 제작진 측에서도 언론에 살짝 내용을 흘렸다. 평소에는 잘 넣던 예고편도 빼버려 시청자 게시판에 항의가 폭주하기는 했지만 다이버 in TV를 통해 자투리 영상이 선공개되면서 잠잠해졌다.

해외 기사에도 보도가 될 만큼, 몰래 온 스타 이건우 특집은 엄청난 관심을 받게 되었다. 어딘가에 출연할 때마다 엄청난 화제를 몰고 온 건우였기에 당연한 일이었다.

드디어 많은 관심 속에서 몰래 온 스타 이건우 편이 방송되었다. 방송이 끝나자 엄청나게 많은 후기들이 올라오기 시작했다.

[제목: 건느님, 진심 소름.]
나 지금 미국에서 유학 중인데 건느님 인기 장난 아님. 한국에서 왔다고 하니까, 이건우 아냐고, 소식 좀 알려달라 그럼ㅋㅋ. 사실 나는 관

심 없었는데, 친해지려고 알아보고 그랬다. 교수들도 물어보더라ㅋㅋ. 무슨 내가 이건우 매니저 된 줄ㅋㅋ.

이번에 기사 난 거 번역 좀 해달라고 맨날 전화 옴. 이런 게 국위 선양이 아닌가 싶음ㅋㅋ.

노트북으로 몰래 온 스타 보고 있으니까 소문이 났는지 애들 몰려옴. 내 기숙사에 20명 정도는 왔을 거야.

[사진 첨부: 몰려온 손님]

애들 귀엽지 않냐.ㅋㅋ

실시간으로 통역해 주느라 엄청 바빴음. 말할 때마다 감탄하니까 내가 꼭 뭐라도 된 것 같더라ㅋㅋ.

와, 근데 몰래 온 스타 보면서 질질 쌌어.

건느님은 진짜 인간이 아닌 것 같더라.

애들 다 넋이 나감. 특히 이별 그 후 그거 부르는 거 보고, 소름 끼쳐 뒤질 뻔ㅋㅋ. 거기 실신한 관객들 심정이 이해 가더라. 나도 라이브 들으면 진짜 기절할 듯ㅋㅋ.

아무튼 내가 원래 좀 내성적인데, 덕분에 친구 좀 많이 생김. 세상에 인종차별이 없을 수는 없지만, 그래도 편견이 조금 깨진 것 같다.

뭐, 나중에는 더 좋아지지 않을까?

댓글 824

캐냥: 맞음. 나도 해외 사는데 이건우 때문에 득 좀 본 듯.

이멸치: ㅋㅋ근데, 이건우 때문에 애들 미적 기준이 달라짐ㅋㅋ. 서양미든 동양미든 다 부질없는 거임. 이건우가 기준이야ㅋㅋㅋ.

ㅡRE: 에이런닝: 맞음. 미의 기준은 건느님인듯. 외국에서도 건느님

처럼 성형하는 게 유행이라 함ㅋㅋ.

　—RE: 스티밍: 성형해서 나올 얼굴이 아님. 유명한 의사가 지구가 빚어낸 예술 작품이라고 할 정도인데.

　우웅빛건우: 어제 건느님 노래 듣고 펑펑 움. 멘트도 별로 안 하셨는데… 많은 이야기를 들은 것 같아.

　단지 예능 프로그램 하나만 출연했을 뿐인데, 자신도 모르게 여러모로 많은 영향을 미치고 있는 건우였다.

　아무튼, 건우는 콘서트 준비에 여념이 없었다. 건우의 첫 콘서트는 월드 투어였다. 가장 먼저 영국에 방문하고 독일, 미국, 캐나다, 일본, 마지막으로 한국에서 콘서트를 열 예정이었다.

　YS는 풍부한 공연 경험을 가지고 있기는 하지만, 바짝 긴장하며 준비를 하고 있었다. 다른 누구도 아닌 이건우의 콘서트이기 때문에 전 세계의 관심이 쏠릴 것이 뻔했기 때문이다. 각 도시의 대표적인 공연장에서 공연을 하기로 이미 정해져 있었다. 그리고 YS 내 최고의 팀이 건우의 이번 콘서트와 함께할 예정이었다.

*　　　　　*　　　　　*

　건우는 트레이닝복을 입고 사옥에 와 있었다. 늘 보여주던 자신의 모습 외에 특별한 모습을 보여주고 싶어서였다. 그리고 자신의 콘서트를 조금 더 풍부하게 채우고 싶은 마음 때문이기도 했다. YS가 자랑하는 안무가와 댄스팀이 연습실에서 건우를 기다리고 있었다.

건우는 석준과 콘서트 이야기를 하며 연습실로 향했다. 석준이 하나부터 열까지 콘서트 준비의 모든 것을 지휘하고 있었다. YS에서 제일 큰 프로젝트가 모두 건우와 관련된 것들이었다. 잘해내기만 한다면 이번 콘서트를 통해 얻을 수 있는 것들이 너무나 많았다.

"일단 게스트는 리온 선배랑 YS 가수들을 생각하고 있어요."

"음, 좋지. 우리 애들한테도 엄청 좋은 경험이 되고 인지도도 팍팍 올라가고, 근데 부담감이 심하긴 하겠다."

"그 정도는 극복해야죠."

"그래. 아무나 설 수 있는 무대가 아니니……."

건우는 이제 세계에서 가장 유명한 인물이라고 해도 과장이 아니었다. 그런 그의 콘서트에 함께한다면, 게스트라고 해도 압박감이 대단할 것이다. 실수라도 하는 날에는, 조금 과장을 보태서 매장당할 수도 있었다. 그러나 모두 놓치고 싶지 않아 했다.

석준과 이런저런 이야기를 하며 연습실 앞에 도착했다.

"아, 맞다. 너 미국에서 같이 노래 불렀던 직원 있잖아."

건우는 석준이 누굴 말하는 건지 알아차렸다. 햄버거 매장의 점원, 안나였다. 건우에게도 좋은 추억이었다. 최근 소식을 들은 적이 있었는데, 미국에서 가장 크고 인기 있는 오디션 프로에 나간 것으로 알고 있었다.

"네. 그… 오디션 프로에 나갔다고 들었어요."

"거기서 우승했더라. 이번에 싱글 앨범 나왔어. 꽤 좋던데?"

"그래요?"

석준이 씨익 웃었다. 그러고는 핸드폰을 꺼내 건우에게 무언가를 보여주었다. 싱글 앨범 표지로 보였다. 표지의 밑에는 꽤 큰 글씨로 이건우에게 감사를 표한다고 써져 있었다. 우승 소감 역시 건우가 없었으면 꿈을 이룰 수 없었을 것이라고 말했다고 한다. 그녀는 사람들에게 성공한 덕후라고 불리고 있었다.

"저는 우승할 줄 알았어요."

"그럼! 누가 발굴한 스타인데."

"제가 발굴한 게 아니라 찾아온 기회를 잡은 거죠."

미국에서는 건우가 발굴한 스타라고 떠들어대고 있었지만 건우는 전혀 그렇게 생각하지 않았다. 자신은 그저 기회만 제공했을 뿐이고, 그녀는 그 기회를 스스로 잡은 것이었다. 그녀의 가창력은 수많은 연습 끝에 준비되어 있는 상태였고 때를 기다리고 있었던 것에 불과했다. 자신이 아니더라도 언젠가는 성공할 실력이었다. 그래도 자신을 이렇게 언급해 주니 기분이 좋기는 했다.

누군가에게 좋은 영향을 주는 건 기쁜 일이었다. 건우가 모처럼 환하게 웃자 석준도 피식 웃었다. 건우는 안나를 떠올리며 생각에 빠졌다.

'게스트로 초대해 볼까?'

갑자기 그런 생각이 들었다. 계산적인 생각이 아닌 순수한 호의에서 나온 생각이었다. 안나에게도 큰 도움이 될 무대였다.

"게스트로 초대해 볼까요?"

"응? 그거 괜찮은 생각인데? 캬아! 좋은 그림이 나올 것 같네."

석준은 건우의 말에 고개를 끄덕였다. 이미지도 좋아질 것이고 나름 화제성도 있었다. 추후에 그녀가 대형 스타로 성장할

가능성을 생각해 보면 시도해 볼 가치는 있었다.

석준이 보기에도 그녀의 재능은 진짜배기였다. 건우에 비할 바는 아니었지만 말이다.

"그럼 연락해 볼게."

"아니에요. 연락처만 알려주시면 제가 초대할게요."

"그래, 그게 낫겠다."

석준이 웃으면서 건우의 어깨를 두드렸다. 이제 콘서트 준비는 거의 마무리 단계에 와 있었다. YS 음향팀은 건우의 요구 조건에 맞추느라고 꽤나 고생했다. 조금이라도 어긋나는 것을 허용하지 않는 건우였다. 게다가 그답지 않게 날카로운 모습도 보여주었다. 그 과정을 옆에서 지켜본 석준도 위압감에 살짝 짓눌릴 정도였다. 석준도 건우의 그런 모습은 처음 보는 것이었다.

건우의 카리스마는 대단했다. 경력이 대단한 스태프들도 건우의 말을 마치 군대에서 명령이라도 받은 듯이 따르고 있었다. 그럼에도 불구하고 모든 스태프들이 건우를 좋아하는 것은 무척 신기한 일이었다.

'첫 콘서트라 긴장을 하고 있기는 한 모양이네.'

저렇게 여유가 없는 건우의 모습은 굉장히 오랜만이었다. 석준은 그런 건우의 모습을 보며 건우도 사람이구나 하고 생각했다.

건우와 처음 만났을 때가 떠올랐다.

그때는 원석이었지만 지금은 누구보다도 밝은 빛으로 빛나고 있는 보석 그 자체였다. 이제 세계 음악 시장은 건우를 중심으로 흘러간다고 해도 과언이 아닐 것이다.

연습실에 도착하니 안무가가 건우를 반갑게 맞이했다. YS가 자랑하는 안무가였다. YS 아이돌의 춤은 모두 그에게서 만들어졌다고 해도 과언이 아니었다. 최근에 유행하는 춤도 그의 작품이었다. 건우가 그를 실제로 본 것은 이번이 처음이었다.

그의 이름은 데이비드 킴이었다. 30대 중후반으로 보였다. 머리를 밝은 색으로 염색하고 있었고 이국적인 느낌이 나서 해외교포인가 했지만 놀랍게도 경기도 이천 출신이라고 한다. 댄스팀과도 인사를 마쳤다.

데이비드 킴은 건우를 보며 감탄했다.

그런 태도는 이제 건우에게는 일상이라 조금 지겨울 정도였다.

"그럼 일단 한번 보실래요?"

"네."

격한 춤을 추면서 라이브로 노래를 부르는 건 굉장히 힘든 일이었다. 건우의 노래 중에는 댄스곡이 하나도 없었다. 석준이 만든 노래 중에 100 대 음반에 들었던 노래를 편곡해서 댄스곡으로 꾸며본 것이었다.

석준이 직접 편곡했고 안무는 데이비드 킴이 맡았다. 자신의 노래이기에 석준도 궁금했는지 직접 참관하러 왔다. 데이비드 킴과 댄스팀이 각자 자리를 잡았다.

석준이 웃으면서 건우를 바라보았다. 기대가 가득 담긴 눈빛이었다.

"그러고 보니 너 춤추는 건 못 봤네. 운동을 잘하니 몸치는 아니겠지? 춤 좀 춰봤냐?"

"아니요. 한 번도 안 춰봤어요."

"그래? 음… 네가 이런 거 해보자고 하길래 자신 있는 줄 알았는데."

"자신은 있는데, 춰보진 않았어요."

석준이 피식 웃었다. 석준은 건우가 무언가 보여줄 거라고 믿었다. 건우는 절대 허튼소리를 하지 않는 남자였다.

"이야, 대단한 자신감인데, 지켜보겠어. 과연 내 눈을 만족시킬 수 있을까?"

건우가 잘못하기라도 하면 마구 까주겠다는 표정이었다. 수많은 아이돌을 키워내며 높아진 시선은 분명 까다로울 것이다.

건우는 웃음으로 대답을 대신했다.

노래가 들려왔다. 석준의 편곡으로 확실히 달라져 있었다. 조금 더 빠른 비트로 바뀌어 있었고, 옛날 느낌이 많이 사라졌다. 거기에 건우의 보컬이 더해지니 더할 나위 없이 좋았다. 정식 녹음은 아니었지만 음원으로 출시해도 무방할 정도였다.

데이비드 킴과 댄스팀이 절도 있는 동작으로 노래에 맞춰 춤을 추기 시작했다.

건우는 날카로운 눈으로 데이비드 킴을 바라보았다.

아무 춤이나 출 생각은 없었다. 자신의 위치와 품격을 잘 알고 있었다.

'괜찮은데?'

데이비드 킴이 어설픈 립싱크를 선보이고 있는 것이 흠이었지만 댄스 자체는 대단히 훌륭했다. 아이돌스러울 것이라 예상했는데, 전문적이고 세련된 느낌이 나서 마음에 들었다.

춤 동작은 상당히 고난도였다. 노래가 끝나자 데이비드 킴이 건우와 석준을 바라보았다. 그의 눈에는 자부심이 가득했다.

"좋네요. 몇몇 부분이 조금 아쉽지만⋯⋯."

"그래? 난 좋은데? 이거 이벤트로만 쓰기 아깝네. 콘서트 끝나고 음원도 슬쩍 내보자."

석준은 상당히 좋아했다. 데이비드 킴이 건우에게 다가왔다. 데이비드 킴의 표정은 조금 굳어 있었다.

"아쉽다고요?"

"네. 조금요."

건우는 망설임 없이 그렇게 말했다. 데이비드 킴은 댄스계에서 알아주는 천재였다. 자신이 늘 세계 최고라고 생각했다. 석준조차 그에게 아쉽다고 말한 적이 아주 드물 정도였다. 그런데 건우가 그런 말을 하니 조금 자존심이 상했다. 그리고 한편으로는 신선하기도 했다.

데이비드 킴은 건우를 진지한 눈으로 바라보며 입을 떼었다.

"댄스는 처음이시죠?"

"네."

"경험이 한 번도 없나요?"

"그렇죠."

데이비드 킴은 건우의 저런 자신감이 어디서 나오는지 궁금해졌다. 그에게 안무 레슨을 받는 이들은 모두 주눅 들거나 자신감을 내비치지 못했기 때문이다.

"음, 일단 걱정하지 마세요. 콘서트 전까지는 소화 가능 하도록 만들어 드릴게요. 아쉬운 점을 물어봐도 될까요?"

데이비드 킴은 자신감 넘치는 말로 그렇게 말했다. 건우는 웃으면서 고개를 끄덕였다.

"말로 설명하기는 그렇고 한번 춰봐도 될까요?"

"네? 괜찮으시겠어요?"

"대충 따라할 수 있을 것 같네요. 아쉬운 부분은 제가 한번 바꿔볼게요."

"네?"

건우가 그렇게 말하자 데이비드 킴이 이상한 표정으로 건우를 바라보았다. 춤을 한 번도 연습해 보지 않은 사람이 수준 높은 춤을 한번 보고 춘다는 것은 상식적으로 말이 안 되었다. 아니, 춤을 오래 춘 사람이라도 힘든 일이었다. 댄스팀과의 호흡도 맞춰야 하는 부분도 있었다. 게다가 아쉬운 부분을 보충한다고 말했다.

데이비드 킴의 상식으로는 이해할 수 없는 아주 오만한 말이었다.

'참 나, 얼마나 잘하나 보자.'

데이비드 킴은 건우의 말에 살짝 눈썹이 꿈틀거렸다.

물론 건우가 엄청난 스타인 것은 맞으나 춤을 너무 만만히 보고 있는 것 같았다. 천재라도 한계가 있는 법이었다.

데이비드 킴의 표정이 안 좋은 것이 보였지만 건우는 신경 쓰지 않았다. 이번 콘서트는 자신의 콘서트이니만큼 타인에 대한 배려보다는 더 꼼꼼하게 준비를 하고 싶었기 때문이다.

구차하게 설명하고 싶지도 않고, 연습에 매진하고 싶었다. 그것에 겸손 따위는 필요 없었다. 기다리는 팬들과 관객들은 무대 위에 오르는 건우에게 그런 것을 바라지 않을 테니 말이다.

'이 정도는 쉽지.'

이미 인간의 범주를 크게 벗어난 것도 있었고 무공의 동작에 비하면 춤은 쉬운 편이었다. 전신을 자유자재로 다룰 수 있는 건우에게는 아무것도 아니었다.

이 훌륭한 안무의 아쉬운 점은 바로 데이비드 킴의 육체에 맞춰져 있다는 것이었다. 당연히 건우의 유연성, 근육의 탄력을 염두에 두고 있지 않았다. 그것만 보충해서 살짝 바꾸면 아주 좋은 안무가 될 것이다.

'춤에 내력을 담아볼까?'

무공과 비슷한 원래로 운용이 가능할 것 같았다. 노래와 섞어서 쓰면 그 효과가 배가 될 것 같기도 했다.

건우는 문득 어떤 기억이 떠올랐다.

건우는 오두막 집 앞 공터에 앉아서 술을 먹고 있었다. 그녀가 그런 건우를 바라보면서 춤을 췄다. 달빛을 받아 은은하게 빛나는 그녀는 아름다웠다. 같이 추자는 말에 건우는 거절했었다.

'그놈의 체면이 뭔지.'

건우는 피식 웃었다. 예전 생각이 나니 마음이 조금 여유로워진 것 같았다.

노래가 시작되자 건우는 생각에서 빠져나왔다.

건우는 데이비드 킴의 동작을 정확히 기억하고 있었다. 내력을 일으키자 몸이 뜨겁게 달구어졌다. 건우는 데이비드 킴의 동작을 떠올리고는 독자적으로 다시 재해석했다. 이미 아쉬운 부분을 보충하는 것을 넘어섰다. 굳이 데이비드 킴이 짠 안무 그대로 따라 할 필요가 없었다.

어차피 초안이었고, 어떻게 할지 결정하는 건 건우 자신이었다.

내력을 담은 건우의 동작은 훨씬 파워풀했고, 절도가 있었다. 전신의 뼈와 근육을 마음껏 이용했기에 더욱 동작에 생동감이 넘쳤다.

이런 춤을 출 수 있는 것은 건우밖에 없었다.

"허억……!"

데이비드 킴은 믿을 수 없는 광경에 입을 벌리고 멍하니 바라보았다. 진짜로 한 번만 보고 따라하고 있었다. 아니, 그 이상을 표현해 내고 있었다. 댄스팀도 영향을 받아 무아지경에 빠지며 같이 춤을 추었다. 전체적으로 한층 더 탄력 있는 모습이었다. 그가 생각만 하고 있던 완벽한 춤이 바로 저곳에 있었다.

데이비드 킴은 다리가 풀려 바닥에 주저앉았다.

석준이 데이비드 킴의 어깨에 손을 올렸다.

"건우는 상식적으로 보면 안 돼."

"그, 그러네요."

"뭐, 익숙해지라고. 같이 있다 보면 더한 것도 볼 수 있을 테니."

데이비드 킴은 여전히 멍한 표정을 고수하며 석준의 말에 고개를 끄덕였다. 빡빡한 레슨 일정을 짰던 데이비드 킴은 결국 그 일정을 폐기할 수밖에 없었다. 가르칠 것이 없었다. 오히려 건우의 몸놀림에 댄스팀이 못 따라와 댄스팀이 더 힘을 내야 했다.

건우는 데이비드 킴과 같이 한동안 춤에 대해 이야기를 나눴다. 건우는 춤에 대한 지식은 없었지만, 해부학적인 지식은 엄청 났다. 건우와 이야기를 하면서 데이비드 킴의 시야가 한층 넓어 졌다.

데이비드 킴의 눈빛이 반짝반짝 빛났다. 건우를 바라보는 눈 빛이 심상치 않았다.

"건우 씨! 좀 더 퍼포먼스를 늘려보는 것이 어떨까요?"

"퍼포먼스요?"

"네! 건우 씨가 평소에 노래를 부를 때 간단한 손동작을 하신 다지요?"

건우는 고개를 끄덕였다. 그러고 보니 그러했다. 감정에 몰입 을 하면서도 크게 제스처를 취하지는 않았다. 건우의 역량이 워 낙 뛰어났기 때문이다.

"좀 더 과감한 제스처를 해준다면 무대가 더 풍부해질 것 같 아서요."

"그렇군요."

"이번 앨범은 슬픈 노래가 많으니 이런 식으로 좀 더……."

데이비드 킴이 여러 동작을 취했다.

동작에 감정이 담겨 보였다. 건우는 감탄하며 고개를 끄덕이 며 따라해 보았다. 동작이 커지고 다양해지니 시각적 효과가 풍 부해졌다.

건우는 한동안 춤과 퍼포먼스 연습을 하고 만족스러운 미소 를 그렸다.

"감사합니다. 다음에도 잘 부탁드립니다."

"아, 아뇨! 저야말로……."

데이비드 킴은 어느새 건우의 추종자가 되어버렸다. 데이비드 킴은 자서전을 쓰는 중이었는데, 건우의 이야기를 꼭 넣겠다고 말할 정도였다.

춤 연습을 예정보다 빠르게 마친 건우는 게스트 섭외를 위해 직접 핸드폰을 들었다. 일단 리온에게 먼저 전화를 했다. 영국에서 첫 콘서트를 열다 보니 아무리 리온이라고 해도 조금 힘들 것 같았다. 게다가 요새 스케줄이 바쁘다고 들었다. 리온도 나름 화제가 되고 있는 한류스타였고, 아시아권뿐만 아니라 서양에서도 꽤 인기가 있었다.

실력도 그렇지만 외모도 나름 먹히고 있었다. 라이벌이었던 한별을 뛰어넘은 지 오래였다.

―오! 후배님! 물론 가야죠! 무조건!

"괜찮겠어요? 바쁘신데."

―다 취소하면 돼요. 하하핫! 첫 콘서트의 게스트! 엄청 영광입니다!

"감사합니다."

콘서트가 예정되어 있는 날에 스케줄이 있는 듯했지만 리온은 바로 즉석에서 취소했다. 건우의 첫 콘서트에 서는 것이니 의미가 있는 일이기는 했다.

건우도 그가 와서 그 자리에 함께해 주었으면 좋겠다고 진심으로 생각했다. 때문에 제일 먼저 전화를 건 것이었다.

―아, 대신이라고 하기는 뭐하지만… 부탁 하나만 해도 될까요?

"부탁이요?"

―사실 후배님에게 처음 말하는 건데요.

리온이 무언가 부탁하는 일은 흔치 않는 일이었다. 건우는 무리가 없는 부탁은 흔쾌히 들어줄 생각이었다.

―저희, 이번 봄에 결혼합니다.

"결혼……?"

―네!

결혼.

분명 잘못 듣지 않았다.

건우는 잠시 멍한 표정이 되었다가 피식 웃었다. 잘 만나고 있는 걸 알고 있었지만 결혼 이야기까지 나올 줄은 예상하지 못했다. 생각해 보면 리온과 미나가 사귄 지 꽤 되었다. 처음에는 많은 욕을 먹었지만 지금은 네티즌들도 모두 응원하는 추세였고 조용히 사랑을 이어왔다.

건우도 둘이 무척이나 잘 어울린다고 생각했다.

리온은 잠시 망설이다가 입을 떼었다.

―그래서 말인데, 축가를 불러주실 수 있나요?

"흐음… 곤란한데……."

리온이 부탁하지 않았더라도 당연히 할 생각이었다.

건우는 웃고 있었지만 그렇게 말하며 고민하는 척 연기했다. 침을 꿀꺽하는 소리가 핸드폰 너머로 들려왔다. 건우는 웃음을 터뜨렸다.

"하하, 당연히 제가 해야죠. 다른 가수분께 부탁했으면 조금 섭섭했을 겁니다."

―감사합니다!

"축하해요."

리온의 목소리는 행복해 보였다. 그가 얼마나 행복한지 목소리만 들어도 알 수 있었다.

이번만큼은 그가 부러웠다. 그리고 그가 대단해 보였다. 좋아하는 사람을 위해 이미지든 인기든 뭐든 내려놓을 생각을 이미 하고 있었으니 말이다. 전생의 건우는 목숨을 걸었지만 결국 지키지 못했다. 그 마지막이 결코 좋지 않았다는 것이 희미하게 떠올랐다.

"결혼한다고 생각하니 어때요? 좋나요?"

─음, 세상에 모든 게 좋을 수는 없죠. 힘든 날이 올 수도 있겠지만, 그래도 후회 안 할 자신이 있습니다.

"좋겠네요."

─후배님은 어떤가요?

리온이 그렇게 물어왔다. 건우는 순간적으로 뭐라고 대답해야 할지 몰라 머뭇거렸다.

"잘 모르겠네요."

─후후, 연애로 상담받을 일 있으시면 언제든 연락주세요. 제가 이쪽 분야 전문가입니다. 수많은 아이돌들의 연애를 상담했지요.

"그럴 날이 올지는 모르겠지만, 그때가 되면 잘 부탁드립니다."

─오, 제가 보기엔 조만간 그럴 일이 있을 것 같은데요?

"그런가요?"

건우는 웃으면서 한동안 리온과 통화를 했다. 첫인상이 좋지는 않았지만 지금에 이르러서는 리온은 건우에게 있어서 든든한 친구였다.

건우는 리온과의 통화를 끝내고 햄버거 직원이었던 안나에게 전화를 했다. UAA가 통화에 도움을 주었다. 전화를 받으라고 미리 언질이 되어 있다고 하니, 전화를 안 받을 걱정은 없었다.

─여, 여보세요?

안나의 목소리가 맞았지만, 의외로 약간 어설픈 한국어가 들려왔다. 건우 때문에 연습한 티가 났다.

"안녕하세요. 안나 씨. 오랜만입니다."

─꺄아아악! 정말 건우님?

"오랜만이네요. 우승 축하드립니다."

─감사합니다. 흐윽…….

울먹이는 안나의 목소리가 들려왔다. 상당히 감격한 것 같았다. 안나의 마음속에서 건우는 그만큼 대단한 존재였다.

─건우님 덕분에 우승했어요.

"아니에요. 안나 씨가 잘해서 우승한 거죠."

결승 노래로 건우의 노래를 불렀다고 한다. 건우의 노래는 웬만한 가수는 시도하는 것조차 패널티로 작용하고는 했다. 그런데 그랬음에도 불구하고 압도적인 점수 차이로 우승한 것은 그만큼 그녀의 실력이 대단하다는 것을 알려주는 일이었다.

안나가 우는 바람에 이야기가 진행되지는 않았지만 그래도 기분은 좋았다. 건우는 본격적으로 이야기를 꺼냈다.

"이번 콘서트에서 게스트 공연을 해주실 수 있을까요? 물론 경비와 비용은……."

─감사합니다! 영광이에요! 꼭 갈게요! 언제 해요? 무보수라도

상관없어요! 꺄악!

안나는 생각할 것도 없다는 듯 바로 승낙했다. 엄청 좋아하고 있었다. 미국에서 콘서트를 할 때 공연을 하기로 이야기가 되었다. 구체적인 계획이 나오면 바로 알려주기로 했다.

건우는 전화 통화를 마치고 미소 지었다.

'올 수 있으려나?'

경비는 모두 건우가 부담해서 미국 친구들도 초대할 생각이었다. 건우는 단독 콘서트를 할 생각에 벌써부터 가슴이 두근거렸다.

*　　　　*　　　　*

순조롭게 콘서트 준비가 진행되었다. 협력 업체 제안이 밀려 들어 와 검토하는 것만으로도 꽤 시간이 걸렸다. 그만큼 건우의 콘서트는 전 세계적인 대형 이벤트였다. 팝의 본고장이라고 불리는 영국에서조차 아주 많은 화제가 되고 있었다. 콘서트 날이 다가오자 영국 팬들이 대규모 플래시 몹을 펼치며 자축했다.

기자가 몰려 있는 소녀팬들에게 다가갔다.

"왜 이렇게 많은 이들이 일찍부터 모였나요?"

"건우님 첫 콘서트 성공을 기원하고자 모였습니다! 오늘부터 첫 콘서트가 있을 때까지 계속 이런 행사를 할 거예요."

"이건우 씨의 매력은 뭔가요?"

"전부 다요! 머리카락 한 올까지 전부요!"

"하하!"

기자가 웃었다.

천막에는 이건우와 관련된 물품들이 쌓여 있었고, 그것을 사기 위한 줄이 길게 늘어져 있었다. 다른 쪽에서는 이건우의 노래를 부르거나 케이팝 춤을 추고 있었다. 그리고 저녁에는 이건우가 출연하는 드라마를 방영할 예정이라고 한다.

"이건우 씨의 콘서트 소식은 이처럼 영국의 축제가 되었습니다. 영국 역사상 이토록 열성적인 반응은 없었는데요, 10대 청소년은 물론, 중장년층에게까지 많은 사랑을 받고 있습니다. 영국뿐만이 아니라 유럽 전역에 이건우라는 허리케인이 불어닥치고 있습니다!"

기자가 그런 멘트로 마무리를 했다.

영국에서 타국의 가수, 그것도 아시아의 가수에게 이렇게 열광하는 것은 처음이었다. 이렇듯 뉴스에도 관심을 가지고 대대적으로 보도했다.

그런데 콘서트를 일주일 앞둔 상황에서 SNS에 끔찍한 내용의 말들이 올라왔다.

이건우, 목숨이 아깝다면 콘서트를 중지할 것. 이 말을 무시할 시의 결과는 책임지지 않겠다.

이건우의 콘서트에 테러를 예고하는 글이 올라온 것이다.

건우가 테러 희생자들을 애도하고 기부를 하는 등의 활동을 펼쳤기 때문인 것 같았다. 건우는 지금도 꾸준하게 UAA를 통해 구호 성금을 보내는 중이었다.

테러 협박은 대단히 중대한 위협이었다.

영국 현지의 경찰 조사 끝에 10대 청소년의 장난이라고 밝혀진 것이 다행이었다.

YS에서는 콘서트를 연기하거나 취소해야 하는지 진지하게 고민했다. 조금의 위험도 좌시할 수 없었기 때문이다. 하지만 기다리는 팬들을 위해서 건우는 예정대로 월드 투어를 진행하기로 결정했다.

공식 입장을 내놓았다.

이건우: 설령 위협이 있더라도 굴복하지 않겠다. 그것이 테러와 맞서는 길이라 믿는다.

장난이기는 했지만 그 위협이 진짜였더라도 건우는 타협할 생각이 없었다.

이런저런 소동 끝에 드디어 콘서트를 위해 영국으로 출국하는 날이 다가왔다. YS팀과 같이 이동하는 것이어서 건우가 크게 신경 쓸 것들은 없었다. 오로지 공연에만 신경을 쓸 수 있도록 YS가 뒤에서 든든하게 받쳐주고 있었다. 공항으로 향하며 진희와 통화를 했다.

―괜찮겠어?

"응, 그냥 장난이었고 별문제 없을 거야."

―그래도 요즘 난리던데…….

진희의 걱정 어린 말이 들려왔다.

―조심히 다녀와.

"알았어."

진희는 나름 연기를 한다고 했지만 건우를 속일 수 없었다. 건우는 진희가 이미 콘서트 티켓과 비행기 표를 구매한 걸 알고 있었다. 리온이 밀고자였는데, 깜짝 이벤트를 준비하고 있다고 한다.

'내일이 내 생일이니까.'

건우는 여태까지 생일을 기념한 적이 없었다. 가볍게 어머니와 외식 정도를 했을 뿐이었다. 생일이 언제라고 단 한 번도 말한 적이 없었지만 이제는 전 세계 사람들이 다 알고 있었다. 건우의 프로필은 포털 사이트에 검색만 해도 다 나왔다. 심지어 건우가 자퇴했던 고등학교는 건우가 다녔던 학교라고 홍보되기도 했다.

건우의 사소한 일들 하나하나까지 대중에게 공개가 되어 있었다.

"진희 누나냐?"

"응. 왜 그렇게 웃어?"

"아, 뭐, 그냥. 하하."

운전대를 잡고 있던 승엽이 피식 웃었다. 건우의 변화를 가장 먼저 알아챈 것은 역시 승엽이었다. 건우는 예전과는 달리 마음을 열고 있었다.

'답답한 놈. 왜 그렇게 혼자 잘나가지고 말이야.'

승엽이 생각해도 건우와 진희는 잘 어울렸다. 서로가 대단히 조심스러워하고 있는 것이 보였다. 승엽 입장에서는 몇 년 동안 건우만을 바라보고 있는 진희를 응원해 주고 싶었다.

건우는 혼자 다양한 표정을 짓는 승엽을 바라보았다.

"일은 어때?"

"뭐, 좋지. 애들도 착해서 챙겨주는 맛이 있어. 보람 있는 일이야."

"다행이네."

"뭐, 나도 여기에 자리를 잡았으니 열심히 해야지. 네가 YS에 있으면 미래는 보장된 거잖아? 하하!"

월드 투어에 승엽이 따라가지는 않았다. 승엽은 매니저 중에서도 꽤 높은 위치였다. 특유의 친화력 덕분에 YS에서 제대로 자리를 잡았다. 건우는 그런 승엽이 자랑스러웠다. 어디에 있으나 잘해내는 친구이니 응원만 해주면 되었다.

공항에 도착하니 예상했던 대로 건우를 보기 위해 몰려든 사람들이 많았다. 이제는 지겨울 정도로 익숙한 광경이었다. 그래도 새롭게 느껴지는 점은 외국 기자들도 상당히 많다는 점이었다. 건우의 첫 콘서트가 전 세계적인 관심을 받고 있다는 증거였다.

빌보드 차트 줄 세우기까지 성공한 건우의 앨범은 벌써부터 희대의 명반으로 꼽히기까지 했다. 건우만큼 다양한 연령층, 인종에게 사랑받는 가수는 거의 없을 것이다.

승엽에게는 처음이었는지 꽤 놀란 눈치였다.

"크흐, 이건우 성공했네."

"내가 좀 잘났지."

"그래, 이번에 전세기 타고 간다며?"

이번 콘서트는 전세기를 타고 갈 예정이었다. 건우로서도 전세기를 타는 건 이번이 처음이었다. 늘 1등석으로만 이동을 해서 불편함이 없었지만 그래도 시선을 의식해야만 했던 것이 사실이다. 아무래도 그런 점에서 미뤄보았을 때 전세기가 편하기는 할 것이다.

"팀 단위로 움직이기에는 그게 편하니까."

"이러다가 비행기도 사는 거 아냐?"

건우는 피식 웃었지만 부정은 하지는 않았다. 앨범의 전무후무한 성공으로 전용기를 살 수 있는 금액이 충분히 벌리긴 할 것이다.

차에서 내리자 엄청난 함성과 함께 플래시가 터졌다. 장소가 공항이 아니었다면 시상식이라고 착각할 정도였다. 건우는 여유롭게 웃으면서 손을 흔들어주었다.

'너무 익숙해져서 탈이군.'

이제는 이런 광경이 없으면 어색할 정도였다. 환호와 관심은 자신을 늘 따라다닐 것이다. 그것이 뒤집히지 않게 노력해야 했다.

'영국인가…….'

드디어 건우의 월드 투어가 시작되었다.

6. 런던에서 생긴 일

비행은 더할 나위 없이 쾌적했어야 했다. 주위의 시선을 신경 쓰지 않아도 되었고, 편안하게 보낼 수 있으니 말이다. 실제로도 어디 하나 거슬리는 구석이 없었다. 그러나 몸은 편안했지만 왜인지 조금 어딘가 불편한 기분이 들었다.

무엇이 불편한지 아무리 생각해도 찾을 수 없었다.

'음…….'

이상한 기분이 들어 건우는 눈을 감고 내부를 관조해 보았다. 전신의 모든 것을 체크하고 주변까지 살펴보았지만 아무런 이상도 발견할 수 없었다. 이상은커녕 컨디션은 최고의 상태였다. 내력은 단전을 부술 듯이 꿈틀거렸고, 전신의 힘에 넘쳤다. 입신의 경지라는 화경을 목전에 두고 있기 때문에 정신적으로도 완벽했고, 몸과 정신의 부조화로 인해 컨디션이 떨어질 일은 거의 없었다.

모든 것이 최고였다. 무엇이라도 할 수 있을 것 같았다.

고민 끝에 건우는 콘서트 때문이라고 생각했다. 그동안 콘서트 준비를 하느라 정신이 날카로워져 있었기 때문이다.

'예민해지긴 했지.'

본인도 스스로 자각하고 있었지만 완벽한 준비를 위해서 자제하지는 않았다. 때문에 YS 스태프들 중에 자신을 은근히 무서워하는 사람이 있는 것 같지만, 그건 어쩔 수 없는 일이었다.

'좀 긴장을 풀어야겠군.'

준비는 완벽했다. 무대 구성이 조금 심심하다는 것이 단점이기는 했지만 애초부터 화려한 퍼포먼스를 보여줄 것도 아니었다.

진솔하고 담백한 콘서트가 주제였다. 건우는 홀로 그 무대를 꽉 채울 자신이 있었다. 자신감은 물론 능력도 있었다.

런던에 있는 히드로공항에 도착했다. 세계 4위권의 규모를 자랑하는 국제공항이었다. 그러나 그 이름값에 비해 시설이 낙후되고 이용료가 비싼 편이었다. 오죽하면 이용객들이 가장 싫어하는 공항으로 이름을 올렸겠는가. 건우는 공항 풍경에는 아무런 감흥이 없었다.

건우는 보안 요원들에게 둘러싸여 공항 밖으로 나왔다. 유럽을 처음 방문하는 것이기 때문인지 팬들의 숫자는 대단히 많은 편이었다. 영국 팬들은 건우의 모습을 보자마자 건우의 노래를 불러 환영했다. 건우는 예정에 없었지만 공항에 조금 더 머물면서 팬들에게 인사했다.

건우는 삼엄한 보안 속에서 호텔로 향했다. 장난으로 밝혀지기는 했지만 SNS를 통해 테러 협박도 있는 상황이어서 굉장히 많이 신경을 쓰고 있었다.

건우도 그 부분에 대해서는 최대한 협조를 구했다. 콘서트장에 많은 인원들이 배치되어 철저하게 안전 검사를 할 예정이었다.

'나는 괜찮지만 주변인들이 다칠 거야.'

건우는 일순간이기는 하지만 강기까지 다룰 수 있었다. 짧은 시간 호신강기를 펼친다면 정확히는 알 수 없으나 수류탄 정도는 방어할 수 있을 것이다.

"안녕하세요? 건우 씨. 건우 씨가 영국에 계실 동안 안전하게 보호해 드리겠습니다. 보안팀장 다니엘 스튜어드입니다."

건우와 같이 탄 우락부락한 백인 남성이 건우에게 인사했다. 영국 출신이라 그런지 영국식 발음이 인상적이었다. 그러나 딱히 좋은 인상은 아니었다.

'흐리멍덩하군.'

눈빛이 흐렸다. 살짝 손을 떠는 모습은 믿음직스럽지는 않았다. 그러나 이력을 살펴보면 최고의 인물이었다.

"저희 팀은 세계 최고의 정예 요원들로 구성되어 있습니다. 특수부대 출신으로 구성되어 있고 자체적으로 실시하는 전문 교육을 우수하게 수료받은 인재들입니다. 그러니 안심하셔도 됩니다."

"…든든하군요."

딱히 든든하게 들리지는 않았지만 그래도 자신감이 넘치는 모습이 보기 좋기는 했다. 어차피 개인 경호를 하는 요원이었으니 신경을 쓸 필요는 없었다. 다니엘이 형편없어도 건우를 죽일 수 있는 사람은 없었다.

'영국하면 007이지.'

건우도 꽤 좋아했던 영화였다.

건우는 다니엘과 악수를 했다. 다니엘은 강하게 건우와 손을 잡았다. 건우의 악력에 상당히 놀란 듯 눈이 동그랗게 떠졌다. 힘을 준 것은 아니었지만 건우의 팔이 돌처럼 움직이지 않아서였다.

"힘이 대단하시군요."

"저도 군대에 다녀왔거든요."

"오, 그렇습니까?"

다니엘이 흥미를 보였다. 건우는 피식 웃으면서 살짝 이야기를 했다. 한국 남자라면 군대는 누구나 가는 것이었고 특별한 것이 없었지만, 영어로 표현하니 꽤 그럴 듯하게 들렸다. 자신도 뭔가 전직 특수부대가 된 것 같은 기분이었다. 물론 지금의 몸 상태로 간다면 최고의 특수부대원이 될 수 있을 것이다. 마음만 먹는다면 미국 대통령일지라도 암살할 자신도 있었다.

'뭐, 예비군이긴 하지만.'

월드 투어가 끝나면 예비군을 가야 할 것이다. 다니엘이 건우를 보는 눈이 조금 달라졌지만, 건우는 딱히 제대로 설명하지 않았다. 건우가 영국에 있을 동안 머물 호텔에 도착했다. 건우는 알지 못했지만 5성급 호텔로 꽤 유명하다고 한다.

이름값처럼 시설은 대단히 좋았다.

건우는 일단 휴식을 취한 뒤, 현지 언론과 인터뷰를 하고, 영국 왕실에서 주최하는 파티에 참석할 예정이었다. 마침 여왕 손녀의 생일이었고, 건우도 내일 생일이었기에 시기가 꽤 절묘하게 맞아떨어져 참여하게 되었다.

바로 콘서트장을 둘러보고 싶었으나 어쩔 수 없었다.

그래도 일정 자체는 그렇게 타이트하지 않았다. 시간이 남는다면 축구 경기도 관람할 생각이었다.

'여왕이 내 팬이라고 했던가? 콘서트도 온다고 했고.'

여왕뿐만이 아니라 명망 높은 가문에서도 콘서트에 참석할 예정이었다. 현대에서 여왕이라는 말이 조금은 어색하게 느껴졌다. 영국 귀족, 영국 여왕, 이런 말들을 많이 듣기는 했으나 직접 본다고 생각하니 꽤 이상한 기분이었다.

'황실과는 좋은 추억이 없는데.'

전생에서 겪은 일들이 떠올랐다.

황실과 얽혀서 좋은 꼴을 본 적이 없었다. 나름 꽤 고생을 했던 기억이 있었다. 당시 황실의 권위는 신이라 불러도 무방했다.

'결국 똑같은 인간일 뿐이었지.'

건우는 그런 생각을 하면서 피식 웃었다.

역시 그때보다는 지금이 살기 좋은 세상이었다.

*　　　　*　　　　*

건우는 멀리 갈 필요 없이 호텔에서 인터뷰를 했다. 영국의 유명한 프로그램에서 나왔다고 하는데, 건우는 잘 몰랐다.

인터뷰 내용은 이러했다.

―영국에 온 소감은?

"좋다. 생각보다 뜨겁게 환영해 주서서 감사하다. 처음으로 온 유럽이라 조금 신기하고 신선한 느낌이다. 월드 투어의 첫 시작을 영국에서 하게 되어 기분이 좋다."

―영국에 대해 아는 것은?

"노래에 대해서 많이 알고 있다. 영국에 대한 내 인상은 음악과 축구의 나라이다. 시간이 난다면 축구장에는 꼭 들를 예정이다."

―팬들이 자체적으로 큰 축제를 벌였다.

"알고 있다. 대단히 감사하다. 영국 팬들의 그 열정을 결코 잊지 않겠다."

―영국에 오기 전에 사건이 있었는데.

"설령 진짜 협박을 받았더라도 왔을 것 같다. 테러에 대한 내 입장은 변함없다. 신념이 어떻고 간에 절대 용납할 수도 이해하고 싶지도 않다. 반드시 없어져야 한다."

―그래미상 수상 소감이 인상적이었다. 노래로 세상을 바꿀 수 있다고 했는데.

"노래뿐만이 아니라 모든 예술 분야가 그렇다고 믿는다. 긍정적인 영향을 끼칠 수 있을 것이다. 그러니 우리는 좀 더 노력해야 한다. 그리고 신중해야 한다."

―'골든 시크릿' 후속작에 참여한다는 루머가 있다. 많은 영화 팬들도 원하고 있는 상황인데 어떤가?

"처음 듣는 이야기다. 출연은 없을 것이다."

─앨범의 모든 곡이 UK 차트를 도배하고 있다. 아름다운 모든 것들을 뛰어넘는 성과이다. 1집 앨범의 모든 노래를 작곡했는데 비결이 있다면? 실제로 경험한 내용인가?

"영화를 많이 봤다. 현생에서는 실제로 그런 연애를 해본 적이 없다. 연애를 한다면 반드시 좋은 결실을 맺고 싶다."

─현생, 재미있는 말이다.

"나도 그렇게 생각한다. 아무튼, 배우로서의 경험이 작곡에 많은 도움이 되었다. 노래에 푹 빠져 지낸 날들이 많다."

─그래서 그런지 많은 공감을 얻고 있다.

"그것이 많은 이들에게 사랑 받는 이유가 아닐까 싶다. 감정을 움직이게 하는 가장 큰 힘은 공감이 아닐까?"

─영국인이 좋아하는 해외스타 1위에 뽑힌 것을 알고 있나?

"모르고 있었다. 감사하게 생각한다."

─자신이 잘생긴 것을 알고 있나?

"잘 알고 있다. 이렇게 낳아주신 부모님께 감사드린다."

─마지막으로 영국 팬들에게 할 말이 있다면?

"많은 관심과 사랑, 좋은 공연으로 보답해 드리겠다."

인터뷰 자체는 그렇게 길지 않았다. 바로 준비하고 이동을 해야 했기 때문이다. 그래도 제법 튼실한 내용이었다.

인터뷰가 끝나자마자 바로 정성스럽게 스타일링을 받았다. 귀족들과 유명한 사업가, 그리고 각 방면의 유명인들이 모이는 디너 파티였다. 게다가 영국 여왕까지 볼 수 있으니 준비 시간이 꽤 걸릴 수밖에 없었다.

'인생 알다가도 모를 일이군.'

설마 영국 왕실 디너파티에 참여할 날이 오리라고는 생각지도 못한 건우였다. 솔직히 그런 자리는 가기 싫었다. 귀족, 격식, 이런 것들과는 친하지 않은 건우였다.

무림인이었던 시절에도 낭인이었으니 말이다.

'차라리 거리에서 공연이라도 하는 게 속이 편한데.'

손녀의 생일은 반쯤 핑계고 여왕이 건우가 영국에 온다고 해서 연 파티였다. 가수 하나가 오는데, 파티를 열 필요가 있나 싶었지만 호의를 무시하기는 어려웠다. 한국에서도 왕실 파티에 참여한다니 난리가 났다.

'한국의 위상을 드높인 이건우인가.'

그런 찬사들이 부담스럽기 그지없었다. 언제는 그토록 깠으면서 요즘에는 거의 찬양만을 해주고 있었다.

"와우! 아름다워요! 역시 소문대로 신이 우주를 창조하듯 온 힘을 기울여 조각한 남자로군요!"

"아… 네, 감사합니다."

YS에서도 스타일리스트가 따라왔지만, 왕실에서 특별히 유명한 디자이너와 함께 정장을 선물해 주었다. 개인 치수는 미리 알려줘서 파티에서 입을 수 있게 되었다.

디자이너의 시선이 무척이나 부담스러웠다.

그의 이름은 샤이닝 로이였다. 가명이 확실했다. 기사 서훈도 샤이닝 로이라는 이름으로 받았다고 한다.

로이는 약간 마른 체형의 백인 남성이었는데 눈이 무척이나 컸다. 그는 여왕의 머리끝부터 발끝까지 챙기고 있는 유명인이었다.

"건우, 차기 제임스 본드가 되어보는 건 어떤가요?"

"한국인이라 안 될 것 같네요."

"오 마이 갓! 예술에는 국경이 존재하지 않는다고요~ 마이 엔젤 건우! 여왕님께서 심장마비라도 걸리면 어떡하죠?"

"…주치의가 있겠죠?"

건우의 말에 로이는 환하게 웃으며 고개를 저었다.

"사랑에는 약이 없답니다. 호호홋!"

"그렇군요."

건우는 로이의 말에 고개를 끄덕였다. 로이는 엄청 바쁜 사람임에도 오랫동안 건우의 곁에서 머물렀다. 슬쩍 옆을 보니 YS의 스타일리스트들이 로이를 선망하는 표정으로 바라보고 있었다. 확실히 거물이긴 했다.

'실력은 좋은데… 피곤하군.'

그의 실력은 지금까지 겪었던 모든 이들보다 월등히 뛰어났다.

"오늘 파티의 포인트는 레드입니다. 그러나 마이 엔젤, 샤이닝 스타 건우는 따로 스타일링할 필요가 없겠지요~"

"네?"

"그대의 붉은 입술… 그거야말로 예술! 어떤 장신구도 필요 없어요!"

"조금 붉기는 하죠."

건우는 적당히 맞춰주었다. 갈 시간이 되자 로이는 무척이나 아쉽다는 표정을 지어 보였다.

건우는 버킹엄궁전으로 이동했다. 버킹엄궁전은 영국 왕실을 상징하는 곳이었다. 영국의 대표적인 관광 명소이기도 했다. 가장 유명한 이벤트는 역시 근위병 교대식이었는데 건우는 보지 못했다.

그런 쪽은 관심이 별로 없었다. 과거의 문물보다는 미래에 흥미가 있는 건우였다.

'그래도 봐줄 만하군.'

버킹엄궁전은 꽤 멋졌다. 생각했던 것보다 더 컸다. 감상은 그 정도뿐이었다. 전생에서 워낙 본 것들이 많았기 때문이다.

건우가 탄 차량을 어찌 알았는지, 차량을 향해 카메라를 돌리는 취재진들이 많았다. 주변에 있던 일반인들도 그 모습을 보더니 핸드폰을 들었다.

잠깐 창문을 열어 인사라도 해주고 싶었지만 다니엘이 하품을 하며 말렸다. 다니엘은 밤새 무엇을 했는지 모르겠지만 꾸벅꾸벅 졸기도 했다. 건우가 기운으로 압박하자 다니엘은 몸을 부르르 떨었다.

'다른 업체로 교체해야겠군.'

안으로 들어갔다. 아직 약속 시간까지는 조금 일렀기에 버킹엄궁전 주변을 구경했다. 다니엘은 버킹엄궁전 안까지는 올 수 없었다. 건우도 혼자 다니는 것이 편했다.

'저 나무, 마당에 심어볼까?'

괜찮은 나무 몇 그루가 보였다. 그리고 그 주변으로 아이들이 뛰어다니는 것이 보였다. 이렇게 확 트인 장소에서 뛰지 않으면 그건 아이가 아닐 것이다. 건우도 전력 질주로 달려보고 싶은 마음이 들었으니 말이다.

건우는 무림인 시절부터 아이를 좋아하지 않았다. 아니, 싫어하려 노력했었다. 무림에서는 노인과 아이를 경계하라는 말이 있었지만 그런 이유 때문은 아니었다.

"와아아아!"

"꺄악!"

친구와 함께 막 뛰어가다가 넘어진 아이가 보였다. 턱시도를 입고 있는 꼬마가 걱정이 되는지 넘어진 여자아이에게 다가왔다.

여자아이에게 눈물이 글썽였다. 건우가 다가가 미소 지으면서 아이를 바라보았다.

"괜찮니?"

"우와!"

"와아아아!"

넘어졌던 여자아이가 울음을 터뜨리려다가 건우의 얼굴을 뚫어져라 바라보더니 크게 소리쳤다. 옆에 있던 꼬마도 마찬가지였다.

"요정이다!"

"엘프! 엘프!"

"아니야! 요정왕이야!"

"우와! 짱이다!"

'골든 시크릿'을 본 모양이다.

두 꼬마의 반짝이는 눈동자가 건우에게서 떨어지지 않았다. 건우가 엄청 신기한 눈치였다.

건우는 피식 웃으면서 넘어진 여자아이를 일으켜 주었다. 드레스가 조금 더러워졌고 무릎이 까져 피가 흘렀다. 흉이 질 만한 상처였다.

"아프니?"

"네!"

"근데 안 우네?"

"요정왕은 우는 아이를 싫어하잖아요!"

건우는 여자아이의 말에 웃음이 나왔다.

"그럼 마법을 보여주마. 대신 부모님께는 비밀이다."

"정말요?"

건우는 손수건을 꺼내 피를 닦고 상처에 맑은 기운을 흘려 넣었다. 무림인의 상처가 쉽게 낫는 이유는 내력에 있었다. 내력이 육체의 회복을 도왔기 때문이다. 일류고수 정도가 되면 급소를 다치지 않는 이상 칼에 베여도 일주일이면 멀쩡해졌다.

아이는 깨끗한 선천지기를 가지고 있으니 더욱 회복이 빠를 것이다. 벌써 피가 멈췄다. 건우는 손수건을 상처 부위에 둘러주었다. 부모님이 손수건을 발견할 때쯤이면 많이 아물어 있을 것이다.

두 아이가 신기하게 무릎을 바라보았다.

"괜찮지?"

"안 아파요! 고마워요!"

건우는 달라붙는 아이들을 떼어내느라 조금 고생했다. 한동안 어르고 달래주고나서야 겨우 아이들을 떼어내고 안으로 들어갈 수 있었다.

부담 없이 참여할 수 있는 가벼운 파티라고 알려왔기에 파티의 규모가 작을 것이라 생각했지만 결코 그렇지 않았다. 얼핏 보이는 인원부터 대단히 많았다. 모두 화려한 복장을 하고 있었다.

초청받은 기자들까지 있는 걸 보면 역시 간단한 디너파티는 아니었다.

'약간 시상식 느낌인데.'

이런 풍경을 워낙 많이 봐서인지 어색하거나 그러지는 않았다. 오히려 건우를 보는 다른 이들이 긴장했다. 건우가 걷자, 사람들이 바다가 갈라지듯 몸이 먼저 반응하며 옆으로 비켜섰다.

"건우……!"

"오……."

주위에서 건우를 보고는 멍한 표정이 되었다. 도저히 믿을 수 없는 것을 본다는 듯 눈을 비비는 이들도 있었다.

지금의 건우는 완벽 그 자체였다. 워낙 본판이 잘나 아무거나 입어도 주변을 압도했지만 지금은 로이의 손에 의해 완벽하게 꾸며진 상태였다. 머리카락 한 올까지 그저 예술로 보였다. 여성들은 물론이고 남성들마저 건우의 모습에서 시선을 뗄 수 없었다.

지금의 건우는 전성기라고 봐도 무방했다.

'무력적인 측면이 아니기는 하지만…….'

외모뿐만이 아니라 건우가 내뿜는 강렬한 존재감은 보는 이들로 하여금 전율마저 안겨주었다. 건우는 이제 그런 시선을 즐길 줄 알았다.

'잘생긴 게 죄지.'

아니, 다시 생각해 보니 잘난 건 죄가 아니었다.

"아……."

건우가 복도를 지나 대기 홀로 들어가려는데 갑자기 주저앉는 이가 보였다. 하이힐을 신고 있었는데, 다리가 풀린 모양이었다. 건우도 알고 있는 영국 배우였다. 영국 드라마 닥터 홀란드의 여주인공 아델라였다. 시즌 8에 이르기까지 어렸을 때부터 여주인공의 자리를 지켰고, 영국에서 훈장까지 받은 배우였다. 닥터 홀란드는 한국에서도 팬이 꽤 있는 영국 드라마였다. 물론 건우는 예전에 더빙판으로 몇 번 봤을 뿐이었지만 말이다.

"괜찮으세요?"

건우가 손을 뻗자 멍하니 건우를 바라보던 아델라가 조심스럽게 손을 잡았다. 건우가 단번에 일으켜 주었다. 손을 잡으면서 슬쩍 내부를 살펴보니 별다른 이상은 없어 보였다.

'오늘은 넘어지는 이들이 많군.'

건우는 피식 웃을 뿐이었다.

아델라는 여전히 몽롱한 표정이었다. 건우는 살짝 인사하고 그녀를 지나쳤다. 안내에 따라 사람들이 모여 있는 홀로 이동하려는데, 예복을 입고 있는 남자가 빠르게 다가왔다.

"이건우 씨."

"네."

"죄송합니다. 저희 쪽에서 미리 마중을 나가 있었는데⋯ 엇갈린 모양입니다. 여왕 폐하께서 기다리고 계십니다."

예복을 입은 남자를 따라갔다. 그는 조용히 이야기를 할 방으로 안내했다. 조용한 방이라고는 하나 버킹엄궁전에 있는 곳이니만큼 화려했다.

방 안으로 들어가니 영국의 여왕이 보였다. 생각보다 평범해 보이는 노인이었다. 그녀는 자리에서 일어나 건우를 맞이해 주었다.

여왕의 얼굴은 밝아 보였다. 건우를 보고 밝아지지 않을 수 없었다.

"반갑군요."

"반갑습니다, 여왕 폐하."

영국 여왕과의 첫 만남이었다.

건우는 미소 지으면서 여왕의 손을 잡았다. 기자로 보이는 이가 한 명 있었는데, 그 모습을 사진으로 담았다. 그러고는 바로 물러갔다.

자리에 앉자 티와 함께 간단한 다과가 올려졌다.

"지내는 건 괜찮은가요?"

"네, 배려해 주신 덕분에."

"다행이네요. 불편한 점이 있었다면 제 마음이 무척이나 아팠을 겁니다."

권위적인 모습은 보이지 않았다. 마음씨 좋은 옆집 할머니 같은 느낌이었다. 덕분에 여왕과의 독대는 그리 불편하지 않았다. 이런 자리에서 불편하게 할 이유도 없었다. 국가적으로 중요한 자리가 아닌, 친목을 다지기 위한 자리였기 때문이다. 게다가 여왕은 건우의 개인적인 팬이었다.

건우은 편안한 기운을 흘리며 여왕을 배려해 주었다. 만약 어떤 목적을 띈 만남이었다면 압박을 했겠지만 호의 가득한 눈빛을 보니 그럴 마음이 들지 않았다.

"좋은 노래 만들어줘서 고맙습니다. 아주 잘 듣고 있어요. 어찌 그렇게 슬프게 부를 수 있는 건지……."

"감사합니다."

"그 목소리는 인류의 보배입니다."

"과찬이십니다."

"아니에요. 평생을 살아오면서 이렇게 감동한 적은 처음이에요."

여왕은 건우로서도 부담스러운 칭찬을 했다. 건우는 살짝 웃었다. 칭찬은 언제 들어도 기분이 좋았다.

"콘서트에 오신다고 들었습니다."

"네, 표를 구하기가 정말 어려웠습니다. 암표라도 사려고 했답니다."

"하하. 그렇습니까?"

가벼운 농담이었다.

"건우 씨의 라이브는 이 세상의 것이 아니라고 들었는데, 정말 기대되네요. 아! 혹시 부담이 되었나요?"

"아니요. 분명 만족하실 겁니다. 쉽게 들을 수 있는 것이 아니거든요. 최고의 추억을 만들어 드리겠습니다."

"멋진 자신감이네요. 기대할게요."

건우의 말은 절대 거만하게 들리지 않았다. 가벼운 말투로 말했지만 그 안에 있는 진심을 여왕은 느낄 수 있었다.

여왕은 보면 볼수록 눈앞에 청년에게 빨려 들어가는 것을 느꼈다. 평범하지 않은 인생을 살면서 얻은 안목이니 틀림없었다.

자신보다 특별한 사람을 많이 만나본 이들은 드물 것이다. 한 나라의 대통령부터 시작해서 기업의 수장들까지 만나보았다. 특별한 사람은 특별한 분위기를 풍겼다.

'그 누구보다 특별한 사람이군.'

간혹 이런 사람들이 있다. 불세출의 천재도 그러했고, 화려한 인생을 살다간 예술가가 그러했다.

그러나 이렇게 스스로 빛나는 사람을 보는 것은 처음이었다. 믿을 수 없는 노래와 연기 실력은 둘째치고서라도 개인적으로 깊은 친분을 유지하고 싶어지는 사람이었다.

'다나를 소개시켜 줄까?'

다나가 떠올랐다. 방계이기는 하지만 왕족이었다. 지성과 미모를 겸비한 사랑스러운 아이였다. 건우와 아주 좋은 그림이 될 것 같았다. 건우가 영국인이 아닌 것이 아쉬웠지만 그건 차차 해결할 수 있는 부분이었다.

건우는 향후 몇 년 안에 역사상 가장 위대한 예술가로 등극할 것이다. 감히 그녀는 그렇게 확신할 수 있었다.

그의 연기와 노래는 다른 이들과 무언가 다른 것이 존재했다. 이건우만이 가진 특별함이었다. 미국에서는 이건우 미국 귀화 운동까지 벌어지고 있지 않은가? 반면 한국에서는 이건우 홀대론까지 나오고 있었다. 최근에서야 챙겨주고 있을 뿐이었다.

여왕은 속내를 감추면서 능숙하게 대화를 이끌었다.

"제가 젊었을 적에 아주 인기가 많았지요. 그때는 아주 예뻤거든요."

"지금도 아름다우십니다."

"호호! 감사해요. 건우 씨는 세계에서 제일 잘생겼는데, 사생활이 참 깨끗하세요. 혹시 사귀는 처자는 있나요? 아! 무례한 질문이었죠?"

건우는 고개를 저었다. 그다지 무례하기 느껴지지는 않았다.

"없습니다. 지금까지 그럴 여유가 없었네요."

건우가 그렇게 말하자 여왕이 미소를 지었다.

"영국에서 좋은 인연을 만났으면 좋겠네요."

"이미 여왕 폐하를 만나지 않았습니까?"

"호호! 그러네요. 앞으로 잘 지내봐요."

"네. 잘 부탁드립니다."

분위기는 화기애애했다. 건우의 편안한 분위기 덕분에 여왕은 오랜만에 아주 편하게, 마치 오랜 친구를 대하듯이 이야기를 했다.

여왕은 챙겨온 건우의 앨범을 내밀며 수줍게 사인을 요청했다. 건우는 웃으면서 사인을 해주었고 가지고 온 선물을 여왕에게 건넸다. 여왕 역시 선물을 준비했다. 그러나 가지고 오지는 않았다.

"차를 알아보신다고 들었어요. 제가 차를 하나 선물해 드리지요."

"네? 아니, 그러지 않으셔도……."

"친구가 된 기념입니다. 사양하지 마세요. 한국으로 보내 드리겠습니다."

"…그럼 감사히 받겠습니다."

건우는 예정 시간을 훌쩍 넘기고서야 자리에서 일어났다.

대기 홀로 이동해 주위를 둘러보니 연회장 같은 분위기가 풍겼다. 모두 정장과 드레스를 입고 있어 더욱 그랬다. 건우가 나타나자 시선이 단번에 건우에게로 몰렸다. 떠들썩했던 분위기가 순식간에 조용해졌다.

'너무 힘을 줬나?'

아무튼 첫인상이 중요한 법이었다. 건우는 조용히 와인 잔을 들었다. 건우를 향하는 시선이 무척이나 많았지만 건우는 여유로웠다. 이제는 신경조차 쓰지 않는 경지에 이르렀다.

"와아! 안녕하세요!"

"오, 안녕?"

버킹엄궁전 내부로 들어오는 길에서 만났던 꼬마가 건우를 보더니 인사했다.

"에이미, 무례는 안 돼."

"요정왕님이랑 나랑 친구에요! 그렇죠?"

"그래."

건우가 웃으며 고개를 끄덕였다. 무릎의 상처는 거의 다 아물어 있었다. 에이미의 엄마는 건우의 앞에서 주저앉았던 여인이었다. 바로 영국 배우 아델라였다.

"아… 저희 애가 말썽이었다고 들었어요. 죄송해요."

"아닙니다. 재미있었습니다."

"그… 팬이에요."

"저도 팬입니다."

건우가 웃으면서 그렇게 말하자 아델라는 환하게 웃었다. 건우는 아델라와 이야기를 나눴다. 그녀는 건우의 콘서트에 온 가족이 갈 거라고 말했다.

"잠시 같이 자리해도 될까요?"

건우의 눈동자가 커졌다. 목소리를 들어본 적이 있었다. 그건 현생이 아니었다. 건우가 고개를 돌렸다. 아는 얼굴이었다. 얼굴이 서구적으로 변해지만 그 분위기는 기억 속 그대로였다.

'청월루주.'

가장 소중했던 사람을 보호해 주었던 청월루주였다. 그리고 아픈 인생을 살다 갔다. 건우는 그녀에게 목숨보다 더한 빚을 졌다. 그녀 대신 죽은 것이 청월루주였다. 갑자기 떠오른 기억에 건우는 눈을 감고 감정을 진정시켰다.

"드디어 뵙는군요. 안녕하세요? 에밀리 글래스턴이에요."

"…반갑습니다. 이건우입니다."

건우는 감정적인 티를 내지 않으며 웃으면서 대답했다.

'에밀리 글래스턴?'

익숙한 이름이었다. 에밀리 글래스턴의 이름을 알고 있었다. 데뷔 초에 찍었던 향수 브랜드의 오너였다. 그리고 '골든 시크릿'에 투자를 해주기도 했다.

건우는 이루 말할 수 없는 감정을 느꼈다. 단순한 투자라고 볼 수 있었지만, 현생에서도 자신을 도와주고 있었다. 건우는 진지한 표정으로 입을 떼었다.

"초면이지만 구면이군요."

"네, 직접 만나뵈었어야 했는데 그럴 기회가 좀처럼 없었네요."

에밀리는 반짝이는 눈동자로 건우를 바라보았다. 차가운 인상이었지만 건우는 그녀가 자신에게 호기심을 가득 품고 있다는 것을 눈치챘다.

"역시 건우 씨는 특별한 것 같아요. 제 선택은 역시 틀리지 않앉어요. 앞으로도 좋은 친구로 지내봐요."

"영광입니다."

건우의 눈이 곱게 휘어졌다. 에밀리는 물론이고 옆에 있던 아
델라도 살짝 얼굴이 붉어졌다.

둘은 헛기침을 했다.

"오! 안녕하세요!"

"샘, 뛰지 마렴. 아이구."

에이미와 붙어 다니던 꼬마가 다가와 건우를 올려다보았다.
그리고 노인 한 명이 그런 샘을 챙겼다.

"아, 제 조카예요. 그리고……."

"오! 반갑네. 자네가 그 이건우로군. 허허! 나는 제레미 글래스
턴일세."

노인은 에밀리의 할아버지였다. 건우는 반갑게 인사를 나눴
다. 건우는 에밀리의 조카가 마주쳤던 꼬마라는 사실에 놀랐다.

"허허, 어떤가? 우리 에밀리는."

"네?"

에밀리의 할아버지가 그렇게 말하면서 능글맞은 미소를 지었
다. 에밀리는 인상을 팍 쓰면서 그를 바라보았다.

"그런 말씀 좀 하지 마세요."

"에잉, 너도 남자 좀 사귀고 그래야 할 것 아니냐."

"전 평생 혼자 살 거예요."

"에휴, 누굴 닮아서 저렇게 똥고집일꼬……."

건우는 눈을 깜빡이며 둘을 바라보았다. 아델라는 웃으면서
고개를 저었고 에이미와 샘은 신경 쓰지 않으면서 건우의 옆에

붙어 있었다.

'행복해 보여서 다행이네.'

건우는 미소 지었다. 부유하고 행복해 보였다. 그녀는 그것을 누릴 자격이 있었다. 제레미가 건우의 미소를 보고는 엄지를 치켜들었다.

"허허! 자네는 참 죄가 많은 남자야. 자네에게 식사를 대접할 영광을 줄 수 있겠나?"

"물론입니다."

"허허헛! 좋군! 그럼 그때 다시 이야기를 나눠보자고! 우리 식구는 자네랑 같은 호텔에 머물고 있네."

"그럼 제가 찾아가도록 하지요."

"자네 참 화끈하군!"

에밀리가 그런 자신의 할아버지를 못마땅한 눈으로 보았지만 이내 웃었다.

"저기! 저기!"

에이미가 건우를 올려다보며 외쳤다. 에이미가 할 말이 있다는 듯 손짓했다. 건우는 무릎을 꿇자 에이미가 다가왔다.

쪽!

에이미가 건우의 볼에 뽀뽀했다.

"다 나았어요! 고마워요."

"그래."

부끄러운지 아델라에게 달려가 뒤에 숨었다.

"허헛, 에이미가 먼저 시집을 가겠구나. 아이고, 이를 어쩌할꼬!"

"할아버지!"

건우는 보기 좋은 가족이라고 생각했다. 계속 행복하기를 진심으로 바랐다.

　전생보다 현생이 나은 삶이어야 했다. 그래야 살아가는 의미가 있지 않을까?

7. 분노

디너파티는 진수성찬이었다. 엄청나게 긴 테이블에 풀코스의 요리가 올라왔다.

요리는 맛있었지만 편하게 먹지는 못했다. 먹을 때조차 시선이 몰리니 건우의 튼튼한 몸이 아니었다면 체했을지도 몰랐다. 음식을 먹을 때 그렇게 많은 시선을 느낀 것은 처음이었다. 여왕마저 뚫어져라 바라보니 건우로서도 신경을 쓰지 않을 수가 없었다.

결국 팔자에도 없는 우아한 척을 해야 했다.

디너파티 후에 여왕이 손녀와 함께 다른 이들도 소개시켜 주었다. 건우는 거절하기 어려워 디너파티를 마치고 따로 자리를 가졌다. 늦은 저녁이 되어서야 건우는 버킹엄궁전을 나올 수 있었다.

호텔로 돌아온 건우는 침대에 앉았다. 좋은 만남이었다고 생각했다. 청월루주, 아니, 에밀리와 그의 가족들을 만난 것은 정말 소중한 시간이었다.

'빚을 갚기는커녕 또다시 도움을 받고 있었군.'

그때도 그러했고 현생 또한 자신도 모르게 도움을 받았다. 건우는 기쁘면서도 착잡했다.

넥타이를 풀자 자연스럽게 긴 한숨이 나왔다. 오늘의 스케줄이 드디어 끝났다. 내일은 공연장을 둘러보고 모레에 첫 단독 콘서트를 가질 예정이었다. 에밀리와 그의 가족을 위해서라도 최고의 공연을 보여줘야 했다.

그래야 조금이나마 마음의 짐을 덜 수 있을 것이다.

'12시네.'

오늘 하루가 그렇게 끝났다. 건우가 와이셔츠의 단추에 손을 올릴 때였다.

"음?"

문밖에 있던 기척이 사라졌다. 건우의 주변에는 경호원들이 대기하고 있었다. 허술하기는 했지만 없는 것보다는 나을 것이다. 게다가 건우는 호텔에서 가장 좋은 방이라 굳이 이 정도의 경호는 필요하지 않다고 생각했다.

'별문제 없겠지.'

건우는 그렇게 생각하며 고개를 끄덕였다.

현지 경찰의 적극적인 협조도 있었고, 여왕과 여러 손님들도 콘서트장에 올 예정이었다. 그러하니 보안은 최고일 수밖에 없었다. 콘서트 준비를 할 때에도 안전을 위해 철저하게 검사를 하겠다고 하니 마음을 놓아도 될 것 같았다.

건우가 그렇게 안심하고 있을 때 무언가 기이한 감각이 느껴졌다. 조심스럽게 문밖으로 다가온 기척이었다. 일반인이라면 몰랐겠지만 건우의 기감을 결코 속일 수는 없었다.

'누구지?'

지금 시간에 그에게 접근할 사람은 없었다. 호텔 종업원이라고 생각하기에도 수상했다. 기척은 문 바로 앞에서 멈추었다. 건우가 자리에서 일어나자 잠금이 해제되는 소리와 함께 방문이 덜컥 열렸다.

뜻밖의 인물들이었다.

"짠!"

"안녕!"

생일 케이크를 들고 있는 진희와 리온이 밝게 웃으면서 건우를 바라보았다. 건우는 어이없는 표정이 되었다.

"오후에 온다고 들었는데……."

"몰카에 몰카였지! 속았지?"

진희가 그렇게 말했다. 건우는 진희와 리온이 오늘 오후에 올 거라고 알고 있었다. 진희가 몰래 올 거라고 속인 것까지 알고 있었는데, 설마 역으로 당할 줄은 몰랐다. 건우를 제외하고 모두 알고 있었던 것이 틀림없었다.

리온을 너무 믿었던 것이 패인이었다.

'방심했네.'

기분 좋은 방심이었다.

밝게 웃는 진희의 얼굴을 보니 가슴이 따듯해졌다. 그 감정은 무척이나 신기하게 느낄 정도였다.

케이크에는 불이 붙은 초가 꽂혀 있었다. 진희와 리온이 안으로 들어오면서 생일 축하 노래를 불렀다.

"사랑하는 이건우! 생일 축하합니다!"

"우오오오!"

테이블에 케이크를 올려놓고 둘이 박수를 쳤다. 건우는 티를 내지 않았지만 내심 감동했다. 영국까지 날아와서 자정이 딱 되는 순간 가장 먼저 생일을 축하해 주었다. 그래미상을 타고, 이번 앨범이 성공했을 때보다 더 기뻤다.

"참나, 깜빡 속았네."

건우가 그렇게 말하며 미소를 짓자 모두 웃었다. 진희가 건우의 방을 둘러보며 감탄했다.

"와! 방 좋네! 혼자 자기에는 좀 무섭겠다."

이 호텔에서 가장 좋은 방이니 당연했다. 진희는 물론 리온도 좋은 호텔에서 머문 적이 많았지만 이 정도급은 처음이었다.

건우의 눈에 비친 진희는 아름다웠다. 가벼운 차림으로 왔지만 그 미모는 가릴 수 없었다. 왕실 디너파티에 많은 미인들이 있었지만 진희는 특별했다. 건우의 시선을 느낀 진희가 조금 부끄러운 듯이 웃었다.

리온이 슬쩍 빠지려다가 건우와 진희의 시선이 자신으로 향하자 깜짝 놀라며 옆에 있던 와인병을 잡았다.

"오, 와인도 있네요! 이거 엄청 비싼 건데."

리온이 와인 잔과 와인을 들고 왔다.

"아! 맞다! 건우야, 저거 꺼야지."

케이크에 촛불은 아직도 타오르고 있었다. 건우가 귀찮아하자 빨리 불라는 듯 진희가 건우의 손을 잡고는 테이블 앞까지 데려왔다.

"애도 아니고……."

"이런 게 좋은 거야."

"그래?"

"응!"

진희와 리온의 반짝이는 눈빛을 보니 어쨌든 입으로 불어서 끄기는 할 것 같았다. 리온이 사진으로 남기기 위해 핸드폰을 들었다.

건우가 케이크 앞으로 얼굴을 가져다 댈 때였다.

건우의 눈이 크게 커졌다. 마치 세상이 멈춘 것처럼 느껴졌다. 무수한 전장을 경험하면서 느꼈던 감각, 한동안 잊고 있었던 감각이 표면 위로 떠올랐다.

현생에 와서 두 번째로 느끼는 감각이었다. 첫 번째는 미국에서 차 사고가 날 때였다. 그러나 그때와 다른 것이 있다면…….

'살기……!'

내력이나 그런 기운은 아니었다. 누군가를 죽이겠다는 의지가 느껴졌다.

위험했다. 건우는 닥쳐올 위험을 본능적으로 감지했다.

내력을 끌어 올리며 바로 진희와 리온을 잡고 바닥에 엎드렸다.

콰아아아아앙!

엄청나 폭발음과 함께 건물을 뒤흔드는 소리가 들려왔다. 창문이 모조리 깨지며 까만 연기가 들이닥쳤고 건우와 조금 떨어진 곳의 바닥이 무너져 있었다. 침대가 폭격이라도 맞은 것처럼 박살 나 있었다.

건우의 등으로 날카로운 파편들이 스쳐 지나갔다.

화끈한 열기가 느껴졌다. 다행히 내력으로 몸을 보호한 덕분에 상처는 없었다.

"으, 음……."

건우의 밑에 있는 진희가 간신히 정신을 차렸다. 파편에 긁혔는지 어깨에서 피가 흐르는 것이 보였다. 급히 내부를 살펴보니 다행히 다른 부상은 없었다.

건우의 표정이 일그러졌다. 그동안 한 번도 보여주지 않았던 살기 어린 차가운 눈동자가 떠올랐다. 당장에라도 이런 사태를 만든 놈들을 처죽이고 싶었지만 간신히 살기를 억눌렀다.

"거, 건우야."

"괜찮아?"

"도, 도대체……."

진희의 얼굴에 두려움이 가득했다. 리온도 힘겹게 몸을 일으키며 주변을 살펴보았다.

방 안은 엉망이었다. 커튼에는 불이 붙어 있었고 무너진 바닥에서도 불길이 치솟고 있었다. 문 역시 떨어져 나가 바닥에 쓰러져 있었다. 리온의 표정도 창백하게 물들었다.

건우는 침착하게 상황을 파악했다. 이번 폭발로 끝이 아닐 거라는 확신이 들었다. 자신은 괜찮았지만 이들을 빨리 안전한 곳까지 옮겨야 했다.

건우는 패닉 상태에 빠진 진희를 바라보았다. 그녀의 몸에 기운을 주입해 정신을 차리게 만들었다. 리온에게도 그러했다.

"테러인 것 같아."

건우가 침착한 어조로 말하자 진희가 침을 꿀꺽 삼켰다. 그녀는 겁에 질려 몸이 덜덜 떨리고 있었다. 건우는 진희의 손을 잡아주었다.

"일단 나가자. 날 따라와."

"으, 응!"

"선배님, 괜찮아요?"

"어… 네. 그, 그런 것 같아요."

진희가 기침을 했다. 불길이 번지기 시작해 검은 연기가 시야를 방해했다.

'경호원들은 어떻게 되었지?'

건우는 떨어져 나간 문밖으로 나왔다. 복도 역시 처참했다. 폭발이 꽤 컸는지 복도도 여기저기 무너져 있었다. 바닥에 경호원이 쓰러져 있는 것이 보였다. 잔해에 깔려 있었는데, 얼핏 봐도 심각한 부상으로 보였다.

건우가 다가가 경호원의 상태를 살펴보았다.

'다행이다.'

뼈가 몇 군데 부러졌지만 죽을 정도의 상처는 아니었다. 건우는 지혈을 하고 경호원을 부축했다. 진희와 리온은 어찌할 바를 몰라 했다. 확실히 일반인이 이런 상황을 맞으면 감당할 수 없을 정도로 두려울 것이다.

"괜찮아. 아직 불길이 그렇게 심하지 않아. 아래로 내려가기만 하면 돼. 리온 선배님, 진희 누나를 부탁해요."

"네, 네!"

리온이 덜덜 떨면서도 그렇게 대답했다. 건우는 비상구 쪽으로 향했다. 사람들이 비명을 지르면서 비상구 쪽으로 대피하고 있는 것이 보였다. 건우는 쓰러진 사람들을 도와주었다. 응급처치를 하고 대피할 수 있도록 도와주었다. 최대한 많은 사람들을 데리고 비상구로 향했다.

난장판이었지만 건우가 강한 어조로 말하니 모두들 건우를 따랐다. 이럴 때는 명확히 지시해 주는 사람이 있어야 했다.

비상구 앞에 도착했을 때였다.

탕탕!

"꺄아악!"

"으악!"

총소리가 들려왔다. 뒤를 돌아보니 조금 떨어진 곳에서 방독면을 쓴 채 총을 들고 있는 남자가 보였다. 여러 기척이 느껴졌다. 한 놈이 아니었다.

"사, 살려줘……."

"꺄악!"

사람들 앞에 있던 몇몇 사람이 총에 맞고 쓰러져 있었다. 건우 쪽을 향해서도 총알이 날아왔다. 총알은 진희의 머리 쪽을 향하고 있었다. 건우는 내력을 끌어 올리며 손을 뻗었다.

티잉!

호신기에 막힌 총알이 튕겨져 나갔다. 워낙 순식간에 일어난 일이라 진희는 멍한 표정이 되었다. 진희가 건우의 얼굴을 바라보았다. 건우의 얼굴은 잔뜩 일그러져 있었다. 이토록 화가 난 표정은 처음 보는 것이었다.

너무 두렵고 겁이 나는 상황임에도 건우의 모든 것이 생생하게 보였다.

'노렸군.'

건우의 눈빛이 살기로 일렁였다. 정확하게 조준하고 쐈다.

건우는 볼 수 있었다. 방독면 안에 비친 놈의 눈동자는 휘어 있었다. 그리고 마약이라도 한 것처럼 충혈되어 있었다. 비상구로 내려가며 모든 사람을 쓸어버릴 작정인 것 같았다.

탄창을 갈며 성큼성큼 다가왔다.

"빨리 비상구로 내려가요! 어서!"

건우가 그렇게 외쳤다.

사람들이 허겁지겁 비상구로 도망갔다. 남자가 총을 겨누자 건우는 바닥에 떨어진 돌을 줍고 그대로 던졌다.

퍼억!

돌이 남자의 머리에 박혀 들어가며 남자가 쓰러지는 것이 보였다.

사람들이 비명을 지르며 대피했고 건우는 비상구 쪽으로 진희와 리온, 그리고 경비원을 밀어 넣었다. 총탄에 맞고 비상구 앞에 쓰러진 사람들까지 빠르게 넣었다.

'내가 타겟이로군.'

자신을 노리고 있는 것은 분명했다. 우선적으로 자신을 죽인 다음, 눈에 보이는 모든 이들을 죽일 생각 같았다.

놈들을 여기서 처리하고 가야 했다. 비상구로 많은 사람이 내려간 만큼 총 든 놈들을 내려가게 해서는 안 되었다. 건우는 그들을 내려보낼 생각도 없었다.

"이건우가 저기 있다!"

"죽여 버려!"

"다 쏴 죽여!"

그런 말들이 들려왔다.

건우의 굳은 표정을 보고 무언가를 느낀 것일까?

진희의 얼굴은 눈물범벅이었다. 진희가 건우의 팔을 잡고 고개를 저었다. 그런 진희를 마주 보는 건우의 눈이 조금 크게 떠졌다. 진희의 얼굴과 누군가가 겹쳐 보였다.

'아⋯⋯.'

건우의 눈에 이채가 서렸다. 건우는 진희를 보며 웃었다.

"나는 다른 쪽으로 갈게. 아래로 내려가!"

"거, 건우야!"

"후배님!"

건우는 리온을 바라보았다.

"데리고 내려가요. 어서!"

"안 돼! 같이⋯⋯."

탕!

건우는 진희의 말을 듣지 않고 문을 닫았다.

손에 내력을 모았다. 그리고 문손잡이를 녹여 아예 문을 열지 못하게 만들었다. 건우는 조금 얼얼한 손등을 바라보았다. 호신기로는 총알을 완전히 막을 수 없었기에 피부가 조금 찢어져 피가 흐르고 있었다.

'죽인다.'

이토록 맹렬하게 분노가 일어난 것은 현생에서 처음이었다. 살기가 유형화되어 일렁거렸다. 건우의 주변에 있던 불길마저 살기에 죽어버릴 정도였다.

놈들이 건우에게 총을 겨누었다.

"여기 있다!"

"죽여!"

건우가 열린 문을 보고 방 안으로 들어갔다. 그러자 놈들이 따라 들어오더니 가만히 서 있는 건우를 발견하고 총을 쏴댔다.

그들의 얼굴에는 환희가 가득했다. 사람을 쏘면서 짓는 표정이라고는 생각되지 않았다.

타다다다!

그들은 탄창을 모두 비울 때까지 건우를 향해 총을 난사하기 시작했다. 건우는 모든 내력을 끌어 올리며 호신강기를 펼쳤다. 오랜 시간 펼치는 것은 무리였지만 잠시라면 가능했다.

총알 수십 발이 건우에게 쏟아졌다. 그럼에도 불구하고 멀쩡히 서 있는 건우를 보고 놈들은 경악했다.

총탄으로는 호신강기를 뚫을 수 없었다. 금강불괴만큼이나 단단한 것이 호신강기였다.

"뭐, 뭐야!"

"미, 미친!"

"마, 말도 안 돼!"

허겁지겁 탄창을 갈기 시작했다. 놈들은 겁에 질렸는지 손을 부들부들 떨었다. 죽음을 각오하고 테러를 저지른 테러범답지 않은 모습이었다.

건우는 천천히 걸어 나가며 주변을 둘러보았다. 그럭저럭 쥐기 편하게 박살 나 있는 나뭇조각이 보였다. 가구가 부서지면서 생긴 것 같았다.

탄창을 끼워 넣은 놈들이 건우를 바라보았다. 그들은 방아쇠를 당기는 것조차 잊은 채 건우를 멍하니 바라볼 수밖에 없었다.

건우의 손에 들린 나뭇조각에서 기이하게 일렁이는 것을 보았기 때문이다. 마치 불길을 보는 것처럼 흰빛으로 빛나며 일렁이고 있었다.

그들은 본능적인 두려움에 이성을 상실했다.

"으아아아!"

방아쇠를 당기자 총탄이 뿜어져 나왔다. 건우는 가볍게 나뭇조각을 놀렸다. 그러나 결과는 가볍지 않았다.

눈에 보이지 않는 속도로 휘둘러진 나뭇조각이 날아오는 총탄을 모조리 베어냈다.

거기에서 그치지 않고 휘두를 때마다 검기에 의해 바닥과 천장에 날카로운 상처가 생겼다.

탄창 하나가 다 비워지고 총열에서 연기가 솟아났다. 건우가 놈들을 향해 나뭇조각을 재차 휘둘렀다.

서걱!

총을 갈긴 놈의 두 다리가 잘려 나갔다.

"어, 어어……"

그들의 몸이 앞으로 고꾸라졌다.

"끄, 끄아아악!"

건우는 그들의 비명을 들으며 한 발 더 앞으로 다가갔다.

"으, 으아아!

"주, 죽어라! 악마야!"

다른 놈들도 방아쇠를 당기려 했지만 그럴 수 없었다. 무언가 따뜻한 것이 지나갔다고 느낀 순간 총과 함께 놈들의 손이 잘려 나갔기 때문이다.

그들은 믿기지 않는다는 듯 잘려 나간 손을 멍하니 바라보았다.

건우는 놈들을 용서해 줄 마음이 없었다. 건우는 성인군자가 아니었다. 쉽게 죽여줄 생각도 없었다. 건우의 수행이 조금만 얕았더라면 진희는 이 세상 사람이 아니었을 것이다.

그것이 건우를 분노케 만들었다.

"으아아악, 내 손!"

"으어어억!"

"다, 다리가……!"

바닥에 무릎을 꿇고 고통에 몸부림치고 있는 이들을 바라보던 건우가 삐걱대는 문을 조용히 닫았다. 그들의 눈에는 그 모습이 악마처럼 보였다.

건우는 놈들의 혈을 짚었다.

"끄아아악!"

"커억!"

우두둑!

뼈가 비틀리는 소리가 나며 비명이 울려 퍼졌다. 근골을 뒤틀리게 해서 엄청난 고통을 주는 고문법이었다. 인간이 느낄 수 있는 최고의 고통을 선사해 주지만 정신은 말짱하게 유지시켜 주었다.

이 상태가 지속되면 폐인이 되겠지만 건우는 신경 쓰지 않았다. 어차피 죽을 놈들이었다.

"제발 그, 그만……!"

"모두 몇 놈이지?"

"크, 크, 크억! 두, 두 명 더 미, 밑에……."

건우는 고개를 끄덕이고 자리에서 일어났다.

진희와 리온이 아래로 내려갔다. 마음이 급해졌다. 폭발로 인한 불길이 벌써 건우가 있는 방까지 번져왔다. 건우는 바닥에서 부들거리는 놈들을 차가운 눈빛으로 바라보다가 지나쳤다.

"그, 그만!"

"아, 아악!"

"주, 죽여줘! 제발!"

그대로 고통 속에서 몸부림치다가 타 죽게 내버려 둘 생각이었다.

복도에는 불길이 맹렬하게 타오르고 있었다. 놈들이 탈출할 수 있는 길은 없었다. 몸이 멀쩡했어도 빠져나가지 못했을 것이다.

건우는 깨진 창문 쪽으로 다가가 그대로 뛰어내렸다. 공중을 박차며 방향을 틀고 그대로 유리창에 몸을 던졌다.

유리가 박살 나며 건우가 다시 건물 안으로 들어왔다. 가볍게 착지하자 마침 눈앞에 총을 들고 있는 놈이 보였다. 복도를 지나가는 사람들을 쏘려고 총을 서서히 들고 있던 와중이었다. 건우는 그대로 속도를 죽이지 않고 달려 나가며 어깨로 놈을 쳐버렸다.

"커억!"

퍽!

놈이 그대로 거칠게 튕겨져 나가며 벽이 부딪혔다. 벽에 금이 가며 놈은 곤죽이 되어버렸다. 전신의 뼈가 부러졌지만 죽지는 않았다. 아마 평생 누워 지내야만 할 것이다. 불길 속에서 살아남는다면 말이다.

주변은 온통 아수라장이었다. 호텔 보안 요원들의 안내에 따라 대피하고 있는 사람들이 보였다.

'후……'

다행이라고 생각했다. 조금만 늦었어도 수십 명이 목숨을 잃었을 것이다. 자신뿐만 아니라 대량 살상을 위해 치밀하게 계획된 것 같았다.

'누군가 정보를 제공했나?'

폭탄의 위력도 그렇지만 터진 위치도 절묘했다. 침대 쪽 바닥이 완전히 박살 난 것으로 보아 정확히 자신을 노린 것을 알 수 있었다. 진희와 리온이 아니었다면 건우는 침대에 있었을 것이다.

'날 죽인 후 사람들을 몰아서 쓸어버릴 생각이었군.'

건우는 내력을 끌어 올리며 집중했다.

나머지 한 놈을 찾아야 했다. 수많은 사람들의 기척 속에서 특정인을 찾는 것은 화경의 경지라도 불가능할 것이다. 전생의 경지를 되찾는다고 하더라도 힘들었다.

'일일이 찾아다니기에는 너무 늦어.'

놈이 무슨 짓을 벌일지 몰랐다. 빨리 처리해야 했다.

기이할 정도로 조용했다. 진희와 리온이 잘 빠져나갔다면 다행이었지만 치솟는 불안감을 감출 수 없었다. 진희와 리온이 너무나 걱정되었다. 그들에게 무슨 일이 생긴다면 건우는 주화입마에 빠질지도 몰랐다.

'지금 내 무공이라면……'

전생과 다른 점이 있었다. 지금의 건우는 감정의 색채를 볼 수 있었다. 모든 내력을 끌어 올리며 집중하자 사람들이 내뿜는 감정의 색채가 또렷하게 보였다.

공포의 색채는 결코 좋은 색은 아니었다. 지독하게도 끔찍한 잿빛이었다. 건물을 가득 채운 잿빛이 건우의 시야를 가렸다. 산전수전 다 겪은 건우였지만 그 어떤 잔인한 광경보다도 견디기 힘들었다. 주변에 가득한 공포의 감정이 건우에게 흘러들어 왔기 때문이다.

으득!

건우는 이를 악물었다. 공포 따위가 건우의 정신을 뒤흔들 수는 없었다.

'찾았다.'

잿빛 가운데 유일하게 욕망으로 얼룩진 색채가 보였다. 광기와 욕망이 합쳐져 더러운 느낌이 났다.

건우의 눈빛이 일렁였다. 검은 연기 사이에서도 명확히 보일 정도로 번뜩였다. 실내에 가득 차기 시작한 연기는 전혀 방해가 되지 않았다. 건우는 사람들이 대피하고 썰렁해진 복도를 빠르게 달렸다.

청소 도구나 여러 세척제들을 보관해 놓는 보관실이 보였다. 보관실 안에서 기척이 느껴졌다. 지금 이 상황에서 보관실에 있다는 것은 자살행위나 다름없었다. 건우가 있던 최상층, 폭발이 일어난 밑층, 그리고 건우가 있는 그 아래층까지 총 세 개의 층이 전부 타오르고 있었다.

규모만 보면 영국에서 일어난 최대의 테러였다. 테러 대상이 건우에게 집중되어 있었고 건우가 막은 터라, 피해의 규모가 작다는 점이 다행이라면 다행이었다.

보관실 안에서 두 사람의 기척이 느껴졌다. 귀를 기울여 보니 울고 있는 어린아이의 목소리와 남성의 거친 숨소리가 들렸다. 꿈틀거리는 더러운 욕망이 보였다. 보관실 문은 잠겨 있었다. 건우는 문고리에서 손을 뗐다. 건우는 안에 있는 더러운 색채의 기척이 느껴지는 위치를 가늠했다. 그리고 보관실 문을 향해 손을 뻗었다.

우직!

보관실 문을 뚫고 손이 들어갔다. 그대로 안에 있던 남성의 뒷목이 건우의 손에 잡혔다.

"커억!"

그대로 힘껏 당겨 뒤로 날려 버렸다. 문과 함께 뒤로 날아간 남성이 벽에 부딪혔다.

"에이미?"

보관실 안에는 낯익은 소녀가 있었다. 버킹엄궁전에서 만났던 아델라의 딸 에이미였다. 퉁퉁 부운 눈으로 눈을 동그랗게 뜨고 건우를 바라보고 있었다.

에이미를 본 순간 건우는 구할 수 있어 정말 다행이라고 생각했다. 조금만 늦었다면 몹쓸 짓을 당했을 것이다.

건우는 열이 받았지만 아이를 안심시키기 위해 웃었다.

"안녕? 또 만났네?"

"흐어어엉……."

건우를 보자 안심이 되었는지 서럽게 울었다. 건우는 바닥에 떨어진 인형을 주워서 에이미에게 건네주었다. 에이미는 인형을 꼭 안았다.

"착하네. 엄마한테 데려다줄게. 잠시 눈 감고 있어."

에이미가 눈을 꼭 감자 건우는 내력을 이용해 에이미의 귀를 막았다. 뒤에서 기척이 느껴졌기 때문이다.

"으, 으아아!"

방금 전 내동댕이쳐졌던 남자가 피를 철철 흘리면서 권총을 건우에게 겨눴다.

"주, 죽어!"

권총을 건우의 등을 향해 쏴댔다. 그러나 권총으로 건우의 호신강기를 뚫을 수는 없었다. 남자는 멍청한 표정이 되었다. 총알이 건우의 등에 닿지 못하고 그대로 찌그러져 바닥에 떨어지는 모습은 너무나도 비현실적이었다.

건우가 고개를 돌렸다. 건우와 눈이 마주친 남자는 그대로 굳어버렸다. 건우의 살기는 공포 그 자체였다.

두려웠다. 너무나 두려웠다.

남자는 부르르 떨더니 오줌을 지렸다. 몸이 굳어 어떤 말도 할 수 없었다.

건우가 한손을 뻗었다. 무형의 기운이 남자의 목을 붙잡았다. 건우가 천천히 손을 쥐자 남자가 부르르 떨었다. 이 상태에서 가볍게 주먹을 쥐는 것만으로도 목뼈가 박살 날 것이다.

남자가 권총을 떨어뜨리고 입에 거품을 물려고 할 때였다.

"으아앗!"

퍽!

누군가가 난입해 남자를 골프채로 갈겼다. 숨어 있던 사람인 줄 알았는데 의외의 인물이었다. 건우는 눈을 동그랗게 뜨고 그를 바라보았다.

"선배님?"

리온이 골프채를 떨어뜨리고는 멍하니 건우를 바라보았다.

"후, 후배님!"

리온이 건우에게 달려왔다. 리온이 눈물을 터뜨리면서 울었다.

"건우야!"

진희의 모습 역시 보였다. 그녀는 아이를 품에 안고 있었는데, 건우를 보자마자 눈물이 주르륵 흘렀다.

"에이미!"

"샘……?"

눈을 꼭 감고 있던 에이미가 진희의 품에 안겨 있던 샘의 목소리를 듣자 눈을 떴다. 에밀리의 조카 샘이었다. 샘이 달려와 에이미를 안았다.

진희가 건우에게 안겼다. 건우는 흐느끼는 진희를 토닥여 주었다. 건우는 진희를 안은 채 리온을 바라보았다.

"어떻게 된 거예요?"

리온은 간단하게 설명했다. 진희를 대피시키고 건우를 찾으러 가려고 했지만 진희는 대피할 생각이 없었다. 진희는 호텔 보안 요원들한테 건우가 위에 있다고 매달렸지만 보안 요원들은 사람들을 대피시키느라 위로 올라갈 수 없었다. 위로 올라가는 것은 자살행위이기도 했다.

리온이 건우를 찾으러 가겠다고 하자 진희가 뒤따라왔다. 리온은 말렸지만 소용없었다. 그러던 도중에 울고 있던 샘을 발견했다고 한다.

"샘이 직원으로 보이는 남자가 에이미를 끌고 갔다고 해서요. 총을 들고 있다기에 숨어 있었어요."

건우는 고개를 끄덕였다. 샘이 에이미를 토닥여 주고 있었다. 에이미는 간신히 웃었다.

"후배님, 왜 그랬어요. 도대체……."

"그래, 이건우! 너……!"

리온과 진희가 동시에 건우를 바라보았다. 건우는 난감한 표정이 되었다.

"목표는 나인 것 같고… 잘못하면 다 죽을 것 같더라고."

"아, 아니, 그래도……!"

"살았으면 됐잖아? 윽!"

건우가 그렇게 말하자 진희가 주먹으로 강하게 건우의 가슴을 때렸다. 눈물, 콧물을 흘리면서 마구 때렸다.

"그걸 말이라고 해? 건우, 너 미쳤어?"

"왜 여기에 있어! 내려가라는 말 못 들었어?"

"내가 널 두고 어떻게 가?"

"왜 못 가! 죽을 생각이야?"

"너는? 너는 어떻고?"

건우와 진희가 언성을 높였다. 진희가 건우의 얼굴을 바라보다가 다시 울음을 터뜨렸다.

그 모습을 보며 건우는 옛 기억을 떠올렸다.

과거에도 그랬다. 건우가 마교와 대적할 시간 동안 도망가라고 했지만 말을 듣지 않았다. 결국 돌아와 상처를 입고 건우와 같이 죽어갔다. 어두운 동굴에서 둘은 그렇게 생을 마감했다.

건우는 죽어가면서도 웃으며 자신을 바라보는 그녀의 얼굴을 볼 수 있었다.

기억 속에서 벗어난 건우는 진희를 바라보았다.

건우는 다시 울음을 터뜨린 진희를 보며 어쩔 줄 몰라 했다. 옆에 있던 샘이 건우를 바라보았다.

"엄마가 울면 아빠가 사과했어요."

에이미가 샘의 말에 고개를 끄덕였다. 건우는 진희를 바라보면서 입을 떼었다.

"미안해."

진희는 건우의 손을 꽉 쥐었다.

"무사해서 다행이야."

"응."

리온은 건우와 진희를 보며 겨우 안심했다. 그러다가 바닥에 떨어져 있는 총탄들로 시선이 향했다. 총소리가 들려서 살짝 보기는 했는데, 그가 본 것은 총을 떨어뜨리고 부르르 떨던 테러범의 모습이었다.

이 좁은 방에서는 도저히 피할 곳이 보이지 않았다. 총성이 들렸기에 끔찍한 광경을 예상했는데 보이는 것은 의외의 모습이었다.

'어떻게……?'

리온은 의문이 생겼지만 입을 다물었다. 어쨌든 건우가 무사했다. 진희 역시 다른 건 생각하지 않고 건우가 무사한 것에 안도하며 간신히 마음을 추스르고 있었다.

콰아아앙!

호텔이 흔들렸다. 샘과 에이미는 의외로 울지 않고 침착했다.

"빨리 나가자."

건우가 앞장섰다. 리온이 소화기를 들고 따라왔고 진희가 아이들을 챙겼다. 건우는 기운을 방출하며 연기들을 밀어냈다. 연기가 가득했지만 다른 이들은 숨을 쉴 수 있었다. 비상구가 보였다. 아래는 불길이 덜 번졌으니 내려가면 되었다. 테러범들의 기척도 없었다. 건우가 모조리 처리했기 때문이다.

비상구로 들어가 겨우 안심하면서 계단을 내려가려고 할 때였다.

"크윽……."

신음이 들렸다. 건우는 그 소리가 들린 방향으로 고개를 돌렸다. 닫혀 있는 방 너머였다.

"누군가 있어."

건우가 진희와 리온을 바라보았다.

"사, 살려줘……!"

누군가의 희미한 목소리가 둘의 귀에도 들렸다. 너무 절박한 목소리였다. 이대로 무시한다면 분명 죽을 것이다.

"먼저……."

"빨리 구하러 가죠!"

"애, 애들은 밑으로 내려 보내면 돼."

먼저 가라고 말하려던 건우의 말을 리온과 진희가 막았다. 진희는 겁을 먹었으면서도 절대 혼자서 내려갈 생각을 하지 않았다. 자신을 찾기 위해 목숨을 걸고 남은 여인이었다.

'말릴 수 없겠어.'

그건 건우가 가장 잘 알고 있었다. 건우는 결국 고개를 끄덕일 수밖에 없었다.

진희가 아이들을 먼저 내려보냈다. 아래층은 안전하니 괜찮을 것이다.

위험하기는 했으나 건우는 진희와 리온을 지킬 자신이 있었다. 폭탄이 폭발한다고 하더라도 둘을 잡고 그대로 창밖으로 뛰어내리면 된다. 높기는 하지만 충분히 착지할 수 있을 정도였다. 화경에 근접했다는 것은 그런 의미였다.

리온이 방문을 열려고 했지만 방문이 잠겨 열리지 않았다. 리온이 난감한 표정으로 건우를 바라보았다. 방법이 없어 보였기 때문이다.

"어떡하……."

쾅!

건우가 그대로 문을 발로 차자 문이 뜯겨져 나가며 안으로 처박혔다. 리온과 진희가 멍한 눈으로 건우를 바라보았다.

"문이… 좀 허술하네."

건우는 그렇게 말하며 안으로 진입했다. 안은 열기로 후끈했다. 불이 벌써 근처까지 번지고 있었다. 빨리 찾아서 데려가지 않으면 위험했다. 불길이 층 전체에 번져갔기 때문이다. 무너진 벽에 깔려 있는 노인이 보였다.

"괘, 괜찮으세요?"

진희가 달려가 물었다. 좋지 못한 영어 발음이었지만 알아들을 수 있었을 것이다. 노인은 의식이 조금은 남아 있는지 신음을 흘렸다. 딱 봐도 그의 몸 위에 깔린 잔해는 무거워 보였다. 리온이 허겁지겁 도구를 찾기 시작했다.

하지만 그럴 시간이 없었다.

그그그극!

무언가 일그러지는 소리가 났다. 마치 건물이 비명을 지르는 것 같았다.

"들 테니 빼내세요!"

건우는 잔해를 잡고 들어 올렸다. 리온과 진희가 노인을 뺐다. 노인의 상태는 좋지 않았다. 파편이 몸에 박혀 피를 흘리고 있었다.

몸을 운신할 수 없는 부상이었다.

'이 사람은……!'

얼굴도 피가 흐르고 있어 잘 분간이 가지는 않았지만 아는 얼굴이었다. 에밀리의 할아버지 제레미였다. 그가 힘겹게 눈을 떠 건우를 바라보았다.

건우는 바로 제레미에게 기운을 불어넣었다. 그는 따스함을 느끼며 고통에서 조금 벗어났다.

"고… 맙… 네, 자네… 역시 멋져."

"조금만 참으세요. 같이 식사해야지요."

"그렇지… 그래. 허헛! 쿨럭……!"

제레미가 피를 토했다. 내력으로도 다 해결하지 못할 심각한 부상이었기에 빨리 병원으로 옮겨야 했다.

건우는 그를 안아 들었다. 그의 피가 건우의 온몸에 묻었지만 개의치 않았다. 공기가 벌써 뜨거워졌다. 건우는 빠르게 방 밖으로 나왔다.

투드득!

천장에 금이 가는 것이 보였다.

"뛰어!"

건우가 그렇게 외쳤다. 다행히 비상구는 바로 앞에 있었다. 비상구 안으로 들어간 다음 빠르게 문을 닫았다. 무언가 문 밖에서 무너지는 소리가 들렸다. 문이 금세 뜨겁게 달궈졌다.

빠르게 계단을 내려갔다. 몇 층 아래로 내려가자 올라오고 있는 소방관들이 보였다.

"새, 생존자다!"

"빨리 안전한 곳으로 내려 보내!"

그들은 건우와 다른 이들을 보고는 깜짝 놀라더니 그렇게 외쳤다. 소방관에게 제레미를 넘겨주었다. 제레미는 건우의 손을 꽉 잡고는 눈물을 글썽였다. 건우가 웃어주자 겨우 손을 놓았다.

건우의 손이 진희의 손을 잡았다. 마구 떨리던 진희의 몸이 서서히 잠잠해졌다. 리온이 계단을 내려가다가 다리가 풀렸는지 주저앉았다.

"사, 살았다. 살았어."

자신이 무슨 일을 겪었는지 드디어 실감이 난 모양이었다. 진희 역시 다리가 풀렸는데, 건우가 안아 들었다.

"미안. 내, 내려줘도 돼."

"괜찮아. 그냥 얌전히 있어."

"…응."

아래로 내려가 호텔 밖으로 빠져나오니 수많은 구급차와 경찰차, 특수차량, 소방차들이 보였다. 헬기가 하늘에 떠 있었고 기자들도 몰려와 있었다. 대피한 시민들이 호텔과 떨어져 있는 곳에 보였고 부상당한 이들은 구급차 근처에서 응급처치를 받고 있었다.

건우가 나타나자 구급차 앞에 있던 시민들이 박수를 치기 시작했다. 건우가 대피시킨 사람들의 얼굴이 보였다.

"괜찮으세요? 이리로!"

구급대원이 달려와 건우와 진희, 그리고 리온을 살펴보았다. 건우는 조금 다친 진희를 치료해 달라고 부탁했다. 리온도 이곳저곳 찢어진 곳이 많았다. 건우가 다친 곳은 손등이 유일했다.

건우도 손등을 가볍게 치료받았다. 구급차 안에 누워 있던 진희가 건우의 손등에 손을 올렸다.

건우의 눈에 불타오르는 호텔이 보였다. 불길이 번져 최상층부터 세 개의 층이 모두 불길에 휩싸여 있었다. 올라갔던 소방대원들이 허겁지겁 내려왔다.

콰아앙!

엄청난 폭음이 들려왔다. 주변에 있던 사람들이 몸을 휘청거렸다.

"꺄악!"

"우악!"

한 차례 더 폭발이 일어났다.

검은 연기가 밤하늘을 더욱 검게 물들였다. 호텔의 최상층이 무너져 내리며 잔해가 마구 떨어졌다. 최상층뿐만 아니라 건물 전체가 위험해 보였다. 소방 작업을 하려던 헬기도 물러났다.

다행히 모두 뒤로 멀찍이 대피해 있던 터라 인명 피해는 없었지만 호텔의 불길을 잡는 것은 굉장히 어려워 보였다. 다른 폭탄이 더 있는지 알 수 없었기에 올라갔던 소방대원들도 모두 내려온 상태였다.

'난리가 났군.'

너무나 끔찍한 광경이었다. 화려한 위용을 자랑했던 호텔의 모습은 온데간데없이 사라지고, 처참하게 불타오르는 모습만 남아 있었다.

진희의 창백한 표정이 보였다. 건우는 진희를 구급차에 눕히고 수혈을 짚었다. 그리고 기운을 주입했다. 놀란 마음을 가라앉히고 상처 회복에 도움을 줄 수 있을 것이다.

'이런 일이 벌어질 줄은 몰랐어.'

제아무리 무림 고수라도 이런 상황을 막을 수는 없었다. 건우는 전생의 기억을 찾고 난 이후 처음으로 무력감을 느꼈다. 분노가 다시 끓어올랐지만 가까스로 참아냈다.

건우는 진희, 그리고 리온은 함께 구급차를 타고 바로 병원으로 이동하려 했다. 그리고 그 전에 아이들이 무사히 탈출했는지 찾아보기 시작했다.

고개를 돌려 주위를 바라보자 샘과 에이미의 모습이 보였다. 아델라가 눈물을 흘리면서 둘을 안고 있었다. 샘의 어머니로 보이는 여인이 허겁지겁 달려왔다.

"맙소사! 샘!"

"엄마!"

아델라는 샘을 끌어안고 겨우 안심하며 오열했다. 아델라의 남편도 달려왔다.

'다행이군.'

들것에 실려 구급차에 오르는 제레미를 발견했다. 잘만 치료를 받는다면 목숨을 건질 수 있을 것이다. 에밀리는 제레미의 손을 꼭 잡고 있었다. 건우가 탈출시킨 이들 대부분이 무사했다.

건우는 긴 숨을 내쉬었다.

'차라리 날 노렸던 것이 다행이야.'

자신을 잡으려고 몰려왔던 것이 정말 다행이었다.

만약 무차별 테러였다면 저들 중 대부분은 살아남지 못했을 테니 말이다. 호텔의 모든 사람들이 대피하는 와중의 아수라장이어서 더욱 그랬을 것이다.

건우가 진희와 함께 구급차에 오를 때 사람들이 다가왔다.

"고마워요!"

"감사합니다, 흐윽."

사람들이 건우에게 고맙다고 말하며 눈시울을 붉혔다. 건우가 부축해서 겨우 비상구로 나간 사람의 얼굴도 보였다. 건우는 살짝 웃으면서 고개를 끄덕였다. 그리고 구급차를 타고 병원으로 향했다.

　'콘서트는……'

　건우는 작게 한숨을 내쉬었다. 이런 상황에서도 콘서트가 생각났다. 아무래도 내일 콘서트를 여는 것은 역시 힘들어 보였다.

　'그래도……'

　건우는 잠들어 있는 진희를 보면서 살짝 웃었다.

＊　　　　＊　　　　＊

　한국은 아침부터 난리가 났다. 난리가 나지 않을 수 없는 사건이었다. 이건우가 머물고 있는 호텔 방에서 폭발이 일어났고 세 개 층이 전부 불타올랐기 때문이다. 게다가 그 폭발 속에서 총탄 세례가 퍼부어졌다는 이야기도 나왔다.

　그 소식은 고요한 아침을 단번에 휩쓸어 버렸다.

　〈속보! 영국 호텔 테러! 이건우 생사 확인 안 돼〉

　〈주영 한국 대사관, 확인 중〉

　〈이건우 사망?〉

　〈호텔서 총격! 끔찍한 테러 현장?〉

　〈이건우 연락 두절, 피하지 못한 듯〉

거기에 결정적인 역할은 한 것은 오보였다. 영국의 기사를 급히 옮겨오다가 오역하여 실수가 난 것이다. 이건우 사망 소식이 뉴스로 도배가 되었다.

공중파 방송국에서는 프로그램을 잠시 중단하고 속보로 내보냈다. 그만큼 이건우는 한국에서 중요한 위치에 있었다. 한국을 빛낸 인물 1위로 꼽히고 있었고, 청소년들에게는 영웅이나 마찬가지였다. 만약, 이건우가 대통령에 출마하면 100% 당선된다는 우스갯소리가 나오고 있을 정도였다.

앵커가 심각한 표정으로 정면을 바라보았다.

"시청자 여러분 안녕하십니까. 긴급 속보입니다. 이건우 씨가 머물던 영국의 로얄 센트럴 호텔에서 폭발이 일어났습니다. 테러로 추정되는데 현지에 나가 있는 특파원과 연결해 보겠습니다. 김인섭 특파원? 김인섭 특파원? 들리십니까?"

화면이 전환되면서 김인섭 특파원을 비추었다. 마침, 건우를 취재하러 주변에 머물고 있다가 사고 소식을 듣고 바로 달려온 것이었다. 워낙 급하게 나온 터라 머리가 눌려 있고 복장이 엉망이었지만 아무도 그걸 신경 쓰지 않았다.

―네, 저는 지금 폭발이 일어난 로얄 센트럴 호텔 앞에 나와 있습니다!"

"현장 상황이 어떻습니까?"

―현장은 아주 급박하게 돌아가고 있습니다. 호텔의 최상부는 지금 보시는 것처럼 화염에 휩싸여 있습니다. 보이는 것이라고는 검은 연기뿐입니다. 피해 규모가 눈대중으로라도 짐작되지 않을 정도로 대단히 심각한 상황입니다.

카메라가 호텔을 비추었다. 최상층에서 일어난 불길이 점차 번지고 있었다.

"이건우 씨가 있던 방에서 폭발이 일어났다고요?"

―네, 현재까지 나온 이야기로는 그렇습니다. 지금 보시는 쪽이 이건우 씨가 머물고 있던 VIP룸입니다. 지금 현재…….

콰아앙!

폭발음이 터져 나오면서 화면이 마구 흔들렸다. 카메라는 폭발이 일어나며 붉은 화염이 치솟는 것을 찍었다. 유리창이 모조리 깨져 버리고 주변에 세워져 있던 차의 클랙슨이 마구 울렸다.

―바, 방금 한 차례 더 폭발이 일어났습니다! 불길이 점점 더 번지고 있습니다! 화, 화염이 엄청납니다!

"김인섭 특파원, 피해 상황에 대해 말씀해 주실 수 있나요?"

―네? 네, 네! 아직 정확한 사상자는 나오지 않고 있습니다. 방금 전 폭발로…….

김인섭 특파원은 덜덜 떨면서도 침착하게 말을 이어갔다. 테러 현장은 현재진행형이었다.

탕! 타다다다!

총성이 들리는 순간 김인섭 특파원을 포함한 주변 기자들이 바닥에 엎드렸다.

"지금 무슨 일입니까?"

―총성이 울리고 있습니다! 실제 상황입니다! 현지 경찰이 주변을 통제하며 상황을 살피고 있습니다. 호, 호텔 안에서 들리는 것 같습니다!

호텔에서 사람들이 끊임없이 대피하고 있었다. 부상을 당한 사람들이 치료를 받았고 경찰과 특수 병력들이 호텔 주변을 둘러쌌다. 그렇게 시간이 지나갔다. 어느 정도 시간이 지나자 주변 사람들의 울음소리와 절규가 들렸다. 최상층에 있던 대부분의 사람들이 빠져나오지 못했기 때문이다. 가족들도 몰려와 눈물을 흘렸다.

김인섭 특파원도 뭐라고 말을 잇지 못했다. 앵커가 상황을 정리하며 시청자들에게 말해주었다.

"그럼 다른 소식을 먼저 듣고 이후에 상황을……."

―아! 지금 생존자들이 호텔 밖으로 나오고 있습니다! 무사한 사람들이 보입니다!

앵커가 잠시 끊어가려고 할 때, 김인섭 특파원이 다급하게 말을 이었다. 꽤 많은 인원이 허겁지겁 달려 나왔다. 경찰들이 빠르게 다가가 인원들을 안전한 곳까지 옮겼다.

―여, 여기 사람이 다쳤어요!

―총에… 총에 맞은 사람이 있어요!

―여기부터……!

―으아악!

가히 전쟁통을 방불케 했다. 아직까지 영국의 공식 발표가 없었지만 모두 테러 때문에 벌어진 일이라는 것은 명백했다. 가장 큰 관심사는 이건우와 한국 교민의 피해였다. 그러나 지금까지 나오지 않는 것으로 보면 살아 있을 가능성이 거의 없어 보였다.

콰아앙!

한 차례 폭발이 더 있어났다.

"김인섭 특파원? 이건우 씨의 생사가 확인되었습니까?"

―아직 어떤 것도 발표되지 않았습니다. 지금 소방관들도 쉽게 진입할 수 없는 상황입니다. 테러범이 남아 있고, 불길이 너무 심해 진입이 어렵습니다. 투입되었던 소방관들도 폭탄의 추가 발견으로 인해 모두 철수한 상황입니다.

그렇게 뉴스가 나갈 때 이건우 사망 소식이 순식간에 포털 사이트를 점령하고 그에 관련된 기사로 도배되었다. 아직 아무것도 밝혀진 것이 없었지만, 오보 기사가 마치 사실인 것처럼 보도가 되고 있었다.

인터넷을 통해서도 생방송으로 계속 중계되었다.

kasl****: 어떡해.

vani****: 오보입니다! 아직 밝혀진 것이 아무 것도 없어요! 한국인이라면 제발 무사를 빌어줍시다.

uino****: 상식적으로 생각을 해봐라. 저기서 살아 나올 수 있겠냐?

ynas****: 말도 안 돼. 아니, 도대체 왜……

이건우의 사망 소식을 접한 사람들은 침통해질 수밖에 없었다. 시간이 지날수록 테러로 인해 죽었다는 말이 정설이 되어갔다.

앵커는 다른 소식을 이어갔다. 인터넷을 통해 현지의 상황이 보다 빠르게 알려지고 있었다. 겨우 빠져나온 생존자가 올린 글도 있었다.

앵커 옆에 다른 기자가 나와 있었다.

"방금 들어온 소식입니다. 이번 테러의 생존자들의 증언인데요. 김윤희 기자, 어떤 내용입니까?"

"네, 이건우 씨에 관한 내용입니다. 생존자가 직접 밝힌 내용인데요. 총을 든 테러범을 보았는데, 모두 이건우 씨를 찾아다니고 있었다고 합니다."

"이건우 씨를 노린 계획적인 범행이었다는 말씀이시군요."

김윤희 기자는 심각한 표정으로 고개를 끄덕였다.

"네. 목격자들의 이야기에 따르면 그럴 확률이 높습니다. 이건우 씨는 부상당한 사람들을 도우며 비상구까지 왔다고 합니다. 그 후 비상구 문을 닫고 테러범들을 유인했다는 목격담이 나오고 있습니다."

"자신을 노리는 걸 알고 그런 행동을 했다는 말씀이시군요."

"현재 생존자들의 증언으로 볼 때 그렇습니다."

앵커는 물론 김윤희 기자도 침통한 표정이 되었다. 목격자들의 증언은 계속해서 나오고 있었다.

소방관들이 화재 진압 및 생존자 구출을 위해 다시 올라간다는 소식이 전해졌다. 경찰 병력들도 동행한다고 하는데, 불을 끄는 것보다도 생존자를 찾는 것에 주목적을 두고 있었다. 철저히 경계하며 들어가는 터라 진입은 느릴 수밖에 없었다.

"다시 한번 정리해서 전해 드리겠습니다. 영국 시간으로 자정을 조금 넘긴 시간에 영국의 로얄 센트럴 호텔에서 폭발물에 의한 테러가 발생했습니다. 이건우 씨를 노린 테러라고 추측되는 가운데, 현재 이건우 씨는 호텔을 빠져나오지 못한 것으로 확인되었습니다. 아! 네! 취재 기자 다시 연결해 보겠습니다!"

화면이 다시 불타오르는 호텔을 비추었다. 최상층이 기울어지는 모습이 보였다. 소방관들이 우르르 몰려나왔다.

―진입했던 소방관들이 나오고 있습니다. 어? 어?!

김인섭 특파원이 놀란 표정이 되었다.

카메라가 소방관들이 빠져나오는 광경을 잡았다. 꽤 떨어져 있어 자세히 잡을 수는 없었지만 주변에서 터져 나오는 소리로 그가 누구인지 알 수 있었다.

소방관이 어떤 노인을 들 것에 실려 그 뒤로 익숙한 인형이 잡혔다. 고개를 숙인 여인을 안고 나오는 남자였다. 호텔과 떨어진 곳에서 응급처치를 받고 있던 생존자들이 그의 이름을 부르면서 박수를 쳤다.

―이, 이건우 씨인 것 같습니다! 이건우 씨의 이름이 들리고 있습니다!

"기, 김인섭 특파원! 자세히 상황을 말해주세요!"

―네! 소방관들과 함께……

김인섭 특파원이 상황을 자세하게 보도하려고 노력했다. 그러나 혼잡스러운 상황과 호텔의 최상부가 무너지는 것이 겹치며 보도를 자세히 할 수 없었다.

그래도 이건우의 모습을 포착한 것만으로도 의미가 있었다.

<속보, 이건우 생존!>
<이건우에게 고마워하는 사람들, 어째서?>
<지옥의 시간, 사망자는?>
<이건우 부상 상태는?>
<콘서트 격려차 온 김진희, 리온 역시 테러에 휘말려>

바로 정정 기사가 나왔다.

한국의 많은 사람들이 짧은 시간 사이에 큰 슬픔과 절망을 느끼다가 순식간에 기쁨으로 바뀌었다. 이건우의 사망 소식에 출근하지 못한 회사원들, 등교하지 못한 학생들이 대단히 많았다고 한다.

두 번이나 사망 소식이 보도된 연예인은 이건우밖에 없을 것이다.

이건우 사망 소식에 큰 충격을 받은 일부 사람들이 병원에 실려갔다는 소식도 전해지고 있었다.

8. 영웅

기억의 조각이 맞춰졌다. 그것은 건우가 죽을 정도의 상처를 입었던 기억이었다. 타오르는 화염, 그 속에서 처절한 사투를 벌였다. 산 전체가 불타오르는 것처럼 세상이 온통 붉었다.

　마교는 강했다. 그리고 끈질겼다. 건우는 천하의 누구라도 죽일 자신이 있었지만 역시 홀몸으로 마교를 대적한다는 것은 자살행위였다.

　"꿇어라. 본좌가 바로 마교이고, 또한 세상이니라."

　"미쳤군."

　"영원한 생명을 얻게 되면 네놈에게도 한자리를 주겠다. 우리 모두 중원 사람이 아니지 않는가. 그녀를 넘겨라."

　마교의 교주는 애송이였다. 선대가 물려준 무공만을 믿고, 터무니없는 전설을 좇아 그녀를 집요하게 좇는 멍청이. 교주가 믿고 있는 건 반로환동보다도 더 터무니없는 이야기였다.

'영원히 이어지는 생명? 그 위세 높던 진시황도 죽었는데 말이지.'

세상에 영원한 것이 있다면 역사와 그 속에 숨 쉬고 있었던 마음뿐이라 생각했다. 건우는 어깨에 박힌 암기를 뽑아내며 교주를 바라보았다.

"거참, 말이 많소."

"허허허! 지존 앞에서 오만방자하구나."

"세상에서 지존을 자칭하던 놈들이 얼마나 많았는지 알고 있소?"

건우는 씨익 웃었다. 그러며 낡은 검을 뽑았다.

"모두 머리통에 구멍이 뚫려 뒈졌소."

"본좌의 물건을 쫓던 애송이들 말이냐? 무림맹주는 조금 강하기는 했지."

마교의 교주는 싸늘한 눈으로 건우를 바라보았다. 교주가 손을 들자 옆에 서 있던 고수가 공손하게 검을 건네주었다. 너무나 화려한 검이었다.

건우는 그가 자신보다 강하다는 것을 알고 있었다. 검을 든 교주와 싸운다면 필패였다.

"묻지. 본좌가 얼마나 살아왔을 것 같나?"

"음, 50대로 보이오."

"삼백 년이다. 물론 이 몸뚱이로는 한 갑자의 세월을 살아왔기는 했지."

마교의 교주는 그렇게 말했다. 건우는 이해를 할 수 없었다.

어쨌든 그는 미친놈이 분명했다. 목적을 위해 중소방파들을 궤 멸시켰고 마을과 도시를 불태웠다. 황군조차 두려워하지 않았 다. 그런 놈이 미친놈이 아니라면 뭐겠는가.

"새롭게 태어날 때마다 나는 강해졌지. 이번 생에서는 입신의 경지라는 화경에 올랐다. 인세에 강림한 신이 바로 본좌이니라."

"치매라도 걸린 게요?"

"다음 생에는 그 이상을 노려볼 수 있겠지. 깨달음은 영원하 니까. 나는 네놈을 꽤 인정하고 있다. 고금 통틀어서 제일의 천 재는 네놈일 것이다. 너에게 마교의 전권을 주마. 어떤가?"

교주는 건우를 앞에 두고도 여유로웠다.

"무림맹을 박살 내고 세상을 뒤집어보고 싶지 않은가? 내가 도와주지. 나는 알고 있다. 네놈은 야망이 있고 탐욕이 있다."

건우는 그 여유가 기회라고 생각했다. 그는 여태까지 적수가 없었을 것이다. 고강한 무공이 그걸 가능케 했으니까.

건우는 바닥에 검을 꽂고 투지를 거두면서 그에게 다가갔다. 그리고 무릎을 꿇었다. 교주는 만족한 듯 웃었다. 그러고는 검 을 옆에 있는 고수에게 건네주었다.

"좋군. 좋아. 자네는 내 오른팔이 될 것이야."

마교의 교주는 군주 놀이라도 하고 싶은 모양이었다.

건우는 깊게 고개를 숙였다. 바로 앞에서 교주를 보니 보통 힘으로는 그의 호신강기를 결코 뚫을 수 없어 보였다.

'모든 걸 다 걸어야겠군.'

후회는 없었다.

마교의 교주가 흡족하게 미소를 짓는 순간이었다. 건우는 순식간에 내력과 선천지기를 모두 일으켰다. 그 속도가 워낙 빨라 전신 혈맥이 파열되고 한쪽 눈이 터져 버렸다. 땅에 꽂혀 있던 건우의 검이 건우의 손에 순식간에 날아왔다.

콰가가가!

교주의 호신강기와 건우의 검강이 부딪혔다. 모든 힘을 다 실었기에 검강은 교주의 호신강기를 뚫었다. 교주가 다급히 팔을 뻗었지만…….

서걱!

팔 한쪽이 날아갔다. 건우는 검을 던지며 몸을 뺐다. 건우의 막대한 내력이 담긴 검이 마교의 교주에 다리에 꽂혔다.

"크아아악!"

"정말 내가 오른팔이 되었군. 쿨럭, 다리는 덤이오. 우리 민족은 예로부터 정이 많았지. 하나를 줄 때 하나를 덤으로 주거든."

건우는 피를 토하면서 마교의 교주를 바라보았다. 팔 한쪽과 다리 하나가 사라져 있었다.

그에 비해 건우는 전신 혈맥과 단전이 파괴되었다.

"아, 아파! 아프다고!"

"교주님."

"나, 나를 도와라. 내, 내 팔……! 그, 그래, 다시 시작하면……!"

옆에 있던 고수가 손짓하자 사방에 있던 마교의 고수들이 교주에게 검을 꽂아 넣었다. 교주가 내력을 내뿜자 마교의 고수들이 튕겨져 나갔다.

건우는 비틀거리면서 절벽을 향해 걸어갔다. 죽음이 다가왔음을 알았지만 건우는 웃을 수 있었다.

'내 목숨으로 자칭 신이라는 놈의 팔다리를 하나씩 가져갔으니 아주 싸게 먹혔군.'

자신의 무공을 믿고 방심을 했던 것이 교주의 패착이었다. 강자지존인 마교에서 팔과 다리를 잃는다는 것은 교주의 자격을 상실한다는 말과 같았다. 마교에서 지존의 자리는 강한 이가 차지해야 했다.

그들이 곧 추격해 올 것이다.

'당분간 그녀를 쫓기는 어려울 거야.'

그걸로 역할은 끝났다. 건우는 만족스러운 미소를 지으면서 절벽에서 뛰어내렸다. 물에 부딪혀 정신이 희미해진 자신을 누군가가 건졌다.

그녀는 불길처럼 일렁이는 물 밖에서 자신을 바라보며 울고 있었다.

"잘생긴 얼굴이… 엉망이네요. 한쪽 눈은 어디다 팔아먹고 온 거예요?"

아름다운 그녀의 목소리가 귓가에 들려왔다.

건우는 상념에서 깨어났다. 워낙 강렬한 기억이라 가만히 있으면 이렇게 머릿속에 떠오르곤 했다.

*　　　　*　　　　*

병원으로 온 후 건우는 입원을 할 수밖에 없었다. 상처는 없었으나 정밀 검사를 받고 최고급 병실에 입원했다. 진희와 리온 역시 마찬가지였다. 특히 건우는 1인실에서 조금 호화스럽게 느껴질 정도의 관리를 받고 있었다.

콘서트는 자연스럽게 무기한 연기가 되었다. 테러 정황을 밝히는 것이 먼저였고, 안전이 확보되기까지는 움직일 수 없었다.

'다니엘, 그놈이 정보를 유출했다고 했던가?'

건우는 얌전히 침대에 누워 있었지만 눈빛에는 살짝 살기가 돌았다.

건우의 테러가 난 직후 다니엘은 잠적했다. CCTV, 그리고 통화 기록상 다니엘이 테러 단체에 정보를 제공하고 고액의 돈을 받은 정황이 나타나고 있었다. 화려한 커리어를 자랑하는 다니엘이 그렇게 타락했다. 건우는 요물이 있다면 그게 바로 돈이라고 생각했다.

'직접 찾아가서 죽이고 싶지만……'

찾아 죽이는 건 일도 아니었다. 약간의 단서만 있으면 찾아낼 자신이 있었다. 그리고 가장 처참하게 죽여줄 자신도 있었다. 그러나 그렇게 할 수 없었다.

온 세상의 관심이 자신에게 쏠려 있었기 때문이다.

세계의 각 나라에서는 이번 테러를 비판하는 성명을 내왔다.

영국 여왕이 노발대발했다고 하는 소식이 건우의 귀에까지 들려왔다. 영국 여왕이 소개시켜 준 업체는 아니었지만 여왕의 관계자들이 추천해 준 업체였다.

건우의 팬으로서 화가 나는 것도 있었지만 영국의 체면이 땅에 떨어져 버렸다. 특히, 영국 왕실 파티를 마치고 돌아간 직후의 일이라 더욱 그러했다. 건우는 딱히 영국에 대한 호감이 있는 것은 아니라 크게 관심이 없는 부분이기는 했다.

'그래도 다행인가.'

다만 일반 시민들이 걱정될 뿐이었다.

그들이 무슨 죄가 있겠는가?

사망자는 있었다. 그런 폭발이 있었는데, 사망자가 없다면 이상한 일이었다. 그러나 건우가 최대한 구하려고 노력한 덕분에 최악의 사태는 면했다. 현재 집계된 사망자는 7명이었다. 건우가 아니었다면 수십 명은 죽었을 것이다. 다만, 자신을 노린 일에 많은 이들이 휩쓸렸다고 생각하니 조금 마음이 무거워졌다.

'영웅이니 뭐니 떠들어대도……'

영국 언론에서는 건우를 대단히 띄워주었다. 생존자들이 건우가 구해줬던 일들을 말하자, 대대적인 취재까지 나오며 뉴스로 내보냈다.

<이건우! 수많은 시민의 목숨을 구하다>

<목숨을 건 유인, 그 이야기>

<총탄의 세례 속에서도 사람들을 구하다>

<현실에 나타난 영웅!>

많이 오글거리는 제목도 있었고, 기사 내용도 그에 걸맞게 극찬이었다. 건우도 병실에 있는 TV로 뉴스를 봤다. 생존자들이 울먹이면서 있었던 일을 말해주었는데, 조금 당시 상황보다 더 과장되게 말하기도 했다.

그들의 기억이 조금 왜곡된 것 같았다.

[총알이 마, 막 쏘, 쏟아지는데 저를 끌고 비상구로 넣어줬어요. 테, 테러범들이 이건우 죽여라! 죽여 버려라! 하더라구요. 근데, 이건우 씨가 막 테러범들을 보더니 '먼저 가세요. 제가 유인할게요' 이러면서… 다른 쪽으로 유인하고……. 그 뒤에 총소리가 엄청… 흐윽.]

인터뷰뿐만 아니라 건우의 모습이 찍힌 CCTV 영상 역시 퍼져나갔다. 건우는 CCTV를 최대한 피하고 파괴되거나 없는 곳에서 힘을 발휘했기에 별문제는 없었다. 부상당한 사람들을 부축하고, 테러범들을 유인하는 모습이 정확히는 아니지만 흐릿하게나마 영상으로 남았다.

건우도 TV를 통해 그 영상을 봤는데, 흐릿해서 그런지 꽤 비장해 보였다.

'의도한 바는 아니었는데.'

다 처리하기 위해서 CCTV가 없는 방으로 유인한 것에 불과했지만 이런 결과로 이어질 줄은 몰랐다. 건우는 영국의 배려 덕분에 크게 조사를 받지는 않았다. 자초지종을 간략하게 묻는 수준이었다. 건우는 대충 그럴듯하게 지어냈다. 조사를 하는 담당자의 눈빛은 건우를 향한 존경으로 가득 차 있었다.

아무튼, 그 인터뷰 영상은 편집되어서 미튜브에 올라갔고, 한국은 물론 세계 각 나라에 보도가 되었다. 당연히 엄청난 화제가 될 수밖에 없었다.

누가 다른 사람들을 위해서 목숨을 걸고 테러범들을 유인하겠는가?

'뭐, 사실대로 밝힐 수도 없으니 그냥 넘어가자.'

어쨌든 사람들을 구한 건 사실이니 양심에 가책을 느낄 필요는 없었다.

건우에게 감사를 표하기 위해 직접 찾아오는 이들도 있었지만 철통 보안 때문에 들어올 수 없었다. 진희와 리온조차 조심스럽게 병실 안으로 올 정도였다.

영국 측에서 붙여준 경호원은 그야말로 밀착 경호를 하고 있는 중이었다.

'24시간 한 번도 안 쉬고 경계를 하는군.'

다니엘이 이끌었던 보안 요원들과는 질이 달랐다. 조금 불편하게 느껴지기는 했으나 영국의 입장도 있으니 호의로 받아들이고 있었다.

밖에서 소리가 들려 건우는 커튼을 살짝 열고 창밖을 바라보았다.

병원 앞에 많은 사람들이 촛불을 들고 흔들고 있었다. 이건우를 응원하는 글들이 적혀 있는 피켓과 함께 건우를 응원하기 위해 와 있었다. 그리고 희생자들을 위한 추모 집회도 열리고 있었다.

건우도 깊은 숨을 내쉬면서 죽은 이들을 마음속으로 추모했다. 미안하고 안타까운 마음이 들었다.

'콘서트는……'

본래 오늘 했어야 했지만 그럴 수 없었다. 건우는 복잡한 마음이 되었다. 이대로 콘서트를 하지 않는다면 테러에 굴복하는 것 같이 느껴졌다. 앞으로 이런 위험이 더 없으리란 법은 없었다.

건우가 잠시 생각에 빠져 있을 때였다.

똑똑!

건우가 노크 소리에 반응하자 경호원이 문을 열고 건우를 바라보았다.

"건우님, 찾아오신 분이 계십니다. 김진희 씨와 리온 씨입니다."

"네. 앞으로 손님들은 그냥 들어오시게 해주세요."

"알겠습니다."

경호원이 정중한 태도로 고개를 숙이고 비켜서자 진희와 리온이 들어왔다.

환자복을 입고 있는 둘의 모습은 색달랐다. 리온의 경우에는 타박상이 좀 있었고, 진희는 찢어진 상처가 있었다. 건우가 기운을 불어넣어 주었기에 흉터는 피할 수 있을 것이었다.

"안녕?"

"안녕하세요? 하핫!"

진희와 리온이 어색하게 웃으며 인사하자 건우는 피식 웃었다. 둘도 건우 못지않은 병실에서 치료를 받고 있었다. 진희를 바라보는 건우의 눈빛은 따스했다.

"상처는 괜찮아?"

"어? 으, 응. 그… 그냥 살짝 찢어진 정도야."

"다행이네."

진희는 어색한 모습을 보여주었다. 건우의 부드러운 눈빛이 상당히 부담스러운 것 같았다.

건우의 태도는 대단히 부드러웠지만 그 이상으로 나아가지는 않았다. 깨달은 것이 많았기 때문이다.

'과거보다는 현재가 중요해.'

갑작스러운 변화보다는 그저 진실함으로 마주하고 싶었다. 진희는 어색한 몸짓으로 건우에게 다가가 옆에 앉았다. 리온이 씨익 웃다가 건우를 바라보았다.

"아, 후배님, 제 걱정도 해줘요."

"뭐… 멀쩡해 보이시네요."

"하핫, 당연하죠. 사랑하는 제 여자를 두고 죽을 순 없죠! 반드시 한국에 돌아가서 결혼해야 하니까요."

리온의 말에 건우와 진희가 동시에 리온을 바라보았다.

"그런 말하면 보통 죽던데요."

"맞아, 그렇더라."

리온은 그대로 굳었다.

건우는 고개를 설레 저었다. 아무튼 이들이 무사해서 다행이었다. 만약 무슨 일이 있었다면 건우는 지금 인생을 걸고 테러 단체들을 박살 내러 떠났을지도 몰랐다.

잠시 어색한 침묵이 깔렸다. 건우가 잠시 딴 곳을 바라보자 진희와 리온이 서로를 몰래 툭툭 치면서 건우의 눈치를 보았다. 건우가 그 모습을 알아차리지 못할 리가 없었다. 건우는 저들이 왜 그러는지 알고 있었다.

'내가 보인 힘 때문에 그렇겠지.'

정신이 워낙 없던 상황이라 그냥 지나가 주길 바랐지만 아무래도 힘든 모양이었다. 건우가 잠시 창밖을 바라보다가 다시 시선을 진희와 리온 쪽으로 돌렸다.

둘은 움찔했다.

"무슨 할 말이라도 있어?"

건우가 모른 척하며 진희에게 물었다.

진희는 건우를 바라보았다. 그날의 기억은 아직도 생생하게 남아 있었다. 끔찍한 기억이 잊을 수 있을 리 없었다. 그러나 그녀가 평소와 다름없이 행동할 수 있었던 것은 건우 덕분이었다. 건우와 더 가까워졌고, 바로 옆에서 느껴지는 따스함에 끔찍했던 기억이 후유증으로 남지는 않았다. 물론, 완전히 영향이 없다고 할 수는 없었지만 말이다.

'그날……'

사람들의 비명 소리, 그리고 끔찍하게 타오르는 화염, 그리고 갑자기 들리는 총소리. 정신이 없었지만 그녀는 확실히 볼 수 있었다.

건우가 자신의 눈앞에 손을 올리는 순간 스파크가 일며 튕겨져 나간 총알이 벽에 박히는 모습을 말이다.

진희는 건우의 손등을 바라보았다.

'분명 그때 총알을 막고 피가 흘렀어.'

손과 총알이 충돌이라고는 믿을 수 없을 정도로 상처가 옅었다. 근데 지금 보니 상처는커녕 흉터조차 찾아볼 수 없었다. 건우의 손은 도자기를 보는 것처럼 깨끗한, 평소의 그 상태였다.

진희는 건우의 손을 타고 건우의 모습을 훑었다. 살짝 헐거운 환자복 덕분에 드러나 있는 쇄골과 목선이 너무나 섹시하게 보였다.

'아… 정말… 아니, 이, 이게 아니지.'

그녀는 얼굴을 붉히며 건우의 시선을 피했다. 그러다 리온과 시선이 부딪혔다. 리온 역시 진희와 함께 건우가 행한 이해할 수 없는 광경을 본 유일한 인물이었다.

진희는 건우의 병실에 오기 전에 리온과 했던 대화가 떠올랐다.

아주 진지했지만 누군가 들었다면 이상한 표정을 지을 수도 있는 대화였다.

"너도 봤지? 초, 총알을 손으로 막았어."

"네, 그리고 에이미를 구할 때 총알들이 전부 찌그러져 있었어요. 제레미 씨를 구할 때도 엄청난 힘을……."

당시에 진희도 목격했었다.

"혹시……."

"혹시? 뭔데?"

"제가 생각하는 것이 맞다면……."

그렇게 말하는 리온의 얼굴은 심각 그 자체였다.

"인간이 아닌 것 같은 외모, 엄청난 육체 능력! 남녀노소 가릴 것 없이 블랙홀에 빠뜨려 버리는 매력! 그런 걸 종합해 봤을 때 나오는 결론은……."

"결론은……?"

"진희 선배, 단 하나밖에 없습니다."

"뭔데? 빨리 말해봐!"

리온이 침을 꿀꺽 삼키더니 입을 떼었다.

"뱀파이어……."

"뭐?"

"사실 후배님은 뱀파이어가 아닐까요?"

"…무슨 미친 소리야? 그럼 낮에 못 돌아다니잖아."

"뱀파이어 중 강한 존재는 낮에도 다닐 수 있다구요! 그건 기본이죠! 후배님이 뱀파이어라면 엄청난 뱀파이어일 게 분명하잖아요! 막, 그 뱀파이어의 시조! 그런 존재일 거예요!"

"그, 그러고 보니 소설에서도 그랬었지?"

처음에는 진희도 리온의 이야기를 미친 소리라고 치부했다. 그러나 곰곰이 생각해 보니 신빙성이 있는 주장인 것 같았다.

인간을 아득하게 벗어난 외모와 아름다운 목소리, 사람을 마구잡이로 빨아들이는 매력, 총알을 막아내는 육체 능력과 괴력, 거기다가 상처가 금방 아무는 재생 능력까지! 최근에 리온이 알려준 뱀파이어 영화나 소설에 빠져 있어서 그런 것도 있기는 했다.

'시, 실화를 바탕으로 만들었다고 했어.'

그 소설을 바탕으로 페이크 다큐까지 나와서 속은 사람도 꽤 되었다.

오늘따라 건우의 얼굴이 더 하얗게 보이고 입술은 유난히 붉어 보였다. 진희의 눈빛에 알아내고 말겠다는 의지가 서렸다. 리온도 마찬가지였다. 진희는 리온과 미리 맞춰본 연기를 하기 시작했다.

"아, 으, 음… 배, 배가 고프네."

"아, 마, 맞다. 선배, 그, 선물받은 그게 있었지요!"

"맞다! 그렇지!"

리온이 들고 온 쇼핑백에서 무언가를 꺼냈다. 리온이 몰래 나가서 사온 빵이었다. 마늘빵이었다. 갈릭소스가 들어간 샐러드도 있었다. 리온이 건우의 눈치를 보며 살며시 마늘빵을 꺼내고 샐러드에 소스를 부었다.

진희 역시 긴장감이 가득한 눈빛으로 마늘빵을 들었다.

건우는 그 모습을 보고는 고개를 갸웃했다.

'뭐 하는 거지?'

건우가 이상하게 생각할 수밖에 없었다. 능력에 대해서 물어볼 줄 알았는데, 갑자기 둘이 시선을 교환하더니 느닷없이 빵과 샐러드를 꺼낸 것이다. 이제 막 점심시간이 지난 시점이라 배가 고플 때도 아니었다.

건우가 미심쩍다는 듯 진희와 리온을 번갈아 바라보자 둘은 어색한 미소를 흘렸다. 진희가 건우에게 마늘빵을 천천히 들이밀면서 입을 뗐다.

"거, 건우야. 너, 마, 마늘 싫어하지?"

"마늘?"

건우는 마늘을 꽤 좋아했다. 어디에 넣어 먹어도 맛있는 것이 마늘이었다. 가끔 반찬이 없을 때 생마늘을 고추장에 찍어 먹기도 했다.

"후, 후배님, 고, 고기도 레어로 드시죠? 하, 하하! 피, 피가 뚝뚝 흐르는⋯⋯."

건우는 이건 또 무슨 소리인가 싶었다.

"야, 이 멍청아, 그런 걸 왜 물어?"

"아, 근데 좋아하잖아요. 저번에도 그랬고."

"그, 그건 그런데⋯⋯."

리온과 진희가 작은 말로 티격태격했다. 건우가 듣지 못하도록 아주 작게 말했지만, 건우의 청각은 너무나 뛰어났다. 건우는 둘의 모습을 보며 잠시 생각에 빠졌다.

'흐음.'

그냥 궁금해서 묻는 건 아닌 것이 확실했다. 그랬다면 저렇게 눈치를 볼 리가 없었다. 건우는 진희를 바라보았다. 자신에게 내민 마늘빵을 일단 손에 쥐었다. 건우가 마늘빵을 쥐자 진희가 걱정스러운 눈으로 건우를 바라보았다.

"괘, 괜찮아?"

"응? 뭐가……?"

"막 따갑거나… 아, 아니야."

뭔가 걱정이 된 모양이었다. 마늘빵이 설마 총알보다 강력할까.

'설마…….'

건우는 어떤 생각이 스쳐갔다.

건우가 영국에 오기 전에 리온이 강력하게 추천해 준 책이 머릿속을 스쳐 지나갔다. '뱀파이어 리포트'라는 책이었다. 소설책이었는데, 작가가 실제 내용을 바탕으로 했다는 말이 떠돌아 다녔다. 영화화를 한다고 하는데, 리온이 강력하게 오디션을 추천했었다. 실제로도 제안이 오기는 했다.

'에이, 아무리 그래도 그렇지. 아니겠지.'

설마 그런 생각은 아니겠지 하면서도 한번 시험해 볼 생각으로 마늘빵을 보며 인상을 써보았다. 진희와 리온의 눈에 무언가 확신이 서렸다. 건우는 이런 짓을 하는 자신이 어이가 없으면서도 연기를 계속해 보았다.

비틀!

건우가 마늘빵을 바라보며 무척이나 괴롭다는 듯 비틀거리자 진희와 리온이 놀라면서 건우에게 다가왔다.

"꽤, 괜찮아? 그거 당장 버려!"

"이 빌어먹을 마늘빵!"

"어, 어떡해. 의사를 부, 불러야……."

"아, 안 돼요! 이건 비밀이라구요!"

둘의 그런 반응에 건우는 어이가 없었다. 진희는 아예 눈물을 글썽이기까지 했다. 건우는 마늘빵을 떨어뜨리며 고개를 숙였다.

"피, 피가… 모자라."

건우가 음침하게 그렇게 말하자 진희가 무언가를 결심한 듯 건우에게 다가왔다.

"내, 내, 내 피, 피를……."

건우가 진희를 거칠게 침대에 눕혔다. 진희가 눈을 꼭 감았다. 건우는 그 모습에 피식 웃으면서 새하얀 목에 얼굴을 가져갔다. 진희는 긴장이 되는지 두 손을 꼭 쥐고 있었다.

건우는 진희의 목을 바라보다가 입김을 불었다.

"후우!"

"으읏?!"

진희가 움찔거리며 눈을 뜨자 건우는 한심하다는 눈으로 진희를 바라보고 있었다. 건우가 눈앞에 바로 있자 진희의 얼굴이 급격하게 붉어졌다.

건우는 자리에서 일어나며 리온이 가지고 온 빵을 먹었다. 진희가 멍하니 그 모습을 바라보았다.

"애도 아니고 무슨 생각이야?"

건우가 그렇게 말했다. 진희는 여전히 누워서 그대로 굳어 있었다. 리온은 고개를 끄덕였다.

"음, 역시 아니군요."

"선배님."

"하핫! 그냥 한번 말해봤는데, 진희 선배가 너무 잘 속아서, 하하하!"

리온이 웃음을 터뜨리면서 말하자 건우는 고개를 설레 저었고 진희는 자리에서 벌떡 일어났다. 그리고 리온에게 다가가 리온의 멱살을 잡고 흔들었다.

"이 자식아! 너, 너……!"

"풉, 애도 아니고……."

"죽인다."

"저번에 후배님 요리할 때 마늘 넣는 거 못 봤어요? 기억력 실화입니까?"

"꺄아아악!"

리온이 도망 다니자 진희가 리온을 죽일 기세로 쫓아갔다. 건우는 마늘빵과 샐러드를 먹으면서 그 모습을 지켜보았다.

'능력에 대해서는 그냥저냥 넘어가야겠어.'

둘이 확실히 의문을 가지고 있는 상황이니, 이런 광경을 꽤 많이 볼 것 같다는 생각이 들었다. 제대로 물어본다면 대답해 줄 의향은 있었지만, 그냥 추측하게 놔두는 것도 나쁘지 않을 것 같았다.

한참 소란스러울 때 병실에 노크 소리가 울렸다. 건우가 직접 문을 열자 건우는 깜짝 놀라지 않을 수 없었다.

"석준이 형?"

석준이 눈앞에 있었다. 건우가 전화를 해주긴 했지만 직접 찾아올 줄은 몰랐다.

"으어엉! 건우야! 정말 다행이다!"

석준이 울먹이며 건우에게 매달렸다. 상처 없이 무사한 건우를 보자 겨우 안심한 석준이었다. 석준은 병실 안으로 들어오며 리온의 멱살을 잡고 흔들고 있는 진희를 바라보았다.

"응? 쟤네들 뭐 하냐?"

"아, 그게……."

건우는 피식 웃었다. 건우가 상황을 설명해 주자 석준 역시 어이가 없다는 듯 고개를 저었다.

석준은 건우의 능력에 대해서 보고 들은 바가 없으니 당연히 한심하게 생각할 수밖에 없었다.

석준은 진희와 리온이 말려들었단 소식도 전해 듣고 걱정을 엄청 했었다. 근데 지금 이 광경을 보니 괜찮은 것 같다 다행이라고 생각했다.

"뭐… 힘들었겠구나. 이해는 한다. 무사해서 정말 다행이야. 크흑, 얼마나 고생이 많았니. 한국에 돌아가면 좋은 병원을……."

"아, 오빠 그게……!"

"진희 선배, 안 돼요. 비밀이잖아요."

석준이 슬픈 눈빛으로 고개를 끄덕이며 말했다. 진희가 억울

함을 어필하려 했지만 리온의 말에 입을 다물 수밖에 없었다. 건우는 밝혀져도 별문제가 없다고 생각했지만 진희와 리온이 비밀을 지켜주려고 노력하는 모습을 보니 그냥 가만히 있었다.

꽤 기특하게 느껴졌다.

'그 말을 믿을 사람이 몇 명이나 있겠어?'

건우가 시선을 돌리니 진희가 건우를 물끄러미 바라보고 있었다. 건우는 그냥 살짝 웃어줄 뿐이었다. VIP 병실답게 크고 넓어서 넷이 있음에도 별로 꽉 찬 느낌이 들지 않았다. 영국 왕실이나 귀족, 그리고 인정받은 이들만 쓸 수 있다는데, 여왕이 직접 전화까지 해 이곳으로 옮겨주었다.

잠시 이야기를 나눴다. 이렇게 모여 있으니 영국이 아니라 한국에 온 것 같았다. 석준은 자리에 앉으며 건우를 바라보았다.

"건우야, 이번 콘서트는 연기하고 일단 한국으로 가자. 아무리 생각해도 그게 나을 것 같아."

"연기라……."

석준의 말에 건우는 진지한 표정이 되었다. 본인의 안전을 위해서라면 한국에 돌아가는 것이 옳은 선택이었다. 건우가 테러 피해자이니만큼 영국의 팬들도 이해해 줄 것이다. 하지만 이대로 가기 싫었다. 연기가 되더라도 반드시 콘서트를 마치고 돌아가고 싶었다.

"아니요. 콘서트를 하고 싶어요."

"건우야, 그건……."

이번에 굴복하고 간다면, 이런 일이 또 다시 발생할지도 모른다. 건우는 도망가기 싫었다. 그리고 테러로 피해를 입은 이들에게 조금이나마 도움이 되고 싶었다. 자신을 노린 테러였다. 자신에게 잘못이 있는 건 아니지만 그래도 건우는 책임감을 느꼈다.

"콘서트를 통해 조금이나마 추모를 하고 싶어요. 테러가 무서워 도망치기는 싫습니다."

"음……."

석준은 신음을 흘리면서 심각한 표정이 되었다. 콘서트의 안전은 철저하게 준비해야 했다. 이번에 콘서트를 연다면 영국 여왕이나, 다른 이들이 오지 않을 가능성이 컸다. 여러 문제가 산적했지만 건우의 의지는 확고했다.

석준은 말릴 수 없다는 것을 깨달았다. 건우의 분위기를 보아하니 콘서트를 반대한다면 거리 공연이라도 할 기세였다. 그건 더 위험했다.

"그리고, 콘서트 수익에서 제 수입은 피해를 입은 이들을 위해 쓰고 싶어요."

건우가 고민하며 내린 결론이었다. 콘서트를 강행한다면 그렇게 해야 한다고 생각했다.

'괜찮군.'

석준은 고개를 끄덕였다. 그렇게 하는 건 절대 손해가 아니었다. 조금 계산적인 생각이기는 하지만 건우의 이미지를 더 높이고, 월드 투어를 더욱 성공시킬 수 있는 열쇠가 되어줄 것이다. 그리고 콘서트를 여는 것에 대한 비난을 잠재울 수 있었다.

추모를 위한 콘서트라는 명분도 있었다.

석준은 건우가 그것을 생각하고 있는지, 아니면 순수한 마음에서 나온 것인지는 잘 몰랐다. 그래도 따져본다면 아마 후자일 거라고 생각했다.

자신이 할 일은 계산적인 생각이든, 순수한 마음이든, 그것을 이익으로 바꾸는 일이었다. 그것이 소속사 대표인 자신이 해야 할 일이었다.

"음, 알았어. 내가 어떻게든 해보마. 내가 왔으니 걱정하지 마라. 너는 그냥 마음 푹 놓고 공연만을 생각해라."

석준은 그렇게 말했다. 여러 가지로 복잡한 상황이었다. 콘서트를 어떻게든 연다고 하더라도 공연 기획을 대폭 수정해야 했다. 즐기는 축제가 아니라, 애도하고 희망을 주는 그런 무대로 꾸며야 했기 때문이다.

진희와 리온도 진지하게 같이 고민해 주었다.

잠시 그렇게 진지한 분위기 속에서 이야기를 나눌 때였다.

똑똑!

노크가 울렸다. 건우가 직접 문을 열자 익숙한 얼굴들이 보였다.

"건우! 무사해서 정말 다행이야!"

"저희 왔어요."

"다친 데는 없어요?"

크리스틴 잭슨 감독과 에란, 그리고 제시카였다. 모두 시간을 내서 건우의 첫 콘서트에 오려고 했는데, 테러 소식을 듣고 건우의 병실에 찾아온 것이다. 이들이 온다는 것은 이미 알고 있었다. 미리 연락을 해줬기 때문이다.

셋이 안으로 들어오자 큰 병실이 이제는 꽉 차게 느껴졌다. 모두 꽤 오랜만이었다. 건우는 반갑게 인사를 나눴다.

"감독님, '골든 시크릿' 촬영 때문에 바쁘지 않아요?"

"잠깐 휴가 기간이야. 촬영 중이었다고 해도 당연히 와야지. 어휴, 정말 다행이야. 처음 소식을 들었을 때 가슴이 철렁했다니까. 근데 나는 믿고 있었어."

크리스틴 잭슨 감독도 엄청 걱정을 한 듯했다. 에란과 제시카도 마찬가지였다. 에란은 진희에게도 다가가 포옹을 했다. 울먹이는 모습에 진희도 눈시울을 붉혔다.

이제는 모두 서로를 잘 알아 친구가 모인 듯한 기분이었다. 이색적인 조합이었지만 전혀 어색하게 느껴지지 않았다. 석준도 짧은 영어를 써가며 크리스틴 잭슨 감독과 이야기를 나눴다.

스테판과 다른 이들도 밤에 도착한다고 한다. 모두 건우를 진심으로 대하고 있었다.

'이제 올 손님은 다 왔겠지?'

제레미와 그의 가족들은 건우에게 감사를 표하고 싶어 했지만 제레미의 수술 때문에 아직 만나지 못했다. 기자와의 인터뷰를 가졌는데, 건우뿐만 아니라 진희, 리온이 샘과 에이미, 그리고 제레미를 목숨 걸고 구해준 일화가 방송에 나오면서 극찬을 받고 있었다.

희생자들의 이야기보다는 희망찬 내용으로 보도가 더 많이 되었다.

"응?"

밖이 소란스러웠다. 건우가 있는 층은 대단히 조용했는데, 지금은 뛰어다니는 소리와 뭐라고 말하는 소리들이 혼잡하게 얽혀 시끄러웠다.

건우가 무슨 일인가 싶어 자리에서 일어나자 모두의 시선이 쏠렸다. 시끄러운 소리는 건우뿐만 아니라 다른 이들의 귀에도 잘 들렸다.

똑똑!

노크를 하고 경호원이 들어왔다. 꽤 다급해 보였다. 무슨 일이냐고 묻기 전에 비켜설 수밖에 없었다. 소란스럽게 한 장본인이 문 앞으로 다가왔기 때문이다.

평범한 손님은 아니었다. 모두가 쥐 죽은 듯이 조용해졌다.

"건우 씨, 방해를 한 것인가요?"

"아닙니다."

건우도 놀랐지만 티를 내지는 않았다.

소란을 일으킨 장본인은 영국의 여왕이었다. 뜻밖의 인물에 건우를 제외한 모두가 굳어버렸다. 특히 진희는 너무 놀라 눈만 끔뻑였다. 인터넷에서만 보았던 진짜 여왕이 눈앞에 있었기 때문이다.

"손님이 많네요. 다 그대의 인덕인가 봅니다."

"과찬이십니다. 아! 어서 들어오시지요."

여왕이 병문안 선물도 가지고 왔다. 건우는 기쁜 마음으로 선물을 받았다. 여왕의 선물답게 고급스러운 상자였다.

건우는 일단 모두를 소개시켜 주었다. 여왕도 크리스틴 잭슨 감독과 미국 배우들은 아주 잘 알고 있었다.

가볍게 인사를 나누고 여왕은 마주했다. 여왕은 건우의 손을 꼭 잡고는 눈시울을 붉혔다.

"제레미 경과 아이들을 구해줘서 고마워요."

"누구라도 그렇게 했을 겁니다."

"그런 희생과 영웅적인 행동은 아무나 할 수 있는 것이 아니지요. 무사해 줘서 정말 고마워요."

여왕은 건우뿐만 아니라 진희와 리온에게도 감사를 표했다. 잘은 알 수 없었으나 여왕은 제레미와는 오래 친분이 있는 것 같았다. 여왕은 재차 감사하다는 말을 전해왔다. 덕분에 병실 안의 분위기는 다시 화기애애해졌다.

여왕은 일부러 분위기를 밝게 주도했다. 건우는 분위기를 휘어잡는 여왕을 보고 역시 왕은 왕이다라고 생각했다.

마교의 교주 같은 모습이 아니라서 참 다행이라고 생각했다.

"YS 대표님 덕분에 세계가 건우 씨를 알게 되었군요. 정말 대단합니다."

"때, 땡큐! 베, 베리 머춰!"

"진희 씨라고 했나요? 참 곱군요. 제 어린 시절을 보는 것 같습니다. 호호."

"때, 땡큐."

건우가 옆에서 통역을 해주자 석준은 어찌할 바를 몰라 했고 진희는 어색하게 웃으면서 고개를 끄덕였다. 확실히 여왕이라는 존재는 부담스럽기는 했다. 그러나 건우는 이제 여왕이 좀 편해진 것 같았다. 그냥 동네 할머니라고 생각이 될 정도였다. 권력이나 그런 것에 특별함을 느끼기에는 건우는 너무 많은 것을 봐왔다.

여왕이 콘서트에 대해 물어보자 건우는 자신의 의견을 말했다.

"고맙습니다. 시민분들에게도 많은 힘이 될 거예요. 저도 최대한 돕겠습니다. 걱정하지 마시고 준비에 힘을 써주세요. 저도 꼭 가겠습니다."

"감사합니다."

"테러범들에게 질 수는 없지요."

여왕의 눈빛이 섬뜩하게 일렁였다. 건우는 그녀가 쉽지 않은 인생을 살아온 것을 간접적으로 느꼈다. 그게 좋은 길이든 나쁜 길이든 말이다. 아무튼, 여왕이 그렇게 말해주니 든든했다.

건우의 기운 때문인지 여왕의 얼굴은 무척이나 밝아져 있었다.

"신기한 느낌이에요. 그대와 만나고 있으면 두통이 사라지고 상쾌해져요."

여왕의 말에 크리스틴 잭슨, 에란과 제시카는 무슨 말인지 알겠다는 듯 고개를 끄덕였다.

여왕은 몇 년 전부터 두통이 심했는데, 건우 덕분에 상쾌한 기분을 느낄 수 있었다. 처음에는 노래를 듣고 그런 기분을 느꼈다. 그러다가 직접 만나니 더할 나위 없는 상쾌함을 느꼈다.

테러 소식에 또 다시 두통이 심해졌지만 병실에 들어오니 정신과 마음이 맑아지는 것 같아 절로 미소가 나왔다.

여왕은 건우를 보면서 볼수록 호감이 가는 청년이라고 생각했다. 이번 테러는 가슴 아팠지만 그래도 규모에 비하면 사상자가 무척이나 적은 편이었다. 무엇보다 건우가 무사해서 다행이라 생각했다. 앞으로 더욱 커다란 존재가 될 예술가가 영국에서 사라지는 것은 절대 허락할 수 없었다.

"이번 영국 콘서트 수익금에서 제 몫은 피해자들 구호, 피해 복구와 테러 방지를 위한 기금으로 내겠습니다."

"정말 마음까지도 아름답군요. 예술이라는 말은 건우, 그대를 위해서 존재할지도 모릅니다."

"음… 그… 샤이닝 로이 씨와 비슷한 말씀을 하시네요. 많이 느끼한 극찬입니다."

"그에게 조금 물든 모양이에요. 하지만 칭찬은 아무리 해도 부족함이 없지요. 칭찬받을 자격이 있는 사람에게는요."

영국 여왕이 건우를 시종일관 극찬하자 크리스틴 잭슨 감독과 다른 이들도 뿌듯해했다. 영어를 잘 못하는 셋만 대충 분위기를 보고 웃으며 고개를 끄덕일 뿐이었다.

여왕은 마음 놓고 이야기를 하며 제법 오랫동안 머물다갔다. 그런 소식이 기사와 뉴스로 나갈 것은 당연했다.

'월드 투어… 무슨 일이 있어도 성공해야 해.'

그것은 지금 건우가 적과 대항하는 방법이었다. 검이 아닌 더욱 더 날카롭고 커다란 무기일 것이다.

건우는 다시 의지를 다졌다.

*　　　　　*　　　　　*

건우가 콘서트를 취소하지 않고 강행한다는 소식이 전 세계에 퍼졌다. 큰 사고가 난 이후라 아니꼽게 볼 수도 있겠지만 YS와 UAA에서 이번 영국 콘서트 수익금을 피해자 구호와 테러 방지 기금으로 내놓겠다고 하니 그런 시선이 생겨날 리가 없었다. 게

다가 건우는 테러에 굴복하지 않겠다고 예전에 공식 입장을 내놓은 상태였다.

많은 팬들은 물론, 가수들과 배우들, 그리고 심지어 정치인들까지 건우의 그런 행보를 지지했다.

—건우를 지지한다. 테러에 굴복하지 않는다.

이런 문구와 해시태그를 단 글들이 SNS를 통해 빠르게 퍼져나갔다. 미국 대통령까지 건우의 행보를 지지하는 글을 올려 화제가 되었다. 미국 역시 테러에 가장 많이 노출된 국가 중 하나였다.

영웅.

건우는 이제 영웅이라 불려도 무색하지 않을 정도였다. 어디 하나 흠 잡을 곳이 없는 스타가 바로 건우였다.

해외로 도피하려던 다니엘과 테러 관련자들은 바로 체포되었다. 체포 장면이 뉴스로 뜨면서 그들은 아주 많은 비난을 받았다. 특히, 돈 때문에 테러를 도운 다니엘은 그 비난을 결코 피해 갈 수 없었다. 물론, 비난은 아주 작은 부분이었고 이제 죗값을 치를 일만 남았다.

건우는 정밀 검사를 받고 이상이 없자 퇴원을 했다. 진희와 리온은 먼저 퇴원해 보안이 철저하게 구비되어 있는 호텔로 이동했다.

'일정이 일주일 정도 뒤로 밀렸군.'

콘서트는 일단 환불 조치를 했다. 티켓을 환불하지 않으면 그대로 콘서트를 볼 수 있었다. 티켓을 환불하는 이들도 꽤 있었으나, 구매하려고 목이 빠지게 기다리던 이들이 더 많아 재판매 또한 1분도 되지 않아 전량 매진되었다.

티켓 판매 사이트에서 가급적이면 플래카드나 화려한 조명은 가지고 오지 말아달라고 당부하는 공지를 올려놓았다.

'춤은 빼야겠지.'

첫 콘서트에서 공개를 하려고 했지만 지금의 영국에서는 무리였다. 아쉬운 마음은 없었다. 즐거운 날에 다른 나라에서 선보이면 되는 일이었기 때문이다.

건우는 경호를 받으며 병원에서 나왔다. 경호는 국빈급이었다. 경호원은 한 치의 틈도 없이 건우를 경호했다. 건우가 머물게 될 호텔도 철저히 수색을 끝마쳤다. 약간 과도하게 느껴지기는 했지만 또 한 번 그런 일이 발생한다면 아마 영국 체면이 말이 아닐 것이다.

건우가 병원 밖으로 나오자 많은 사람들이 모여 있는 것을 볼 수 있었다. 세계 각지에서 온 기자들과 건우를 응원하기 위해 온 팬들이었다. 그리고 경찰 병력까지 불미스러운 일을 방지하기 위해 출동해 있었다.

"꺄아아악!"

"고마워요! 사랑해요!"

"사랑해!"

한국말로 외치는 것이 들려왔다. 건우가 밝게 웃으면서 손을 흔들어주자 함성과 비명 소리가 더 커졌다. 자신을 향한 팬들의 감정이 담겨 있었기에 언제 들어도 기분이 좋아지는 소리였다. 그리고 그 감정의 색채 역시 아름다웠다. 건우는 어쩌면 저런 아름다운 광경을 보기 위해서 콘서트를 하려고 했는지도 몰랐다.

많은 위로와 힘이 되었다.

"이동하셔야 합니다."

사인이나 사진이라도 함께 해주고 싶었지만 경호상의 문제로 그럴 수 없었다. 그리고 추모를 하는 공간을 앞에 두고 그런 행동을 하는 것이 마음에 걸리기도 했다.

건우는 아쉬운 마음을 담아 손을 한 번 더 흔들어준 뒤, 차에 올랐다. 차가 이동할 때도 경호가 삼엄했다.

'대통령이라도 된 것 같군.'

영국 측이 경호 인원들을 따로 마련해 주겠다고 해왔을 때 어느 정도 예상은 했지만 이 정도일 줄 몰랐다. 한국 커뮤니티 사이트에서도 꽤나 화제가 되고 있었다. 한국의 정치인이 방문했을 때와 비교하는 짤까지 올라와 있었다. 당연히 건우가 훨씬 더 큰 대우를 받고 있었다.

건우는 호텔로 이동한 뒤 바로 콘서트가 열릴 예정인 런던 웸블리 스타디움으로 향했다. 영국에 온 뒤에 드디어 처음으로 콘서트 공연장으로 가는 것이다.

석준이 직접 현장을 지휘하고 있었고 건우의 콘서트를 담당하는 YS의 모든 스태프들이 현재 웸블리 스타디움에 있었다.

웸블리 스타디움에 도착한 건우는 작게 감탄했다. 지금껏 공연해 본 공연장들 중에서도 제일 규모가 컸다.

'본래 축구장이라고 했지?'

웸블리 스타디움은 잉글랜드 국가 대표팀 홈구장이다. 지붕이 부분적으로 개폐가 되고, 육상 경기장으로도 사용할 수 있었다. 총 좌석 수는 9만 석이라고 한다. 그러나 좌석뿐만 아니라 경기장 쪽에도 좌석을 마련해 사람들로 꽉 찰 예정이니 대략 14만 명 정도 공연을 관람할 예정이었다. 말이 14만 명이지 숫자로는 잘 가늠이 되지 않았다. 지금으로서는 그냥 많구나 하고 생각할 뿐이었다.

건우는 스타디움 안으로 들어갔다. 보안 요원들이 스타디움 밖을 살벌한 기세로 지나다니고 있었다. 안으로 들어가자 익숙한 스태프가 보였다.

"건우 씨, 안녕하세요?"

"무사해서 다행이에요."

다들 그렇게 인사를 건네 왔다. 건우도 짧게 대답하고는 무대를 향했다.

'크다.'

건우의 눈이 커졌다. 스타디움은 안에서 보니 그의 생각보다 훨씬 컸다. 붉은 좌석들이 주위에 펼쳐져 있었고 경기장 가운데에 상대적으로 조그마한 무대가 덩그러니 놓여 있었다. 원형 무대였는데, 그 주위는 텅텅 비어 있었다. 그곳도 관객들로 가득 채워질 예정이었다.

무대와 가장 가까운 곳은 그에 맞게 가장 비싼 가격이었지만 제일 먼저 매진되었다고 한다. 영국 여왕 및 다른 중요한 손님을 위한 좌석도 따로 마련되어 있었다.

잠시 멈춰서 무대와 좌석을 바라보는 건우를 아무도 방해하지 않았다.

건우는 한참이나 그렇게 서 있었다. 이곳에서 단독 콘서트를 하게 되었다는 현실이 기뻤고 드디어 실감 나기 시작했다.

"오! 건우 왔냐?"

무대 근처에 있던 석준이 건우를 보더니 반갑게 인사했다. 무대는 거의 다 완성되어 있었다. 화려한 것들을 최대한 치웠고 건우에게 집중할 수 있도록 무대를 작게 만들었다. 그리고 추모를 위한 하얀색 꽃 장식물들이 배치되어 있었다.

"장난 아니지?"

"네, 실제로 보니 엄청나네요."

"야, 저기 봐라."

건우가 고개를 돌리자 YS 소속의 가수들이 보였다. 게스트 무대를 하기 위해 온 하연과 다른 가수들이었다. 모두 그대로 굳어 있었다.

"흐흐, 우리 애들 다 얼어붙었다. 이런 공연장은 처음일 거야. 건우야, 쟤들 실수하면 네가 혼내줘."

"하하. 생각해 볼게요."

"그래, 그래!"

왜 그런지 모르겠지만 석준은 상당히 즐거워 보였다. 건우는 무대 위에 올라와 보았다. 아직은 좌석이 텅 비어 있었지만 공연이 시작되면 가득 찰 것이다.

가슴이 벅차올랐다.

"오오! 엄청 크네!"

"와, 이런 곳에서 하는 거야? 대단해."

"크흐! 역시 후배님은 다르다니까. 역시 보통 사람이 아니죠?"

"마, 맞아."

"아마 후배님의 정체는… 외계……."

"…역시 그럴까?"

리온과 진희의 목소리가 들려 고개를 돌렸다. 리온은 잔뜩 흥분하면서 주변을 둘러보기 바빴고 진희는 감탄을 하고 있었다.

진희가 무대로 다가왔다.

"올라와 볼래?"

"응."

무대로 올라오니 진희의 얼굴이 살짝 하얗게 변했다. 좌석이 꽉 찰 것을 생각하니 아찔했기 때문이다.

"와, 나 같았으면 떨려서 아무것도 못 할 것 같은데……."

"그래?"

"응, 이 주변도 가득 차지?"

"그럴 거야."

건우는 조잘조잘 말하는 진희의 말에 모두 대답해 주었다.

"여기 좀 봐요."

리온이 들고 온 사진기를 들었다. 건우와 진희가 리온 쪽을 바라보자 리온은 꽤 그럴싸한 폼으로 사진을 찍었다. 그러더니 엄지를 치켜들었다.

리온이 들고 있는 사진기는 딱 봐도 대단히 비싸 보였다.

"웬 사진기?"

"네 사진을 찍는다고 샀다던데? 팬사이트에 올릴 건가 봐."

"…말릴 수 없겠군."

건우는 진희의 말에 고개를 저으면서 그렇게 말했다. 저런 모습이야말로 리온답다고 생각했다.

석준이 사진기를 들고 있는 리온의 앞을 막아섰다.

"오오! 그거 좋아 보인다? 나도 찍어라."

"아, 비켜요. 그런 쓸모없는 사진 찍고 싶지 않습니다."

"나도 찍으라니까. 응?"

"아! 하연 씨 여기 좀 봐요. 오! 예쁘게 나왔네요!"

"야, 나도 찍으라고! 이 새끼야!"

리온이 석준을 무시하면서 하연과 다른 가수들에게 다가갔다. 결국 석준이 리온의 카메라를 뺏더니 스스로 셀카를 찍었다. 사진을 확인한 리온이 못 볼 것을 본 표정을 지어 보였다.

진희가 건우 몰래 리온에게 손짓했다. 뭐라고 말하지 않아도 말이 통했다.

'사진 전송해 줘.'

'오키옘. 더 찍을까요?'

'굿.'

대략 그런 대화였다.

건우는 혼자 뭔가 바쁜 진희를 보며 살짝 웃었다.

"거, 건우야."

"응?"

"여기 옆에 우주 박물관이 있대."

"우주?"

건우는 진희를 바라보았다.

"그건 갑자기 왜?"

"그냥 그렇다고."
건우는 피식 웃었다.
아무튼 모든 것이 완벽했다.
이제 공연만이 남아 있을 뿐이었다.

9. 첫 콘서트

건우의 첫 콘서트 전날.

웸블리 스타디움 주변은 유럽 각지에서 몰려온 팬들로 북새통을 이루고 있었다. 독일, 프랑스, 이탈리아 등 유럽 각지에서 아주 많은 팬들이 몰려온 것이다.

미튜브에서도 웸블리 스타디움 주변을 찍은 영상이 올라왔다. 그리고 그와 관련된 영상도 많이 올라왔는데 그중에 많은 조회수를 기록한 동영상이 있었다.

제목은 '아이들에게 깜짝 선물로 이건우 콘서트 티켓 주기!'였다.

영상 속에서 엄마로 보이는 여인이 소파에 시크하게 앉아 있는 딸에게 다가갔다. 딸은 막 사춘기에 들어간 나이로 보였다. 엄마가 다가오자 핸드폰에서 시선을 떼고는 엄마를 바라보았다.

[뭐 해요?]

고개를 갸웃했지만 적극적으로 뭔가를 말하지 않았다.

[이번에 성적이 꽤 좋았지?]

[음, 네.]

[그래서 엄마가 줄 게 있는데 볼래?]

그러자 딸은 핸드폰을 내려놓고 엄마를 바라보았다. 엄마는 쇼핑백에서 작은 달력크기의 선물을 꺼냈다. 딸은 고개를 갸웃하며 선물을 받았다.

[뜯어 봐도 되요?]

[천천히 뜯어봐.]

[뭔데 그래요? 막 이상한 건 아니죠?]

[후후후…….]

엄마는 말없이 그저 웃었다. 딸의 반응이 무척이나 기대된다는 표정이었다. 딸은 불안한 표정을 지으면서도 천천히 포장을 벗겼다. 포장을 벗기다 또 포장이 나왔다. 인상이 살짝 찌푸려졌지만 한숨을 내쉬고 다시 포장을 뜯었다. 포장을 뜯자 끈으로 묶인 큰 봉투가 나왔다.

엄마를 살짝 불만스럽게 바라보던 딸은 어렵게 끈을 풀고 봉투를 열었다. 귀찮음으로 가득했던 딸의 몸이 그대로 굳었다. 봉투를 연 채로 그렇게 마치 얼음이 된 것처럼 굳었다.

엄마는 그 모습에 웃음을 터뜨렸다.

[하하하!]

딸은 부들부들거리는 손으로 봉투 안에 있는 티켓을 꺼냈다.

[어, 어, 어…….]

[어때?]

[꺄아아아악!]

딸이 비명을 지르며 소파를 뛰었다. 그러다가 소파 뒤로 넘어가며 바닥에 굴렀다. 엄마가 그 모습을 보고 놀라서 다가갔지만 갑자기 벌떡 일어나 또 비명을 질렀다. 발을 동동 구르는 모습이 제법 귀여웠다.

[어, 어, 엄마……]

[그래.]

[흐어어어엉!]

그대로 엄마를 끌어안은 딸이 펑펑 울기 시작했다. 엄마는 우는 딸을 끌어안고는 크게 웃었다. 그렇게 영상이 끝났다.

kanstar: 정말 환상적인 부모님이네!

antros: 나라면 그 자리에서 기절했을 거야.

yoyom231: 하하, 엄청 좋아하네! 나도 구하고 싶었는데 못 구했어!

tiger94: 부럽다. 건우님 콘서트 티켓이라니! 엄청난 부모님이잖아?

댓글은 대부분 부럽다는 반응이었다.

아무튼, 콘서트 전날, 이렇게 많은 사람들이 모였으면 보통 축제 분위기였어야 했지만 이번만큼은 상당히 조용했다. 웸블리 스타디움 주변으로 긴 줄이 형성되어 있었고, 곳곳에 추모를 위한 공간이 마련되어 있었다. 그리고 평화를 위해 글을 쓰거나 포스터를 붙일 수 있는 곳이 마련되어 있었다.

팬들은 촛불이나 스마트폰으로 하얀빛을 켜놓고 조용히 콘서트를 기다렸다. 텐트까지 가지고 온 팬들도 많았다. 놀라운 점은 팬들 모두 어느 정도 격식이 갖춰진 복장이라는 점이었다. 정장이나 그런 것은 아니었지만 화려한 색의 옷은 찾아볼 수 없었다. 그리고 꽃 모양의 하얀색 리본을 옷에 달고 있었다. 모두 팬들이 스스로 준비한 것이었다.

한국에서도 특별 제작 다큐멘터리 '건우, 전설이 되다'를 촬영을 하기 위해 런던으로 날아왔다. 건우를 주제로 만들어진 다큐멘터리는 여럿 있었지만 건우의 콘서트와 그 안에서 일어나는 일들을 다루는 다큐멘터리는 처음이었다. 테러 때문에 일정이 밀렸지만 프로그램이 취소되거나 하지는 않았다. 간신히 얻은 촬영 허가였다. 이번 기회를 놓칠 수 없었다.

한지혜 리포터는 당당히 출입증을 목에 걸고 있었다. 그녀는 수많은 경쟁을 뚫고 이번 촬영에 참여할 수 있게 되었다. 건우와의 직접적인 인터뷰는 무리였지만 무대 준비를 포함한 콘서트 준비 과정을 모두 지켜볼 수 있었다.

한지혜는 스타디움 앞에 잔뜩 몰려 있는 건우의 팬들을 바라보며 흐뭇한 미소를 지었다. 그리고 인터뷰를 하기 위해 다가갔다.

"안녕하세요? 잠깐 인터뷰를 할 수 있을까요?"

"오, 한국에서 왔어요?"

한지혜가 고개를 끄덕이자 주변에 있던 건우의 팬들까지 몰려왔다. 팬들은 한지혜에게 굉장히 호의적이었다. 단순히 건우와 같은 나라이기 때문에 그런 것이지만 한지혜는 기분이 좋았다.

한지혜는 웃으면서 입을 떼었다.

"어디에서 오셨어요?"

"독일이요."

"먼 곳에서 오셨네요."

한지혜가 그렇게 말하자 여성 팬이 방긋 웃었다.

"건우님은 더 먼 곳에서 오셨는걸요."

"언제부터 기다리고 계셨나요?"

"아침부터요."

한지혜가 생각하기에도 정말 대단한 열정이었다. 지금 인터뷰를 하고 있는 여성 팬의 표정은 대단히 진지했다. 한지혜도 덩달아 진지해졌다.

"이건우 씨를 좋아하게 된 계기가 있습니까?"

"늘 소심하고 그래서… 왕따였어요. 우울증도 걸리고 나쁜 생각도 많이 했죠. 가족들과도 사이가 별로 안 좋았구요. 그런데, 건우님의 노래를 듣고 처음으로 펑펑 울었어요."

"네, 그랬었군요."

한지혜는 미소가 예쁜 소녀 팬에게서 어두운 이야기가 나오자 조금 당황했다.

"그 후에는 좀 더 웃으면서 지낼 수 있었던 것 같아요. 팬사이트에 가입하면서 좋은 친구들도 많이 생겼고요."

"혹시 건우 씨에게 하고 싶은 말씀이 있으신가요? 꼭 전달해 드리도록 할게요."

"저도 건우님에게 힘이 되고 싶어요. 큰 아픔이 있었지만 건우님의 팬들답게 저희는 전혀 두려워하지 않는다는 걸 알려주고 싶어요. 열심히 응원할게요!"

한지혜는 훈훈한 미소를 지으면서 소녀 팬과의 인터뷰를 마쳤다.

'역시 건느님이야.'

낮에 촬영을 하면서 살짝 말을 걸어볼 기회가 있었는데, 한지혜는 떨려서 말을 더듬었다. 그녀는 그런 자신의 실수를 절대 용납하지 않는 성격이었음에도 어쩔 수 없었다. 다리가 풀려 주저앉지 않은 것만으로도 기적이었다. 그런데 건우는 자신이 몸이 안 좋다고 생각했는지, 잠시 기다리라고 말하더니 홍삼 팩을 하나 챙겨줬다.

한지혜는 차마 홍삼 팩을 뜯지 못하고 고이 간직하고 있었다. 부들부들 떨리는 손으로 홍삼 팩에 사인을 부탁했는데, 건느님이 웃으면서 홍삼 팩에 사인을 해주고 사인 앨범도 하나 선물해주었다. 거기에 사진까지 같이 찍을 수 있어 그야말로 황홀한 시간이었다.

"도시락 받아가세요."

"너무 크게 떠들지 맙시다."

YS의 지원을 받고 자원봉사를 하고 있는 팬들도 있었다. 한국인은 극히 적었다. 거의 보이지 않는다는 것이 옳은 표현일 것이다. 팬사이트 스태프부터 몰려온 팬들은 모두 유럽 사람들이었다.

그녀도 이런 광경을 처음 보았다. 모여든 사람들은 모두 건우의 팬으로 자부심이 철철 넘치고 있었다.

팬들이 카메라를 보고 손을 흔들었다. 한국에서 왔다는 것을 알아보고 먼저 말을 건네오는 이들도 많았다. 한지혜는 한국의 이미지, 그리고 인지도가 건우 덕분에 좋아지고 있다는 소리도 들은 적이 있었다. 실제로 동양인에 대한 인종차별 지수도 나아지고 있다는 통계가 있기도 했다.

해외에서 자주 생활해 본 그녀는 그게 몸으로 체감이 된다는 것이 신기하게 느껴졌다.

한지혜는 팬들과의 인터뷰, 그리고 비교적 조용하지만 뜨거운 열정이 보이는 팬들의 전야제를 취재하고 콘서트가 열리는 날 다시 웸블리 스타디움을 찾았다.

전보다 줄이 훨씬 많이 늘어나 있었고 경찰 병력도 대규모로 배치되어 있었다. 표를 구하지는 못했지만 그래도 스타디움에 온 팬들도 상당히 많았다. 비록 들어가지 못해도 밖에서라도 함께하고 싶은 것이 팬들의 마음이었다.

출입증을 목에 걸고 있음에도 검사를 철저히 했다. 한지혜는 스타디움 제일 위의 좌석으로 이동했다. 관객들이 차오르는 과정을 찍기 위해서였다. 위에서 보니 무대가 정말 조그맣게 보였다. 그만큼 웸블리 스타디움의 규모는 컸다.

드디어 입장 시간이 되었다. 입장 시간은 콘서트가 연기되기 전보다 더 빨리 시작되었다. 검사가 까다로웠기에 시간을 널널하게 당긴 것이다. 팬들의 불만이 나올 수도 있을 법했지만 그런 잡음은 전혀 들리지 않았다. 오히려 팬들이 더 엄격하게 검사해야 한다고 말하고 있을 정도였다.

점점 좌석이 들어차기 시작했다. 텅텅 비어 있던 경기장이 꽉 차는 장면은 경이롭게 느껴질 정도였다.

웸블리 스타디움이 사람들로 가득 찼다. 많은 사람들이 내뿜는 열기를 직접 느끼니 소름이 돋았다. 모두 건우를 좋아하고 사랑하기에 모인 이들이었다.

'아름답다.'

건우를 상징하는 색깔인 하얀색 라이트가 스타디움을 가득 채웠다. 붉은 노을이 지는 시점과 절묘하게 어울려 아름다운 광경을 만들어냈다.

한지혜가 잠시 그 광경을 멍하니 바라보았다. 노을이 완전히 지고 스타디움이 어두워질 때쯤 무대 위에 달려 있는 원형 스크린에 불빛이 들어왔다.

"와아아아아아!"

"꺄아악!"

14만 명이 넘는 사람들이 내지르는 환호성은 대단했다. 한지혜는 촬영 중이라는 것도 잠시 잊고 같이 소리를 질렀다.

"와! 죽을 것 같아!"

"나, 나, 숨이 안 쉬어져!"

"아아아!"

한지혜의 귀에 주변 팬들의 말이 들려왔다. 한지혜도 같은 마음이었다.

오랜 기다림 끝에 드디어 이건우의 첫 단독 콘서트가 시작되려 하고 있었다.

*　　　　*　　　　*

건우는 대기실에서 깊은 숨을 내쉬었다. 진희는 VIP 좌석으로 가 있었고 리온은 다른 게스트들이 있는 대기실에 있었다. VIP 좌석에는 여왕과 초대받은 이들, 그리고 건우의 친구들이 자리해 있었다.

'내가 긴장하고 있는 건가?'

이런 느낌은 굉장히 오랜만이었다. 가슴이 뛰고, 빨리 나가서 공연을 하고 싶은 느낌이었다.

마치 전생에서 비무행을 하던 시절의 기분과 흡사했다. 긴장과 흥분 때문에 전신이 뜨거워지는 것을 느꼈다. 기분 좋은 고양감이 전신에 꿈틀거렸다. 공연을 한 적이 한두 번이 아니었지만 이번만큼은 무언가 달랐다.

건우는 가부좌를 취하며 마음을 다스렸다. 절대 실수하고 싶지 않은 공연이었다. 그리고 최고의 모습을 보여주고 싶었다. 이곳에 온 팬들을 위해서, 친구들을 위해서. 그리고 죽은 이들을 위해서.

오늘 공연을 전설로 만들기 위해서 건우는 몸과 마음을 최상의 상태로 만들었다.

뚜벅! 뚜벅!

건우는 대기실에서 나와 무대를 향해 걸어가기 시작했다. 마음을 가라앉히려 노력한 덕분에 평온한 마음이 될 수 있었다. 건우가 경기장 안쪽으로 들어간 순간 무대에 있던 모든 조명이 꺼졌다.

관객들이 이제 공연이 시작된다는 것을 알았기 때문일까?

"우아아아!"

환호가 스타디움을 달구었다. 노을이 완전히 지고 밤이 찾아왔음에도 주변은 밝았다. 마치 밤하늘에 별을 보는 것처럼 하얀 빛들이 경기장을 가득 수놓고 있었다. 건우는 그 빛을 눈에 담으며 무대 위로 올랐다.

'장관이군.'

장관이라 불리는 자연환경을 수도 없이 본 건우였다. 그러나 이런 광경도 그에 못지않게 아름다웠다. 건우의 눈에는 저 빛들뿐만 아니라 관객들이 내뿜는 감정 역시 생생하게 보였다. 건우가 서 있는 무대의 불빛이 들어왔다.

건우는 가만히 서서 관객들을 바라보았다.

"와아아아!"

"꺄아악!"

스크린에 건우의 모습이 비치자 팬들의 환호는 더욱 커졌다. 건우가 아무런 행동을 취하지는 않았지만 건우가 나타나는 것만으로도 흥분과 감동이 일렁거렸다.

감동이 너무 지나쳐 그 자리에서 혼절하는 팬들도 있었다. 구급 요원들이 곳곳에 배치되어 있어 큰 문제는 발생하지 않았다.

본래라면 음악이 연주되면서 바로 첫 곡을 불러야 했지만 예정이 변경되었다. 건우는 마이크를 들었다. 스크린에 비치는 그의 얼굴은 유난히 슬퍼 보였다. 관객들의 공감을 이끌어내기 위해 연기가 어느 정도 들어가기는 했으나, 그 마음은 진심이었다.

"안녕하세요? 이건우입니다."

건우가 말을 하기 시작하자 환호 소리가 작아졌다. 건우의 목소리를 더 선명하게 듣고 싶은 팬들의 마음이 모두 같았기 때문이다. 건우는 살짝 웃으면서 말을 이어갔다.

"공연하기에 딱 좋은 밤이지만, 슬픈 밤이기도 합니다. 많은 사람들이 다치고 목숨을 잃었습니다. 언제나 환한 웃음을 보여 주던 존 스미스 씨, 더 나은 사회를 위해 봉사 활동을 하시던 앤지 그린 씨……."

건우는 이번 테러로 사망한 이들의 이름을 하나하나 모두 불렀다. 건우의 목소리는 진지했고 슬픔이 담겨 있었다. 건우가 이름을 불러 나가자 관객들이 눈물을 보이기 시작했다. 눈물은 순식간에 전염되어 많은 이들이 눈시울을 붉혔다.

건우는 이름을 모두 부르고 잠시 침묵을 지켰다.

"잠시 그들을 위해 애도하는 시간을 가졌으면 합니다. 분명 가장 행복한 곳에서 쉬고 계실 겁니다."

건우가 마이크를 내리며 잠시 묵념하는 시간을 갖자 관객석에서도 점차 흰빛들이 꺼져갔다. 밤하늘의 은하수를 보는 것처럼 넘실거리던 불빛들이 모두 꺼져 대단히 어두워졌다. 그렇게 몇 분간 침묵을 지키면서 추모하는 시간을 가졌다.

건우가 고개를 들자 다시 무대에 불빛이 들어왔다. 건우는 미소 지으면서 관객들을 바라보았다. 어두웠던 관객석에서도 불빛이 다시 넘실거렸다.

익숙한 반주가 나오자 다시 환호 소리가 나왔다. 아름다운 모든 것들이었다. 건우의 정규 앨범이 나왔음에도 아직도 순위권에 있는 노래였다. 그 누구라도 명곡이라고 주저하지 않고 인정할 것이다.

"우우~ 우우우!"

관객들이 전주를 따라 부르기 시작했다. 14만 명이 넘는 관객들의 목소리가 전주에 겹치자 건우는 이루 말할 수 없는 감동을 받았다. 내력을 잔뜩 끌어 올린 상태라 감정의 색채가 너무나 선명하게 보였다. 마치 밤하늘의 성운을 보는 것처럼 아름답게 수놓여진 색채였다.

건우는 밝게 웃으면서 마이크에 입을 가져다 대었다.

건우의 목소리는 관객들이 부르는 노래와 합쳐져 굉장히 좋은 공명을 만들어냈다. 전력을 내고 있는 건우의 목소리는 관객들을 충격에 몰아넣기에 충분했다.

'좋다.'

'미쳤어……'

'황홀해.'

'이게 사람의 목소리야?'

노래를 따라 부르는 것조차 잊은 채 멍하니 건우를 바라보는 관객들, 건우의 노래가 너무나도 소름이 끼쳐 부르르 몸을 떠는 관객들, 그리고 실신을 할 것처럼 주저앉는 이들까지 그 반응은 다양했다.

그냥 음원을 듣는 것과 라이브는 천지 차이였다. 이곳에 온 모든 이들이 그것을 몸으로 실감했다.

영국 여왕은 활짝 웃으며 노래를 즐겼다. 그녀 역시 큰 충격을 받았는지 이마에 땀이 흘렀지만 금세 건우의 목소리에 매료되어 다른 것은 생각할 수 없었다.

진희 역시 멍하니 건우를 바라보고 있었다. 아름답게 빛나는 모습을 보니 가슴이 벅찰 정도로 뿌듯했고 행복했다. 그러나 마음 한켠이 조금 아팠다. 자신과 그의 사이에 비교할 수 없는 격차가 있는 것 같았고 멀게만 느껴졌기 때문이다.

진희는 고개를 저어 그런 생각을 털어버리고는 노래를 즐기기 시작했다. 건우의 목소리는 근심을 잊게 만들어주는 마법과도 같이 느껴졌다.

건우의 목소리는 평소보다 더 진한 감정을 담고 있었다.

'즐겁다.'

건우는 평소보다 힘이 더 들어가는 걸 느꼈지만 그것을 막지 않았다. 현장의 분위기에 타서 노래의 흐름을 바꾸는 것도 매력이 있는 일이었다. 건우는 기계가 아니었고 감정에 충실한 사람이었다. 이것도 공연이 지닌 매력일 것이다.

건우는 평소에는 잘하지 않는 애드리브까지 넣었다. 마치 포근하게 안아주는 듯한 목소리가 모두의 입가에 미소를 짓게 만들었다.

노래가 절정을 지나 마지막 소절만을 남겨놓고 있었다.

"하루가 또 시작되니까."

관객들은 마지막 소절을 정확히 따라 불렀다. 영어가 아님에도 발음은 알아들을 수 있을 만큼 정확했다. 노래가 끝나자 관객들은 마음이 치유되는 듯한 감각을 느꼈다.

건우 역시 쏟아지는 거대한 기운의 세례에 큰 기쁨과 만족을 느꼈다. 그 기운은 그만큼 관객들이 감동을 했다는 증거였다. 건우는 노래를 마무리 짓고는 엄지를 치켜들었다.

"모두 가수를 하셔도 되겠는데요? 아주 좋습니다."

건우가 그렇게 말하자 웃음소리가 들려왔다. 건우의 존재감은 무척이나 컸다. 관객들은 건우 하나만으로 무대가 꽉 찬 느낌을 받았다. 그리고 건우의 목소리에 자연스럽게 집중이 되었다. 건우가 말을 할 때 잡담을 하는 사람은 극히 적었다.

"다음 곡 바로 이어서 가겠습니다. 제 정규 앨범의 첫 곡입니다. 다른 노래들에 비해서 조금 인기가 없……."

"와아아아!"

"하하, 그래도 잘 아시나 보네요?"

다른 곡들에 비해 인기가 없다고는 하지만 세계 각 차트 20위권에 드는 노래였다. 이 노래를 좋아하는 매니아층도 확실히 많았다.

정규 앨범의 첫 트랙 '너와의 만남'이었다. 강렬한 감정을 보여주기보다는 점차 스며드는 감정을 보여주는 곡이었기에 처음 들었을 때는 다른 곡에 비해 감동은 덜하지만 들으면 들을수록 그 매력에 빠지는 곡이었다.

'이 곡의 매력을 제대로 보여줘야지.'

건우는 그런 마음가짐을 가지며 내력을 끌어 올렸다. 이제는 정말 화경을 노려볼 수 있을 정도로 내력이 충만했다. 내력을 끌어 올리는 것만으로도 건우의 존재감이 관객들에게 훨씬 더 압도적으로 다가왔다.

건우는 테러 사태를 겪고 난 이후에 내력의 흐름이 더 원활해진 것을 느꼈다. 평화에 물들어 있던 그의 정신에 큰 영향을 준 것이다. 그의 무뎌진 정신은 테러의 영향으로 날카로운 칼처럼 잘 다듬어졌다. 더 이상 방심하지 않겠다는 각오가 마음속에 깔려 있었다.

'음?'

아름다운 감정의 색채들은 여전히 보였다. 분명 그 무엇보다 장엄하고 아름다운 광경이었다. 건우는 가장 가까이에 앉아 있는 소녀를 바라보았다. 핑크빛으로 일렁이는 아름다운 감정의 오로라를 방출하고 있었다. 건우와 눈이 마주치니 그 오로라는 더욱 강렬해졌다.

그저 한 뭉텅이로 보이던 것들이 더욱 자세히 보였다. 그 안에 있는 검은 기운들도 보였다.

'마음의 병인가?'

검게 뭉쳐서 맑은 색을 탁하게 만들고 있었는데, 머지않아 육체에 영향이 갈 정도로 깊이 박혀 있었다. 맑은 색만 있는 팔레트에 검정 물감을 떨어뜨린 것 같은 광경이었다.

테러범을 찾을 때 감정의 힘을 이용했던 것이 좋은 공부가 된 것 같았다.

건우는 소녀에게서 시선을 떼어 관객들을 바라보았다. 그들이 내뿜는 감정의 색채가 보다 더 세분화되어 보였다. 그리고 그 안에 색을 탁하게 만드는 원흉도 보였다.

그것을 흡수할 수 있을까?

'흡수하지 못한다고 하더라도 영향을 주거나 지울 수는 있겠지.'

건우는 자신의 노래를 듣는 모든 이들이 행복해지기를 바랐다. 앞으로 살아가는데 긍정적인 영향을 주기를 바랐다. 검이 아닌 자신의 노래와 연기라면 충분히 그럴 수 있으리라 믿고 있었다.

전주가 시작되자 건우는 상념에서 깨어났다. 노래에 순식간에 몰입되었다.

건우는 마이크를 들었다.

"그날, 널 처음 보았을 때⋯⋯."

훈훈한 봄바람 같은 목소리였다. 음원보다 훨씬 깊은 감정으로 노래했다. 음원이 스며드는 감정이라면 지금 건우가 보여주는 것은 소나기가 내리는 것처럼 젖어 내려가는 감정이었다.

'좋다. 이 노래가 이랬었나?'

'와, 너무 좋아.'

'평생 듣고 싶어.'

관객들의 그런 마음이 건우에게도 전해졌다. 건우는 미소를 지었다. 건우는 자신의 마음이 관객들에게 진심으로 닿은 것을 느꼈다. 건우의 목소리와 내력에 따라 관객들의 마음이 일렁였다.

'지금이라면⋯⋯.'

관객들의 탁한 기운을 없앨 수 있을 것 같았다. 건우는 노래에 몰입하면서도 그것을 잊지 않았다. 좀 더 세밀한 컨트롤을 하기 위해 건우는 1절을 마칠 때까지 노래에 집중했다.

감정의 공명이 탁한 기운들을 중화시키는 것이 보였지만 완전히 없애기에는 부족했다. 간주에 들어가자 건우는 전신의 내력을 돌렸다.

처음에는 좀처럼 영향을 줄 수 없었다.

'좀 더 강하게⋯⋯!'

혈맥을 타고 질주하는 내력의 속도가 더욱 빨라졌다. 내력이 방출되며 급격히 소모가 되었지만 굳어 있던 탁한 기운들이 움직이기 시작했다. 처음 물꼬를 트는 것이 힘들었을 뿐이었다. 탁한 기운들이 건우에게 흘러들어 오는 기운들과 섞이며 건우에게 전해져 왔다.

관객들에게는 질병과도 같은 기운이었지만 건우에게는 달랐다. 건우의 단전에 빠르게 축적되어 강력한 힘이 되어 주었다. 이렇게 내력을 빠르게 쌓을 수 있는 무공은 아마 사파 쪽에서도 존재하지 않을 것이다.

'엄청나네.'

충만한 내력 덕분에 전신에 힘이 넘쳤다. 금방이라도 화경에 도전해 보고 싶은 욕망이 꿈틀거렸다. 그러나 건우는 마음을 가라앉히고 노래에 몰입했다. 그런 욕망보다는 관객들에게 최고의 공연을 보여주는 것이 중요했다.

건우는 관객들의 감정이 더 건강해지는 것을 느꼈다. 색이 훨씬 맑아졌고 더욱 커졌다.

건우는 만족스러운 웃음을 지었다. 다음 목표를 정할 수 있었기 때문이다.

관객들은 신비한 경험을 했다. 몸 안에 무겁게 자리 잡았던 것들이 따뜻한 기운과 함께 사라졌다. 세상이 더 밝아 보였고 몸이 놀라울 정도로 가볍게 느껴졌다. 황홀한 감각이 짜릿한 전율을 일게 만들었다.

주르륵!

"아……."

절로 터져 나온 눈물에 당황한 관객도 많았다. 그리고 눈물을 닦은 후에야 감동을 넘어선 더 큰 감동이 밀려들어 왔다. 관객들은 건우의 노래를 따라 부르며 지금 이 순간을 즐겼다.

건우도 그에 맞춰 최선을 다했다. 건우에게만 보이는 광경이었지만, 그것은 노래라는 영역을 넘어선 예술 작품으로 보였다. 관객들도 어렴풋이 느끼기는 했으리라.

건우는 모처럼 땀을 흘리며 노래를 마쳤다. 내력은 충만했지만 정신적으로 조금 지치는 느낌을 받았다.

'쉬운 힘은 결코 아니야.'

마구잡이로 쓸 수 있는 힘은 결코 아니었다. 많은 심력을 소모했다. 그러나 그 결과는 대단했다. 건우가 예상했던 것을 크게 넘어서고 있었다.

"와아아아!"

짝짝짝!

박수와 함성이 터져 나왔다. 좌석에 앉아 있던 사람들이 대부분 일어나 기립 박수를 쳤다. VIP 석에 있던 영국 여왕 역시 눈물을 글썽이며 기립 박수를 보냈다. 감동을 넘어선 전율을 느낀 관객들은 자신의 감정을 표현하는 데 주저하지 않았다.

"우아아아!"

"최고다!"

"사랑해요!"

건우도 무척이나 만족스럽게 불러 기분이 좋았다.

땀을 닦으면서 물을 마셨다.

건우는 그 후 노래 두 곡을 연달아 불렀다.

'그럼 다음 곡을……'

건우가 다시 다음 곡을 이어가려 짧은 멘트를 생각할 때였다. 갑자기 관객석에서 흰 불빛이 마구 흔들렸다. 파도타기를 하며 한 바퀴 돌았다. 건우는 마이크를 내리며 그 광경을 바라보았다.

'뭐지?'

팬들이 무언가 준비한 것 같았다. 건우가 고개를 갸웃하자 관객석에서 처음에는 작게 노래가 터져 나왔다. 누구나 다 아는 대단히 유명한 노래였다. 80년대를 풍미했던 영국 가수의 노래였다.

'네가 태어난 것은 축복이야'라는 노래였다. 처음에는 작게 들렸는데, 점차 노랫소리가 커졌다. 건우는 갑자기 관객들이 부르는 노래를 멍하니 서서 들었다.

"네가 태어난 건 축복이야!"

"우리에게 온 찬란한 빛."

"너를 사랑해!"

대단한 감동이었다.

많은 관객들이 자신을 위해 불러주는 노래는 건우에게 큰 감동을 주었다. 그것이 단순한 이벤트로 느껴지는 것이 아니라 그 안에 담겨 있는 진심이 느껴져 더욱 큰 감동으로 다가왔다. 건우가 잠시 말을 잇지 못하고 관객들을 바라보며 그렇게 서 있자 관객석에서 무언가 날아왔다.

하얀색 종이비행기였다. 스타디움이 워낙 넓어 대부분은 무대에 닿지 못하고 떨어졌지만 앞자리에서 던진 종이비행기는 무대 위까지 올라왔다.

건우가 종이비행기를 펼쳐보니 그곳에 '이건우 고마워! 영원히 사랑해!'라고 한국어로 적혀 있었다. 건우는 환하게 웃으며 두 팔로 하트를 그렸다. 그러자 관객들이 다시 환호를 질렀다. 건우는 벅차오르는 가슴을 진정시키고 마이크를 들었다.

추모와는 안 맞을 수도 있었지만 그래도 대단한 감동이었다.

"감사합니다. 오늘 최고의 공연을 보여 드리겠습니다. 기대해 주세요."

그렇게 말하는 건우의 목소리는 그답지 않게 유난히 밝았다.

건우는 최선을 다해 노래를 불렀다. 영어 버전으로 불렀기에 관객들은 가사의 단어 하나하나에 푹 빠져들 수 있었다. 한글 가사도 좋았지만 기왕이면 노래에 더 빠질 수 있도록 영어 버전으로 부른 것이다.

근래 들어서 건우는 라이브의 신이라는 별명을 갖게 되었는데, 그것이 결코 허명이 아니라는 것을 증명하는 듯했다. 관객들은 모두 이루 말할 수 없는 감동에 빠져 열광적인 반응을 보였다.

이제는 듣는 귀가 너무 높아져 다른 가수의 노래를 더 이상 들을 수 없는 지경까지 이르렀다. 아무리 좋은 노래라 하더라도 뭔가 허전하고 부족하게 느껴질 것이다. 건우에게는 좋은 일이었지만 다른 가수들은 긴장을 잔뜩 해야 할 일이었다.

관객들이 느끼는 감동의 폭풍은 쉽사리 가라앉지 않았다. 건우가 두 곡을 더 부르고 나자 예정대로 게스트 무대가 시작되었다.

'역시 조금 힘드네.'

14만 명이 넘는 인원들에게 감동을 주기 위해 전력을 다해 부른 터라 조금 지쳐 있었다. 다시 공연장의 분위기를 절정으로 끌어 올리기 위해서는 아주 잠시 쉬는 시간이 필요했다. 이번 게스트 무대는 그러기 위해서 가장 적절한 타이밍이었다.

'조금 걱정되기는 하는데……'

건우는 게스트를 소개하면서도 걱정되는 마음을 감출 수 없었다. 스타디움의 모든 관객들은 건우에게 홀딱 매료되어 있는 상태였다. 게스트에 대한 반응이 냉담하거나 없으면 어떡하나 했지만 그것은 기우에 불과했다.

"리온!"

"리온, 리온~"

리온의 이름을 외치는 팬들도 꽤 많았다. 건우와 친하다고 알려진 후부터 건우의 팬들은 리온에게 상당히 호의적이었다. 게다가 그가 만든 노래도 상당히 좋았다.

리온의 음악적 재능도 훌륭했지만, 건우에게 어울리는 친구가 되고자 엄청나게 노력을 한 탓이었다. 건우의 그래미 시상식을 갔다 오고 나서 한동안 폐관 수련에 가까운 곡 작업에 들어갔었다고 한다.

건우에게 가려져 소식이 묻혔지만 최근에 발표한 곡이 빌보드 차트에 들 만큼 성과를 내기도 했다. 실제로도 그렇게 말하긴 했지만, 건우에게 많은 영향을 받은 티가 났다. 건우는 리온의 노력이 낳은 성과라고 보고 있었다.

'본래부터 재능이 많은 가수였지.'

리온은 이제는 연기 판에 기웃거리지도 않았다. 많은 제의가 온다고는 하는데, 음악 하나에 집중하고 싶다고 건우에게 말한 적이 있었다. 자신도 연기에 재능이 형편없다는 것을 알았기 때문이다.

건우는 관객들의 반응을 보고 안심하며 무대 뒤로 내려갔다. 경기장 한가운데에 무대가 있어서 공연 중에 대기할 수 있는 곳은 무대 바로 뒤에 따로 마련되어 있었다.

건우는 대기실 안으로 들어가 복장을 새로 갈아입었다. 따로 혼자 쉴 수 있는 곳도 있어 눈치를 볼 필요가 없었다. 건우는 바로 가부좌를 틀었다.

리온의 무대 뒤에 하연과 다른 가수의 무대가 이어지니 휴식할 시간은 충분했다.

건우는 전신에 충만한 내력을 빠르게 수습했다. 아직도 관객들에게서 흘러나온 기운이 건우의 몸에 빠르게 쌓이고 있었다. 단전이 터질듯이 부풀어 올랐다. 혈맥을 타고 질주하는 내력은 금방이라도 그 한계를 깨버릴 듯이 꿈틀거렸다.

이제 성장이 무척이나 더딜 것이다. 무인으로서뿐만 아니라 가수로서, 배우로서의 한계에 도달했다. 그것은 인간이 노력해서 닿을 수 있는 최고의 영역이었다.

'나는 그 이상을 노려야겠지. 이제 준비는 거의 다 되어가는군.'

월드 투어가 끝나게 된다면 다음 단계로 도약할 준비가 거의 모두 갖춰질 것 같았다. 하지만 그 위로 가는 것은 대단한 위험을 감수하는 일이었다. 만반의 준비를 한다고 해도 상당히 위험했다.

'겨우 그런 것에 포기할 수는 없지.'

건우는 세상에 좀 더 영향을 주고 싶었다. 지금 당장은 14만 관객들에게 좋은 추억과 감동을 주는 것도 버거웠다. 하지만 이 힘이 점점 더 커진다면 세상에 긍정적인 힘을 불어넣을 수 있을 것 같았다.

그것이 스승의 가르침이기도 했다. 그리고 전생 속, 그녀가 몸소 가르쳐 준 일이었다. 힘과 권력만을 쫓던 자신이 바뀌었으니 말이다.

건우의 입가에 미소가 걸렸다.

'노인 때나 가능할 것 같았는데…….'

현생에서 무공을 처음 익혔을 때, 화경이라는 입신의 경지에 도전할 시기가 이렇게 빠른 시일 내에 찾아오리라고는 생각지도 못했다.

인생은 예측할 수 없는 일의 연속이었다.

"후우우."

건우는 긴 숨을 내쉬며 눈을 떴다. 잠시 이렇게 쉬는 것만으로도 몸은 최고의 상태가 되었다. 지쳐서 흐려졌던 정신도 상당히 맑아졌다. 건우는 테이블에 있는 물병을 바라보며 손을 뻗었다.

휘익!

물병이 날아와 건우의 손에 들려졌다. 마교의 교주와 싸울 때처럼 자유자재로 움직일 수는 없지만 이 정도는 간단한 일이었다.

물을 마신 건우는 노래를 들어보았다.

'잘하네.'

리온은 물론이고 다른 게스트들도 치열하게 준비한 흔적이 보였다. 이런 큰 무대 경험이 없는 하연은 조금 긴장한 티가 나기는 했지만 무난히 잘 소화했다. 석준에게 하연이 엄청나게 연습했다고 듣기는 했다.

게스트 무대가 끝나자 건우는 다시 무대 위로 올라갔다. 리온과 게스트들이 무대 위에 남아서 건우를 기다리고 있었다. 잠시 게스트들에게 감사의 인사를 건넨 후 다시 건우의 콘서트가 이어졌다.

지금까지 첫 만남의 설렘에서 사랑으로 이어진, 1부 공연이었다면 눈물이 나올 수밖에 없는 2부였다. 타이틀곡과 그 누구도 부를 수 없다고 알려진 이별 그 후 역시 포함되어 있었다. 별다른 특색 없이 정규 앨범의 순서대로 노래를 부르는 거지만, 음원을 들을 때와는 차원이 다를 것이다. 물론, 앙코르곡으로 영국 밴드의 노래와 한국 노래 몇 곡도 준비했다. 굳이 나누자면 3부에 해당될 것이다.

건우의 복장도 방금 전과는 달랐다. 약간은 무겁고 칙칙한 계열의 색이 섞인 캐주얼한 옷이었다. 건우는 별다른 멘트 없이 무대 위에 서서 눈을 감았다. 그리고 감정을 잡았다.

무대 위에 떠 있는 스크린에 건우의 얼굴이 잡혔다. 방금 전과는 다르게 미소가 전혀 없는 건우의 표정은 대단히 슬퍼 보였다.

정신과 육체를 최상의 상태로 끌어 올리고 많은 관객들의 감정을 느껴서인지 건우는 순식간이 몰입이 되었다. 작곡을 했을 때와 같은 깊은 몰입은 아니었지만 지금까지와는 차원이 다른 몰입이었다. 건우가 그렇게 몰입하는 것만으로도 관객들의 마음이 슬픔으로 물들었다. 감정의 색채가 핑크빛에서 푸른빛으로 바뀌는 모습은 그 어떤 말로 표현할 수 없는 장관이었다.

건우의 노래가 시작되었다.

슬픔의 시작을 알리는 곡은 '약속'이었다. 빌보드 차트 5위권에서 오르락내리락하는 곡이었다. 물론 이 곡의 라이벌은 건우의 다른 곡들이었다.

서서히 슬픔을 표현하며 관객들의 마음을 저릿하게 만들었다. 관객들은 하얀 불빛을 흔들며 차분하게 노래를 따라 불렀다. 슬픔이 느껴지는 관객들의 떼창은 묘한 분위기를 만들어냈다.

"흐윽……."

"크흐……."

눈물을 흘리며 간신히 노래를 따라 부르는 모습은 감동과 조금 거리가 있었지만, 그래도 노래에 푹 빠져 공감하는 모습이 느껴졌기에 건우는 만족할 수 있었다.

함성이 스타디움을 가득 채웠다. 건우의 콘서트이니만큼 건우의 팬들이 대부분이지만 지금은 아예 건우의 신봉자가 된 상태였다.

지금 당장 종교를 만든다면 저들 모두가 입교할 것 같았다.

'이 기세를 몰아서…….'

건우는 바로 노래를 이어갔다. 자신이 노래를 부르며 이어가는 감정을 관객들이 같이 공감하고 동조해 주기를 바랐다. 때문에 다른 멘트를 하지 않고 잠시 침묵을 지킨 다음 노래를 이어간 것이다.

현재 주요 세계 차트의 1위를 지키며 신기록을 써가고 있는 타이틀 곡 '슬픈 이야기'였다. 워낙 유명한 곡이었고, 이미 명곡 반열에 든 곡이었기 때문에 전주가 나오자마자 관객들은 흥분으로 물들었다.

관객들이 전주의 멜로디부터 떼창으로 따라 부르기 시작했다. 연주가 필요 없다고 생각할 정도로 완벽한 떼창이었다. 건우는 잠시 마이크를 내려 관객석으로 돌렸다.

"이 슬픈 이야기~"

"더 이상 듣지 말아요~"

"내 귀에만 들릴 수 있게."

"마음속에 가두어둘게요~"

건우에게 최고의 노래를 들려주었다. 전신에 소름이 끼쳐 몸이 부르르 떨렸다. 건우의 기억 속에 영원히 남을 만한 광경이었다.

'이 맛에 콘서트를 하는 거구나.'

콘서트에 중독될 것만 같았다. 아니, 이미 중독되었는지도 몰랐다.

"흐윽… 마음속에~ 가두어~"

영국 여왕도 살짝 눈물을 흘리면서 노래를 따라 불렀다. 체면 따위는 이제 중요한 것이 아니었다.

지위와 인종, 그리고 나이 상관없이 건우의 노래로 하나가 되고 있었다.

'거의 다 사라졌네.'

탁한 기운들은 많이 사라져 있었다. 건우가 모두 흡수할 수는 없어 일부는 남아 있었는데, 그마저도 슬픔으로 씻겨내려 간 것 같았다. 치유 효과는 돈으로 환산하기 어려울 것이다. 건우가 흡수한 탁기라는 개념은 현대 의학에는 결코 등장하지 않으니 말이다.

슬픈 이야기를 마무리 짓자 관객들은 잠시 침묵을 지키다가 뜨거운 박수를 보냈다.

이제 공연이 끝을 향해 달려 나갔다.

요즘 '이건우 챌린지'라고 불릴 정도로 많은 이들이 도전하고 있는 곡 '이별 그 후'는 관객들에게 경악을 심어주기에 충분했다. 도저히 인간 같지 않은 가창력을 직접 보니 넋이 나갈 지경이었다. 스피커를 찢고 나갈 듯한 성량이 스튜디오에 울려 퍼졌다.

건우는 정규 앨범의 모든 곡을 부르고 나서야 멘트를 하기 위해 마이크를 들었다.

"오늘 준비한 노래는 여기서……."

"안 돼!"

"그러지 말아요!"

"가지 마! 가지 마!"

관객들의 아쉬운 목소리가 들려왔다.

건우는 웃으며 고개를 끄덕였다.

"…끝이 아닙니다. 이제 시작이에요."

"와아아아!"

환호 속에서 스태프가 의자와 함께 기타를 가지고 나왔다. 건우는 이번 공연을 아주 꽉꽉 채울 생각이었다.

"오늘 일찍 돌아갈 생각하지 마세요. 모두 아픔을 잠시 내려놓고 더 나은 내일을 위해서 노래합시다."

건우가 그렇게 말하자 다시 한번 엄청난 환호 소리가 터져 나왔다.

"건우 멋져요! 으오오오!"

여왕이 마치 소녀 팬이라도 된 것처럼 그렇게 소리쳤다. 그녀의 눈동자가 불길로 타올랐다. 여왕은 완벽하게 건우에게 입덕해 버리고 말았다. 말년에 찾아온 팬심은 이제 시작이었다.

"다음 공연이 어디라고 했지요?"

"독일입니다."

"그렇군요."

이런 공연을 한 번만 볼 수는 없다!

여왕은 팬들이 흔드는 야광봉을 보며 물었다.

"저건 어디서 사지요?"

"콘서트 전에 나눠 준 걸로 알고 있습니다. 바로 구해 드리겠습니다."

"믿음직스럽군요."

옆에 서 있던 남성이 급하게 어딘가로 무전했다. 그러자 잠시 후 정장을 입은 남성이 야광봉을 들고 뛰어왔다. 여왕은 만족스럽게 웃으며 야광봉을 두 손에 들고 조심스럽게 흔들었다.

아무튼, 건우의 공연은 예정 시간을 훌쩍 넘길 때까지 계속되었다. 그것은 라이브의 신, 공연의 신이라 불리는 전설의 첫 시작이었다.

*　　　　*　　　　*

런던 공연은 성공적이었다. 성공을 넘어 폭발적이었다. 공연 기획은 평범했지만 라이브는 이미 전설이 되어 있었다. 공연을 직접 본 관객들은 역사상 가장 위대한 공연이라고 칭송하기까지 했다.

건우는 영국의 적극적인 추천으로 독일에서 개막한 '테러 방지 및 민족 갈등 해소를 위한 국제회의'에 공동 의장을 맡기도 했다. 독일 투어를 할 때 하루 시간을 내어 참여한 것이다.

<영국 왕실, 이건우 명예 훈장 수여 할까?>
<긍정적으로 검토 중>
<명예 훈장이란? 그 특전은?>

영국 왕실에서는 명예 훈장 수여를 검토 중이라는 소식이 들려왔다. 국민적인 여론도 아주 긍정적이었다. 건우가 영국에서 보여준 행보는 가장 모범이 되는 모습이었다.

기사 작위를 수여하는 것이 확실시 되었는데, 건우는 통화를 통해 정중히 거절했다.

자신과는 어울리지 않는다고 생각했고, 받고 싶지도 않았다. 이득은 꽤 많았지만 그런 것에 얽매이고 싶지도 않았다. 받는다고 해도 영국 국민이 아니기 때문에 스스로를 기사라 칭할 수 없었다.

런던에서의 공연은 추모 공연이기 때문에, 모든 것을 보여줄 수 없었지만 이후 유럽과 미국, 공연에서 모든 것을 방출했다.

〈도쿄돔 완전 매진! 주변 숙박업소 호황!〉
〈전국에서 모이는 팬들〉
〈이건우의 인기 원인 분석!〉

건우는 일본 공연을 위해 일본에 와 있었다.

일본은 특히 한국 다음으로 팬 활동이 활발하기로 유명한 곳이었다. 건우는 소위 말하는 일본의 아줌마 부대뿐만 아니라 젊은 학생들에게까지 엄청난 인기를 구사하고 있었다.

자국의 연예인은 상대가 안 될 정도였다.

이건우의 열도 상륙에 부작용을 호소하는 이들도 많았다.

[제목: 탈덕… 그리고 회의감.]

저 중학생 때부터 NEAR 골수팬이었는데 사실 정으로 좋아하고 있었거든요. 근데 건느님의 존안을 뵌 이후로 더 이상 좋아할 수가 없을 것 같아요.

NEAR 멤버들 잘생기고 노래도 잘한다고 생각했는데… 지금은 오징어로만 보여요. 건느님의 브로마이드를 방에 걸어놓은 이후로 그 증상이 심해집니다. NEAR의 노래도 소음처럼 들려서 애정이 뚝뚝 떨어집니다.

어떡해야 하죠? NEAR의 5년 된 팬인데 이제는 떠나 보내야 하나요? 같이 좋아하면 좋은데 제 마음이 한쪽으로 너무나 기웁니다.

댓글 1,423

히토시: 나도 그래. 그냥 마음 편히 보내 드려. 건느님 영접하면 다른 연예인들은 그냥 보통 사람으로 보이잖아. 어쩔 수 없음wwwww.

—RE: Gunwob: 맞음. 난 원래 2D만 좋아했는데, 이제 건느님에게서 벗어날 수가 없다.

└RE: 건느: www애니 캐릭터보다 더 현실성 없어. 3D를 뛰어넘는 초현실적 존재야.

—RE: 허브: 건느복음 2장 23절

태초에 건느님이 계셨고, 그 미만 잡이니라.

건느님께서 신자들에게 말씀하시기를 '2D와 3D에 지친 자들아 내게로 오라. 내 너희들의 눈을 정화시켜 주리라' 애니는 한순간이지만 건느님께서는 영원하시다. 건멘.

—RE: 건느: 믿습니다, 건멘.

마이짜응: NEAR가 훨씬 낫지. 이건우 그냥 영국에서 뒤졌어야 했음. 이건우는 철저히 국가적으로 밀어줘서 성공한 거야. 오리콘 차트는 다 날조다. 재일 놈들의 주작임.

—RE: Xrain: 방구석 찐따 넷우익 새끼야. 입 냄새 나게 씨부리지 말고 처자라. 조용히 야산에 묻히는 수가 있다.

—RE: 무우: 이게 현 넷우익 수준이죠? 역겹죠?

—RE: 건우카미사마: 손가락 잘리고 싶냐?

—RE: 허브: 신성모독이다!

마이짜응: 고소하겠습니다.

—RE: Xrain: 해봐라. 얼굴이나 보자.

건우의 기사마다 몰려와서 악플을 다는 넷우익이 있기는 하지만 건우 팬들의 화력에 물려 거의 수장당하다시피 했다. 전투력과 자금, 규모 면에서 넷우익 세력은 결코 상대가 되지 않았다. 그러다 보니 이건우에 관한 기사의 댓글란은 일종의 성역으로 통했다.

아무튼, 건우는 도쿄로 이동했다. 일본 콘서트를 하기 전에 UAA와 YS, 그리고 라인 브라더스 픽처스에서 진행하는 행사에 참여하기로 결정했다. 마침 라인 랜드에서 1년에 한 번 있는 영화제 행사를 하고 있었다.

본래는 콘서트만 하고 가려고 했지만 라인 브라더스 픽처스, 그리고 크리스틴 잭슨 감독에게 직접 전화가 와서 부탁받는 바람에 참여를 결정했다. 다른 누구도 아니고 크리스틴 잭슨 감독의 부탁이니 건우는 생각할 것 없이 바로 승낙했다.

물론 출연료는 이미 협의가 된 상태였다.

'라인 랜드라고 했지?'

행사가 열리는 곳은 도쿄에 위치한 라인 랜드였다. 라인 랜드는 라인 브라더스 픽처스가 운영하는 놀이동산이었다. 미국 LA와 세계 각 지역에 여러 곳이 세워져 있었다. 가장 규모가 큰 곳은 LA였지만 도쿄 역시 그에 못지않게 큰 규모를 자랑했다.

도쿄 라인 랜드는 페스티벌이나 영화제 등으로 유명했다. 가장 큰 서브 컬처 축제도 이곳에서 이루어졌다.

오늘 같이 행사가 이루어지는 날에 특수한 분장이나 코스프레를 하면 입장료가 면제되고는 했다.

'콘서트만 하고 돌아갈 생각이었지만 어쩔 수 없지.'

월드 투어도 이제 막바지라 새로운 경험을 해보는 것도 나쁘지는 않을 것이다. 모든 일정을 건우의 스케줄에 철저히 맞춰준다고 하니 시간 낭비는 없을 터였다. 그리고 크리스틴 잭슨 감독과의 일이니 꽤 즐거울 거라는 생각도 막연하게 들기도 했다.

차량을 타고 어느 정도 이동하자 라인 랜드의 전경이 보이기 시작했다. 듣던 것만큼이나 대단한 규모를 자랑했다.

'꽤 멋진데?'

사람들로 바글바글했다. 재미있는 점은 많은 이들이 영화나 애니에 나오는 복장을 하고 있다는 점이었다. 라인 랜드의 입장권은 꽤 비쌌는데, 오늘 같은 날에 코스프레를 하거나 컨셉을 맞추면 공짜로 들어갈 수 있으니 당연한 건지도 몰랐다.

차량에서 내리지 않고 들어갈 수 있게 라인 랜드 측에서 배려를 해주었다.

"오… 멋진데?"

'골든 시크릿' 테마지구가 보였다. 미국과 뉴질랜드 있는 세트장을 그대로 옮겨온 듯한 모습이었다. 매장 점원이나 직원도 모두 '골든 시크릿' 복장을 하고 있었고 엘프어로 써진 상점도 보였다. 엘프 복장을 한 모델이 길가에 지나다니는 풍경을 보니 예전 생각이 났다.

'영화가 문화를 만드는구나.'

영화가 흥행하기 전까지만 해도 이 정도는 아니었다. 마니아가 많기는 하지만 관심 있는 사람만 아는 수준이었다. 그러나 지금은 전 세계 사람들 중 대부분이 알고 있었다. 그로 인해 파생되는 이익이 엄청나다고 한다. '골든 시크릿'에서 가장 독보적인 인기를 자랑하는 것은 역시 요정왕이었으니 말이다. 정식으로 건우의 모습을 반영시킨 영화 버전 코믹북도 나왔고 각종 피규어도 판매되고 있었다.

건우의 캐릭터가 판매되면, 건우에게도 수입이 배분이 되었는데 그게 또 아주 짭짤했다. UAA가 계약을 잘한 결과물이었다.

건우가 방문할 행사장은 '골든 시크릿' 테마지구 근처에 있는 커다란 건물이었다. 테마지구를 벗어나니 보이는 사람들의 모습도 달라지기 시작했다.

'저게 진짜 있네.'

한글과 일본어로 요정왕 이건우 기념관이라고 써져 있는 건물이 보였다. LA 라인 랜드에 먼저 만들어졌다고 하던데, 이곳에도 생긴 모양이었다. 라인 브라더스 픽처스가 이벤트 형식으로 했던 건데 반응이 폭발적이라 정식 코너가 되었다. 요정왕 이건우 기념관이 라인 랜드를 통틀어 캐릭터 상품 판매량 1위라고 한다.

기념관 근처에 있는 사람들의 모습은 색달랐다. 건우가 신기해서 한동안 쳐다볼 정도였다.

'조금 과하게 느껴지는데……'

딱 봐도 건우의 광팬들이었다.

그들은 건우의 굿즈를 온몸에 치장하고 있었다. 건우의 모습이 담긴 가운을 위에 걸치고 있었고, 이건우라고 써져 있는 밴드를 팔에 두르고 있었다.

건우의 팬들 중 스스로를 건우와 오타쿠의 합성어인 '건우타쿠'라고 부르는 약간 과격파에 속하는 이들이었다. 건우와 관련된 모든 것을 섭렵하고 있는 자들이었다.

건우의 현실적이지 않은 모습과 실력은 서브 컬처에 있던 많은 사람들을 단번에 끌어당겨 버렸다. 만화나 애니로 만든다고 하더라도 욕먹을 정도로 완벽한 캐릭터였다. 그런 캐릭터가 심지어 현실에 존재하고 살아 움직이기까지 하니 도저히 빠지지 않을 수가 없었던 것이다!

"우오오오! 건느님께서 일본에 오셨습니다!"

"오오오! 드디어!"

"영광스럽습니다, 흑흑."

갑자기 주변에 있던 모두가 박수를 쳤다. 건우는 그 광경을 한동안 바라볼 수밖에 없었다.

한국에서 건우를 건우신으로 부르다가 요즘에는 건느님으로 부르고 있는데, 이게 세계에 퍼져 나갔다. 특히 일본에서는 조금 더 과장된 형태로 자리 잡고 말았다.

종교를 방불케 하는 모습이었다.

그들은 엄청난 단합을 보여주고 있었다.

그들의 덕력은 상상을 초월했다. 건우가 착용한 사소한 것부터, 그가 다녀왔던 여행지는 기본이고 주기적으로 건우가 태어나고 자란 곳을 방문하는 성지순례까지 했다.

'음, 뭐… 날 좋아해 주면 좋지.'

건우는 좋게 좋게 생각하고 있었다. 이 또한 새롭게 생긴 문화이니 남들에게 피해를 주지 않는 선이라면 존중해 줘야 했다.

건우는 차에서 내려 안내를 받았다.

행사장 안은 사람들로 가득 차 있었다. 건우가 이곳에 온 사실을 방문객들은 모르고 있었다.

안내받은 방으로 들어가니 반가운 얼굴이 있었다.

"오, 건우!"

"요즘 자주 보내요. 감독님."

크리스틴 잭슨 감독과 라인 브라더스의 관계자들이 반갑게 건우를 맞이했다. 크리스틴 잭슨 감독과는 이제 허물없는 사이가 되어서 서로 편하게 대했지만, 라인 브라더스의 관계자들은 건우를 대하는 태도가 아주 정중했다.

"미안. 너무 갑자기 전화했지?"

"아니에요. 제가 도와드릴 수 있는 부분은 도와드려야죠. 언제 개봉해요?"

"올해 말에 시사회를 할 것 같아. 후우, 정말 걱정이 많다."

크리스틴 잭슨 감독의 표정이 어두워졌다. '골든 시크릿' 1부가 역대 최고의 흥행을 기록했으니 부담감이 장난이 아닐 것이다.

건우도 티저를 보기는 했다. 티저만 공개가 되었을 뿐인데 안 좋은 반응이 쏟아져 나왔다. 1부의 티저와 예고편이 워낙 강렬했던 탓이다.

"네가 없으니까 부족함이 많이 느껴져. 아무리 잘 찍어도 만족스럽지가 않더라. 분명 돈도 더 많이 쓰고 준비 기간도 길었는데……."

"잘될 거예요."

"하하, 그래야지. 그래서 말인데, 아주 잠깐이면 되니 출연 좀 부탁할게."

"저 죽었잖아요. 아주 깔끔하고 확실하게."

1부가 요정왕의 죽음으로 마무리 된 터라 출연은 힘들 거라고 생각했다. 그래서 팬들의 엄청난 요청에도 불구하고 건우는 공식적으로 2부의 출연은 없다고 말했다.

"죽었지만 회상 형태로 넣으면 되잖아. 실제로 원작에서도 엘프 공주가 자주 회상하기도 하고… 아주 잠깐이니 하루 정도면 돼."

크리스틴 잭슨 감독의 표정은 너무나 간절해 보였다. 라인 브라더스의 관계자들도 침을 꿀꺽 삼키며 건우의 결정을 기다렸다.

"정식 출연은 없다고 못 박아놔서요."

"아… 뭐, 어쩔 수 없지."

크리스틴 잭슨 감독이 납득하며 고개를 끄덕였다. 표정은 무척이나 아쉬워 보였지만 티를 내지 않으려 노력했다. 건우는 피식 웃고는 다시 입을 떼었다.

"우정 출연이라면 해볼게요."

"오! 정말 고마워! 하하하! 흐흐, 일본까지 날아온 보람이 있었네."

크리스틴 잭슨 감독이 일본에 온 것은 영화 홍보도 있었지만 건우를 만나기 위한 목적이 더 컸다. 이런 어려운 부탁은 직접 만나서 해야 한다는 것이 크리스틴 잭슨 감독의 생각이었다.

라인 브라더스의 관계자들도 겨우 웃음을 되찾았다. 세부적인 사안은 YS와 UAA를 통해 조정하기로 했다. 우정 출연이기는 해도 대우는 확실하게 해줄 수밖에 없었다.

"저는 뭘 하면 될까요?"

"따라와."

크리스틴 잭슨 감독이 이벤트를 직접 지휘했다.

크리스틴 잭슨 감독은 콘서트도 게스트로 참여하여 도와줄 예정이었다. 가는 게 있으면 오는 것도 있는 법이었다.

'노래 한 곡 시켜볼까?'

건우는 그렇게 생각하며 씨익 웃었다.

다른 방으로 이동하자 크리스틴 잭슨의 촬영팀이 보였다. 모두 건우가 아는 이들이었다. '골든 시크릿'의 촬영팀이었다.

"오! 건우!"

"건우! 보고 싶었어요."

"다들 오랜만이에요!"

건우는 반갑게 인사를 나누었다. 반년이 넘게 매일 얼굴을 보던 사이니 너무 반가웠다. 크리스틴 잭슨 감독이 건우가 할 일을 설명해 주었다.

짧은 이벤트였다.

'골든 시크릿' 테마지구에서 찾아온 사람들을 깜짝 놀라게 하면 되었다. 어찌해야 할지를 자세히는 정하지 않고 즉석에서 아이디어를 냈는데, 건우의 의견을 반영했다.

"리액션이 좋은 사람에게 콘서트 티켓을 주는 것은 어떤가요?"

"오, 좋네. 그거. 지금 구할 수도 없는 거잖아. 네 콘서트 티켓 구해달라고 나한테 연락 오는 사람 엄청 많아."

건우의 공연을 보러 외국에서도 날아오고 있는 상황이었다. 티켓 본래 가격의 10배를 주고도 사겠다는 사람이 줄을 섰다. 그만큼 많은 관심과 사랑을 받고 있는 콘서트였다.

건우는 오랜만에 요정왕 분장을 받았다. 귀를 달고 머리카락을 달았다. 소품들은 라인 랜드의 것이었기 때문에 영화 정도의 퀄리티는 아니었다.

크리스틴 잭슨 감독은 건우의 모습에 만족했다.

"이야, 오랜만에 요정왕을 보니 좋네."

"저도 오랜만에 같이 일하게 되어 좋네요."

"흐흐, '골든 시크릿' 끝나면 하나 같이 하자. 특급 대우로 모셔갈게."

건우는 피식 웃었다. 준비를 끝낸 건우는 테마지구로 이동했다.

오늘 개방되는 지역에 건우는 제일 먼저 들어갈 수 있었다. 조금 있으면 오픈되는 지역이었다. '골든 시크릿'의 밀랍 인형들이 잔뜩 있고 사방이 오픈된 차량으로 지나가면서 볼 수 있게 만들어 놓은 곳이었다.

그 차량에는 '중간계의 나룻배'라는 이름이 붙어 있었다.

잠시 멈춰 서서 사진을 찍을 수 있게 포토 존이 형성되어 있었다. 건우는 인이어를 끼면서 크리스틴 잭슨 감독과 소통했다.

─카메라는 신경 쓰지 말고 자유롭게 해도 돼. 그냥 깜짝 이벤트니까 부담 가지지 말고

"알았어요. 이런 건 제가 전문이에요."

왕좌에 앉아 있는 요정왕 밀랍 인형이 보였다. 꽤 그럴 듯하게 만들었지만 역시 건우의 실물에 비하면 부족했다. 밀랍 인형을 치우고 그 자리에 대신 앉았다.

─오, 그럴 듯한데?

크리스틴 잭슨 감독의 지시로 건우의 모습을 카메라가 잘 잡았다. 건우는 차량이 오기를 기다렸다. 차량이 출발했다는 신호를 받자 왕좌에 기대어 앉아 살짝 고개를 숙였다. 숨소리마저 최대한 줄였고 미동조차 하지 않아 진짜 밀랍 인형처럼 보였다.

건우는 철저하게 하기 위해 심장박동까지 조절하면서 아예 동

상이 되다시피 했다.

차량이 천천히 건우가 있는 쪽으로 다가왔다.

"오! 저기 요정왕!"

"멋지다!"

"와……."

"퀄리티 봐. 미쳤어. 집에 가져가고 싶다."

차량이 건우가 있는 쪽에서 멈추었다. 건우의 앞으로 사진을 찍을 수 있도록 포토 존이 형성되어 있었다. 차량의 문이 열리자 승객들이 내려 건우의 앞으로 몰려왔다.

주위에 많은 밀랍 인형들이 있었지만 역시 요정왕의 인기를 따라올 수 없었다.

"진짜 저렇게 생겼을까?"

"에이, 설마."

"저렇게 생기면 인간이냐? 좀 과장한 거겠지."

건우는 일본어도 수준급이라 모두 알아들을 수 있었다. 꽤 많은 사람들이 사진을 찍고 커플 하나가 건우의 앞에서 포즈를 취할 때였다. 건우는 슬슬 움직일 타이밍이라 생각했다.

"감히 인간 따위가……."

"꺄악!"

"억!!"

갑자기 들리는 목소리에 커플이 놀라면서 비명을 질렀다. 뒤를 바라보니 요정왕이 왕좌에서 일어나 있었다.

"어, 어어?!"

"꺄아악!"

커플은 너무나 놀라 뒤로 물러나며 건우를 멍하니 바라보았다. 남자는 입을 벌리며 건우를 바라보았고 여자는 그 자리에 스르륵 주저앉았다. 다리에 힘이 풀려 버린 것이다. 건우는 얼굴을 살짝 가린 머리카락을 넘기면서 오만한 표정으로 커플과 그리고 그 뒤에 있는 사람들을 노려보았다.

"중간계의 더러운 종자들이 다 모였군."

약간 오글거리는 대사이기는 하지만 건우는 요정왕 성격에 충실했다. 대사는 역시 엘프어 억양이 섞인 영어였다.

"이, 이건우?!"

"꺄아악!"

"진짜야?"

멍하니 지켜보던 사람들이 진짜 건우임을 알아보고는 주변으로 몰려왔다. 건우는 천천히 포토 존에서 내려오며 커플 앞에 섰다. 여인이 바들바들 떨리는 손으로 핸드폰을 쥐고 있었다.

"내놔라."

"네, 네?"

못 알아듣자 건우가 일본어로 다시 이야기했다.

여인이 멍하니 핸드폰을 건우에게 건네주었다. 건우는 커플의 모습이 다 나오게 셀카를 찍었다.

"흠, 가보로 간직하거라."

건우가 더러운 것을 치우듯이 여인에게 다시 핸드폰을 건넸다. 여인은 찍힌 사진을 보더니 정말 보물이라도 받은 것처럼 핸드폰을 두 손으로 꼭 쥐었다.

"둘이 연인인가?"

"네? 네, 네!"

"사귄 지 얼마나 되었느냐?"

"사, 삼 년이요."

여인은 멍하니 건우를 바라보면서도 착실하게 대답해 줬다. 건우는 여인과 사내를 번갈아 바라보았다. 꽤 어울리는 커플이었다.

"감히 내 앞에서 거짓말을 하다니……!"

"네? 아, 아니에요."

"그럼 증명해 보이거라. 내가 틀렸다면 선물을 주지."

여인과 사내가 서로를 바라보았다. 무슨 이야기인지 잘 이해하지 못했다.

곧 눈치를 챈 사내가 잠시 머뭇거리다가 여인에게 다가갔다. 가볍게 입맞춤을 하자 주변 사람들이 박수를 쳤다.

둘의 얼굴이 잔뜩 붉어졌다. 건우는 더러운 것을 봤다는 듯 고개를 저었다.

"천박하기 그지없군."

건우가 그렇게 말했지만 사람들은 대단히 좋아했다. 그냥 건우가 실제로 자신의 눈앞에 있는 것만으로도 엄청나게 행복해하고 있었다. 보통 행운이 아니라는 것을 잘 알고 있었기 때문이다.

"어느 가수를 제일 좋아하나?"

"아, 네. 이, 이건우라는 가수를 제일 좋아합니다."

"얼마나?"

"세, 세상에서 제일 좋아합니다!"

여인이 공손하게 답했다. 건우의 연기가 워낙 뛰어나다 보니 자연스럽게 몰입이 된 것이다.

그녀의 남자 친구가 질투할 법도 한데 전혀 그렇지 않았다.

"저도 제일 좋아합니다! 그는 우주 제일 가수이고 배우입니다!"

그녀의 남자 친구도 그렇게 대답했다. 건우는 흡족한 미소를 지었다.

"오호, 그럭저럭 마음에 드는 소리를 하는구나."

건우가 품에서 티켓을 꺼내자 주변에서 환호 소리가 나왔다. 건우가 꺼낸 티켓이 무엇인지 안 것이다.

"약속대로 선물을 주도록 하지. 참고로 양도는 불가능하느니라."

커플에게 티켓을 건넸다.

커플이 티켓을 보더니 비명을 지르며 좋아했다. 사람들이 부럽다는 듯 바라보았다.

"이만 물러가거라."

건우는 다시 왕좌로 돌아가 앉았다. 처음처럼 미동이 없었는데, 마치 동상이 살아났다가 다시 동상으로 돌아가는 것처럼 보였다.

사람들이 가기 싫어서 서성거렸지만 차량이 출발하려 하자 어쩔 수 없이 차량에 올랐다.

'재미있는데?'

사람과의 만남과 소통은 역시 재미있었다. 기분 전환이 되는 것 같았다. 건우는 몇 대의 차량을 그렇게 보낸 후에 자리에서 일어났다.

—이제 슬슬 마무리하자.

"괜찮았나요?"

—아주 좋았어. 마지막으로…….

크리스틴 잭슨 감독은 클로징 영상으로 많은 사람들에게 환호받는 모습을 찍고 싶어 했다. 영화처럼 사람들이 연기를 하는 것도 아니라 어떻게 그런 연출을 할 수 있을까 고민했지만 일단 크리스틴 잭슨 감독을 따라 이동했다.

'중간계의 나룻배' 차량이 출발하는 곳이었다.

'엄청 많네.'

대기줄이 엄청 길었고 대기줄 주위로도 사람들이 엄청나게 몰려와 있었다.

"진짜 이건우가 왔다고?"

"진짜래! 지금 인터넷에 사진 올라왔어. 콘서트 티켓도 줬대."

"헐, 말도 안 돼!"

건우는 '중간계의 나룻배' 옆에 있는 건물 안으로 들어갔다. 오늘 있을 퍼레이드를 위한 퍼레이드 차량이 보였다. 미리 연락을 주었기 때문인지 차량에 빠르게 오를 수 있었다. 아직 퍼레이드 시간이 아니라서 이곳에 신경을 쓰고 있는 사람은 없었다.

차량이 출발했다.

건우가 차량과 함께 모습을 드러내자 사람들의 시선이 단번에 집중되었다.

"저기 봐!"

"어억?!"

건우를 알아보지 못하는 사람은 없었다.

건우가 손으로 호응을 유도하자 사람들이 더욱 크게 환호를 지르기 시작했다.

"와아아아!"

"이건우!"

건우의 이름을 외치는 목소리가 들려왔다. 건우가 귀에 손을 가져다 대었다.

"이건우! 이건우!"

"사랑해요!"

그러자 사람들이 자신의 이름을 외치기 시작했다. 건우는 수많은 시선과 목소리를 즐겼다. 사람들의 사랑을 확인하는 것은 언제나 즐거운 일이었다.

'좀 더 팬들과 소통하는 자리를 가져도 좋을 것 같네.'

건우는 한동안 퍼레이드 차량 위에 서서 몰려온 사람들에게 인사했다. 크리스틴 잭슨도 옆으로 올라와 흐뭇하게 그 광경을 바라보았다. 건우가 크리스틴 잭슨 감독을 가리키자 그의 이름도 연호되었다.

"크으, 내가 원한 것이 바로 이런 거야."

크리스틴 잭슨 감독은 오히려 건우보다도 더 즐거워했다.

'공연을 더 잘할 수 있을 것 같군.'

그런 생각이 들었다.

깜짝 이벤트가 끝난 뒤, 건우는 일본 예능 프로그램에서 나온 연예인과 잠시 인터뷰를 하고 스케줄을 마무리했다.

그리고 콘서트가 이어졌다.

도쿄돔 콘서트는 지금까지 했던 공연과 마찬가지로 대단한 감동을 이끌어냈다.

<이건우, 일본을 울리다>

〈일본 통계, 67%가 한국의 이미지 긍정적이라고 답변. 이건우 효과〉

〈힘을 잃은 혐한〉

〈한류를 넘어 문화로 자리 잡다〉

일본 공연을 마치자 그러한 기사들이 나오기 시작했다.

이건우라는 스타 하나의 영향력은 막대했다. 사람들의 전반적인 인식을 바꾸고 혐오를 호의로 바꿀 정도로 말이다. 그것은 돈으로 환산할 수 없는 가치였다.

일본 공연을 마치고 바로 한국에서 마지막 공연을 했다.

한국의 콘서트는 건우에게도 있어서 많은 도움이 되었다. 아무래도 좀 더 자유롭게 무대를 기획할 수 있다 보니 여러 가지로 실험적인 무대도 많이 해보았다. 월드 투어를 하면서 축적된 경험이 발휘되어 마지막 한국 공연은 화룡점정을 찍었다.

이번 월드 투어는 역대 최고의 공연이라는 호평을 받으며 많은 진기록을 만들어냈다.

그렇게 건우의 첫 월드 투어가 마무리되었다.

『톱스타 이건우』 9권에 계속…

초대형 24시 만화방

신간 100%, 샤워실, 흡연실, 수면실(침대석), 커플석, 세탁기 완비

■ 광명 광명사거리역점 ■

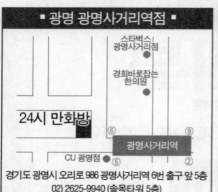

경기도 광명시 오리로 986 광명사거리역 6번 출구 앞 5층
02) 2625-9940 (솔목타워 5층)

■ 강북 노원역점 ■

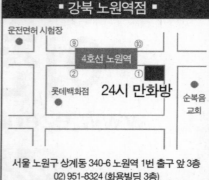

서울 노원구 상계동 340-6 노원역 1번 출구 앞 3층
02) 951-8324 (화용빌딩 3층)

■ 일산 정발산역점 ■

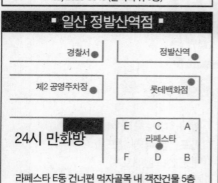

라페스타 E동 건너편 먹자골목 내 객잔건물 5층
031) 914-1957

■ 일산 화정역점 ■

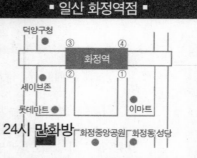

경기도 고양시 덕양구 화정동 984번지 서일빌딩 7층
031) 979-4874 (서일사우나 건물 7층)

■ 부천 역곡역점 ■

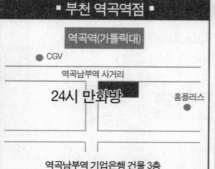

역곡남부역 기업은행 건물 3층
032) 665-5525

■ 부평역점 ■

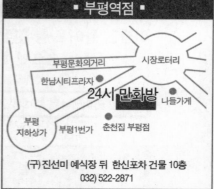

(구)진선미 예식장 뒤 한신포차 건물 10층
032) 522-2871

天魔神教
洛陽支部

천마신교
낙양지부

정보석 新무협 판타지 소설

FANTASTIC ORIENTAL HEROES

무협武俠의 무武란 무엇을 뜻하는가?
바로 자신의 협俠을 강제強制하는 힘이다.

자신을 넘어, 타인을 통해, 천하 끝까지 그 힘이 이른다면,
그것이 곧 신神의 경지.

일개 인간이 입신入神하기 위해
필요한 것은 무엇인가?

지금, 그 답을 찾기 위한
피월려의 서사시가 시작된다!

FUSION FANTASTIC STORY

설경구 장편소설

저니맨 김태식

한 팀에서 오래 머물지 못하고
이 팀, 저 팀을 옮겨 다니는
저니맨(Journey man)의 대명사, 김태식!
등 떠밀리듯 팀을 옮기기도 수차례.

"이게… 나라고?"

기적과 함께 그의 인생에 찾아온 두 번째 기회!

"이제부터 내가 뛸 팀은 내 의지로 선택한다!"

**더 이상의 후회는 없다!
야구 역사를 바꿔놓을
그의 새로운 야구 인생이 펼쳐진다!**

Book Publishing CHUNGEORAM

유행이 아닌 자유추구 -
WWW. chungeoram.com